MARTIN CET ÉTÉ

DU MÊME AUTEUR

POÈMES

& le plus grand poëme par-dessus bord jeté, Seghers 1983.
Corpus, Messidor 1985.
Vers l'infini milieu des années quatre-vingt, Seghers 1987.
Italiques deux, Seghers 1992.

ESSAIS

Le principe Renaissance, La Sétérée 1987.
La dialectique Véronèse, La Sétérée 1989.

ROMAN

L'arbre de vies, François Bourin 1992.
(Goncourt du premier roman 1993)

BERNARD CHAMBAZ

MARTIN CET ÉTÉ

récit

ÉDITIONS JULLIARD
20, rue des Grands-Augustins
75006 Paris

Pour Antoine et Clément
et pour Anne

On dit qu'en raison d'un blizzard sibérien et d'abondantes chutes de neige qui paralysèrent le travail des machines et des ouvriers dans les mines de cuivre et de plomb du Harz les premiers jours de février 1686, n'ayant donc « rien à faire », le conseiller aulique Leibniz composa le *Discours de métaphysique* où il compare nos sentiments confus (liés à une variété de perceptions infinie) au murmure de la mer (à l'assemblage des répercussions des vagues innombrables) avant de conclure : « Les justes seront comme des soleils et [...] ni nos sens ni notre esprit n'a jamais rien goûté d'approchant de la félicité que Dieu prépare à ceux qui l'aiment. »

Mais reprenons les choses à leur commencement. J'ai lu hier un livre à la couverture jaune vif comme le miel, au titre limpide, *le Matin des origines.* Je ne sais pas si les animaux (mais certes pas les bêtes) ont à voir avec la félicité ; je ne sais pas non plus s'il est judicieux de l'entendre comme une sensation originelle appelée à se dissiper plutôt que comme le sentiment vivace d'une plénitude que nous avons connue, mais la première page de ce *Matin*-là m'a poussé à écrire, sans tarder, cette lucidité et cette souffrance qui me submergent et nous replongent à la nuit des temps.

Nous sommes le 20 septembre. Cette phrase paraît d'une évidence et d'une banalité sans histoire. Or il n'en est rien. « Nous » n'est plus le même « nous » qu'au début de l'été. Mon fils Martin n'est plus parmi nous.

J'écris ainsi ce que mon cerveau et mon corps ne cessent de crier — et de taire — depuis soixante et onze jours. Martin est mort. Quand bien même en ai-je tracé les lettres (les treize lettres) sur les lettres (le courrier) qu'il a fallu adresser aux amis pour leur annoncer l'affreuse nouvelle, quand bien même je l'ai couché sur ce rectangle de feuilles toilé blanc, je l'écris ici dans une autre perspective, fuyante, où la lumière malgré les illusions et les échappées créées par la fuite n'est pas moins sombre, celle d'une représentation.

Je risque, peut-être, de provoquer la gêne voire la peur. Je les ai déjà observées ici ou là chez ceux qui ne veulent pas en entendre parler (Courage ! y a rien à dire !), qui vous tendent la main pour vous tenir à l'écart (et sans doute leurs raisons sont-elles bonnes). Je risque aussi d'encourir un reproche : le manque de pudeur. Mais il n'y a d'impudeur que ce pur scandale, la mort d'un enfant.

D'autant que ces pages ne feront que suggérer l'étendue à tout instant du désastre, la profondeur du gouffre où nous tombons (ces heures où nous avons pleuré, comme des bêtes, vautrés, ravalés au rang de l'inhumain, ces heures où, ayant cessé de pleurer, nous restions prostrés ; ces accès où les larmes nous reprennent, nous assaillent comme les démons de l'Apocalypse). Quelle convention sociale ou morale prétend qu'il faille dissimuler ses sentiments, refuser de reconnaître son semblable dans celui qui souffre ?

Il ne saurait être question d'étaler cette souffrance. D'ailleurs quel sens cela aurait-il ? Mais que l'on veuille bien concevoir et sa dilatation dans le temps et son déploiement dans tous les plis du corps et de l'âme ; que l'on entrevoie l'étal du boucher et les théories des *Bœuf écorché* de Soutine (natures mortes dévoilées parmi des azurs et des écarlates effarants).

Et comment taire un tel événement, qui sera, à coup sûr, le plus grave de ma vie ? Comment, aux yeux mêmes de mes trois enfants, parler d'autre chose ? Souffrir en silence, dit-on. Voilà bien ce à quoi je passe le plus clair de mon temps, intolérable et pourtant il faut le tolérer parce que nous n'avons pas le choix, si ce n'est quelques mots dits à ceux qui savent écouter, quelques mots écrits pour ceux qui sauront lire, des mots comme les enfants de chœur de Soutine, souffreteux, c'est-à-dire démunis et tourmentés, « dans le besoin », des mots nécessiteux quel que soit l'éclat qui par moments les porte. Si j'écris, c'est d'abord par amour. Pour Martin ; que puis-je faire d'autre pour lui aujourd'hui ? C'est aussi peut-être afin de ne pas succomber à l'hébétude, à cet effondrement qui vous laisse stupide, muet comme une tombe ; afin d'habiter les mots (les mots anciens, les mots nouveaux) avec lesquels nous vivons.

Ce 20 septembre est l'avant-dernier jour de l'été. Vers midi, quatre ou cinq rayons de soleil ont percé au-dessus de l'avenue Casanova à Ivry, une poignée d'un jaune équinoxial, pâle mais assez ardent pour enluminer la couche de nuages enfin traversée. J'ai reposé le *Discours de métaphysique,* baptisé aussi *Traité des perfections de Dieu,* et le vieil atlas où — à cause d'une expression (la livrée sable) et d'un pluriel (les nacres) — j'avais suivi *le Matin des origines* sur le double bandeau d'une Afrique tropicale (Mauritanie Mali Niger, Botswana Rhodésie Mozambique) qui nous faisait rêver. J'ai repensé à ces vies bancales mais dorées de chez Voragine, à ce vent de travers qui emporte tout, les cyprès et les poteaux télégraphiques, des bleus d'assomption et des alcools forts comme la misère, des paragraphes entiers sans ponctuation où pourtant on voit comme en plein jour, un enfant ne s'y perdrait pas malgré les majuscules et les syncopes pareilles à des virages dans la même phrase qui n'en finit pas parce que la langue — même dans le malheur — c'est beau.

J'ai décidé, une fois pour toutes, d'écrire *Martin cet été.* Et de revenir à cette première semaine de l'été (la dernière de juin, la presque dernière de notre vie à nous cinq). Je n'hésite plus. Pourquoi attendre ? que j'aie retrouvé mes esprits, vaste leurre ; que la douleur se soit atténuée, je préfère exprimer dès maintenant cette stupeur qui nous transit, parler de mon Martin, donner une première trace de la catastrophe qui a brisé notre vie. D'ailleurs, comment pourrais-je écrire sans en porter les effrayants stigmates ?

J'ouvre ainsi une parenthèse dans mon deuxième roman à peine commencé. Je suspends mes lectures (Louis Massignon, Théodore Monod, Kateb Yacine). Je vais tenter de freiner l'affleurement d'une intrigue que je sentais se dessiner comme par infusion. *J'ai décidé, je n'hésite plus, j'ouvre :* je confirme les temps, tout va très vite, on est toujours le 20 septembre, entre midi et 2 heures quand je m'installe — moitié par fétichisme (l'idée obscure que ce doit être ma place), moitié par la force des choses (ma table de travail envahie par les livres arabes) — dans la chambre de Martin, sur son bureau Louis-Philippe qui fut le mien jusqu'à ses dix ans.

Devant nos yeux, tenues par des punaises de toutes les couleurs sur le mur, une photographie prise par Martin à Éphèse (je crois reconnaître les deux étages et les colonnes ioniques de la bibliothèque) et quelques cartes postales : la tholos de Delphes, un Picasso *(le Mousquetaire et l'Enfant)* et deux Piero (un fragment de la suite de Constantin où un trompette sans chapeau gonfle les joues et la *Madonna del Parto* dont les anges me subjuguent, leur présence alors même qu'ils ne font que passer, le duvet de leurs ailes rose et verte) ; trois affiches de films : *Barry Lyndon, Excalibur, les Aven-*

turiers de l'arche perdue ; deux images de Londres et de Big Ben : *la Marque jaune* de E. P. Jacobs et l'image arrêtée des *Forbans de la nuit* avec les sous-titres CETTE NUIT, L'AUTRE NUIT, N'IMPORTE QUELLE NUIT ; une photographie en noir et blanc de Herbert Bayer intitulée *Self-Portrait* où l'on voit simplement l'avant-bras et la main droite tenant un crayon ; une affiche de Harrison Ford où Indiana porte le chapeau qu'Anne lui avait offert lors du dernier Noël ; une publicité déjà ancienne de Lewis pour Nike avec la légende : CARL, ARRÊTE, ON VA SE FAIRE REMARQUER ; les écussons des olympiades et son fanion de champion départemental d'athlétisme FSGT, 1988.

Vertige de l'énumération et du catalogue, à la fois éblouissement devant ce vide et tentation, absurde, comme s'il était possible de retrouver là autre chose que les indices d'un bonheur dévasté ; tentation à laquelle je dois de toutes mes forces m'opposer si je ne veux pas me noyer, détail de chaque image s'ouvrant en abîme, les films les stades les voyages, les circonstances, Tolstoï n'en finissant pas d'écrire l'*Histoire de la journée d'hier*, enregistrant les moindres occurrences, l'infinitésimal, pour un peu la neige viendrait tomber sur Delphes, Éphèse ou Londres, voire sur les chausses à boucles d'or du conseiller aulique quand il regarde, dans le palais des princes de Brunswick, une toile de deux siècles achetée par un aïeul où le duvet des anges commence à s'écailler.

Cependant, je ne veux ni refuser cet éblouissement ni trop abréger l'inventaire de Martin dans la mesure où notre mémoire est le seul vestige qui nous reste de lui. Donc, à droite des cartes postales, sur le mur, de part et d'autre de l'angle, deux grandes affiches encadrées : un des *Agrigente* de Nicolas de Staël, le ciel rouge devenu orange à cause de l'ampoule Philips 60 watts qui l'éclaire, et — sous verre — *la Légende du Nil* de Klee qu'il s'était attribuée ; au sol, dans le coin, le coffre à jouets et à déguisements que je me garde bien d'ouvrir ; trois peluches et son écharpe bleue ENGLAND y sont toujours posées ; derrière le coffre, une vieille raquette de tennis sans cordage qu'il conservait par amitié et son jeu d'échecs électronique ; à terre, je les ai vus en m'installant, la pile des livres de géographie qu'il destinait à cet été ; puis, derrière moi, la bibliothèque : des livres, des bandes dessinées, des coffrets de jeux dont vous êtes le héros où les règles stipulent qu'un aventurier meurt lorsque son total d'endurance est réduit à zéro, des jeux de cartes miniatures, un panier de vieilles pierres (géodes, fossiles, rose des sables, morceaux de forêt pétrifiée), des vaisseaux spatiaux en Lego dont il ne voulait pas se séparer, des dossiers contenant les pages légendaires de *l'Équipe*, quelques cadeaux de ses frères aîné et benjamin, le mobile d'Antoine et le sablier de Clément, ses collections de tickets de métro, des babioles, une boîte (vide) de balles de ping-pong trois étoiles made in China, un cube acheté jadis au coin de la rue Gît-le-Cœur avec les vagues bleu outremer de la Métaphysique, son radio-réveil et un magnétophone ancestral, trois bandes magnétiques à côté, *Barry Lyndon, Road to Saint Ives* de John Surman, des sonates pour clarinette et piano, *l'Abîme des oiseaux*. Sans commentaire, je l'ai promis, sachant toutefois le mystère qui entoure l'ordre des passereaux et la formidable archéologie que recèlerait l'entrée dans chaque livre lu.

Au-dessus de la bibliothèque, faut-il l'écrire, le moulage de ses mâchoires et de ses dents nécessité par le traitement d'orthodontie qui venait de prendre fin ce mois de mai ; et la reproduction de l'immense *Guidoriccio da Fogliano au siège de Montemassi* qui domine la salle de la Mappemonde du Palais communal de Sienne, ce paysage désert de collines pentues, d'ocres et de bleus dignes de la Grande Tartarie, peuplé de tentes où les soldats et les saints ont l'habitude de faire des songes, ce paysage de rêve comme nous en avions vu chaque été, avec le château fort prêt à appareiller pour le grand large ou — à l'instar de leurs maîtres siennois — vers un paradis aussi évident que les godets où rincer les pinceaux.

Enfin, fixé sur le montant de la bibliothèque par deux centimètres carrés de scotch, un papillon rose où Anne avait écrit fin juin sous les deux initiales AM (d'Antoine et de Martin) ces deux mots qui prévoyaient de les inscrire au service de la mairie : logement septembre.

Il faut continuer, même si l'horizon se rétrécit, à cet été, à ces bornes de ciel gris qui m'ont pétrifié l'âme, et maintenant c'est dur d'être doux, d'avoir la force de se laisser envahir par un sentiment de douceur (je ne dis pas de bien-être ni de légèreté, ces qualités appartiennent au temps passé), d'une douceur passagère qui ne soit pas une injure à ce sentiment compact du deuil qui boucle l'horizon. Donc, à ma gauche, le portemanteau disparaissant sous les chapeaux (de Sherlock Holmes et d'Indiana Jones), la pléiade des foulards touareg rapportés de nos déserts d'août et le petit sac à dos rouge où Herminia a cousu l'écusson rouge et blanc de LUCCA. Au pied du portemanteau, son pupitre avec la double page encore ouverte d'une partition (*Pierre et le Loup* de Prokofiev et la cantate 147 de Bach, son choral, *Jésus que ma joie demeure*) et, accrochée à la lyre décorant le plan incliné, une visière J'AIME LA PAIX où deux colombes jaunies échangent un regard de faïence. Au pied du pupitre — et du lit — sa clarinette dans la malette en cuir brun et lisse repoussé du sceau du fabricant BUFFET CRAMPON CIE A PARIS où le marchand avait collé une vignette ronde L'OLIFANT : splendeur des cuivres et des bois ; le cartable en maroquin clair qu'il avait choisi au Caire dans une boutique poussiéreuse et enfumée par les essences et les charbons du narghileh malgré un ventilateur dont les pales tournaient si lentement qu'on pouvait voir au travers les mouches sur le plafond.

Sur le mur qui borde son lit, six de ses photographies agrandies et encadrées : la pierre ocre à veine rose d'un hôtel flamand, le minaret vert turquoise d'une mosquée, des paysages d'Égypte et de Cappadoce, la tholos de Delphes. Que voyait-il, décidément, dans cette rotonde dont on ignore le sens, ces vingt colonnes doriques tronquées (trois seulement ont été relevées), peut-être le nuage désagrégé au-dessus des ruines, ou le bosquet ombreux dominant le ravin, peut-être l'harmonie du tout, cette félicité qu'il lui semblait confusément connaître, toucher du doigt, quand il s'endormait chaque soir — jusqu'au plus noir de l'hiver — sous les reflets de la rotonde en marbre bleu.

Nous ne sommes plus le 20 septembre. L'été bascule vers ce premier automne, dans un ravin sans fond. Je reviens à « ma » table de travail. Louis-Philippe ou Empire, qu'importe, les styles comme les dynasties passent.

Dans les deux tiroirs, je trouve notamment une bonne dizaine de carnets, calepins, souvent vierges, un répertoire à spirales déjà ancien. A la lettre A, je lis, de son écriture singulière où l'on ne saurait distinguer un *r* d'un *s*, les lettres mal liées à cause de la vitesse — Abîme : gouffre très profond, Archange : ange d'ordre supérieur, et — plus loin — Écritures Inexorable Utopie. Entre deux carnets, il a glissé le certificat de garantie de son matelas (numéro 8955 76 K), *Épéda vous souhaite de bonnes nuits, un sommeil réparateur et des réveils heureux.* A côté des carnets, il a rangé dans des pochettes en plastique transparent les tableaux dûment remplis des tournois du Grand Chelem des trois dernières années et, sous les tableaux, un bazar de vieux documents disparates dont l'original des premières phrases de mon roman, « le fils Couthon est mort », la vague des mots privés encore de leur sens.

Sur la table, il y a : un globe terrestre lumineux (sous les yeux j'ai la moitié nord d'un fuseau, du Kamtchatka aux îles Mariannes, je suppose un ciel très haut, mais accessible) ; le gobelet Caesar Palace rempli par un double décimètre, deux baguettes du restaurant chinois de la rue Cujas, toute une panoplie de crayons, la loupe de Sherlock Holmes et une gomme immense (15 × 5 cm) dont une face est imprimée à l'encre verte : ATARAXIE. DÉF : QUIÉTUDE ABSOLUE DE L'ÂME QUI EST SELON L'ÉPICURISME LE PRINCIPE DU BONHEUR ; une grande boîte avec trois autres gommes (quel souci d'effacer ?), une petite boîte de douze plumes Sergent-Major (lui qui eût été incapable de s'en servir sans cracher une infinité de pâtés), des anches pour sa clarinette, deux badges (Corto Maltese et Touche pas à mon pote) ; les deux volumes du *Robert de poche — Dictionnaire du français primordial* sur la tranche desquels il a griffonné MARTIN CHAMBAZ ; une lettre du ministère de l'Éducation nationale postée le 9 juillet, portant le relevé des notes obtenues aux épreuves de français du bac ; une autre lettre arrivée de Moscou début juillet et une carte postale envoyée par Antoine deux étés auparavant (brume bleue des bateaux de Belle-Île où il était allé à vélo en compagnie de son ami Marion, 500 kilomètres avec la tente sur le porte-bagages) ; quelques cahiers et classeurs déjà préparés en vue de l'année 1992-1993.

Vous dites ? 1993 est un paquet de néant, une dérobade, un champ de tournesols fauchés par la tempête ; en un éclair, le Dieu de Leibniz m'a volé mon fils, m'a dépouillé et déchu. Qui oserait nier le hasard, la somme des hasards qui nous ont conduits là, au seuil de la boucherie Soutine, aux portes de l'au-delà, celui-là même qu'on peut deviner sur une autre photographie que Martin avait prise à Philae et qu'il avait posée sur ses cahiers pour qu'elle fût encadrée pendant les vacances, au tout premier plan deux pylônes noirs, puis les figures du pharaon et d'Isis, le porche du temple très assombri contrastant avec, à l'arrière-plan, la cour, l'enfilade des colonnes et au beau milieu un carré exact de ciel étincelant.

Enfin, il y a, rapportés de Grande-Bretagne, son étui à lunettes, son portefeuille (avec la carte d'accès à bord du voyage « aller » qu'il avait conservée) et les deux lettres-cartes postales que nous lui avions adressées :

Martin Chambaz
c/o Johnson
11 st Cybi Drive
Llangybi
NP 5. Gwent

Je suis donc assis, au bureau, sur le fauteuil à roulettes d'un jaune aussi éclatant que le soleil des Justes, prêt à écrire ce qui devient un récit, sobre et concis, aussi fidèle que possible. Mais c'est la foi du charbonnier, humble, noircie par une épaisse poussière, qui n'a en effet plus rien à voir avec l'espérance ni le salut. Et il me semble, du moins je le souhaite, qu'à travers ces détails peut-être insignifiants, ces occurrences, on puisse déjà se faire une idée de l'essentiel — Martin — et de l'amour qui nous relie à lui. Et si tout ceci est naturellement d'une redoutable complexité, l'histoire en est simple. Il s'agit d'un été, de notre détresse ; et de la tentative où je me suis lancé, le 20 septembre, sans attendre aucun miracle de la langue, juste pour témoigner, comparaître en compagnie de Martin devant l'assemblée (the happy few) des lecteurs.

Malgré un petit temps, humide et frais, des auréoles d'asphalte dans les flaques d'un ciel pressé, juin flamboie. Pas seulement dans mon souvenir, qui par contraste brillerait comme le diamant du Koh-i-noor ou le désir, non, juin resplendit (resplendissait) dans la vie de tous les jours (les bouquets de marguerites, les pâtes, les jeux vidéo). Splendeur de la vie quotidienne, un sourire, un mot, la paume claquée à la façon des basketteurs des Amériques, les trois fois rien qui font le prix des choses. Cette connivence et cette communion dont on nous a tant parlé cet été. C'était ça la famille que vous formiez ! La plupart se reprenant, c'est ça ! Paroles qui nous touchent mais avivent aussitôt la douleur d'avoir vu se rompre le cercle familial. La bonne étoile à cinq branches s'est brisée. A tout jamais. On n'est pas équipé pour bricoler le firmament.

Quand Martin se lève, assez tard, il a sûrement son air ébouriffé, drôle, du matin. Ses grands pas le portent aux quatre mètres carrés qui font office de cuisine ; ses goûts à un bol de corn-flakes ou un riz au lait. Il passe ensuite d'un siège à l'autre, devant la console et l'écran Atari, petit musée moderne de tableaux mobiles et colorés (où ses réflexes, sa promptitude épatent le béotien que je suis demeuré), rencontres de football et de tennis qui à son grand dépit me paraissent vains, grands prix automobiles dont les artifices, la course, le défilé d'un paysage invitant au voyage m'attirent davantage, aventures, épreuves, chasses aux trésors où il faut toujours bifurquer, combiner, résoudre des énigmes comme dans les livres Rouge & Or et les histoires de notre enfance, où le héros doit gravir des montagnes et franchir des mers, traverser des ciels et — dans certains jeux magnanimes — des galaxies ; et quand le héros meurt on recommence parce qu'il a plusieurs vies.

Martin peut jouer ainsi des heures, sans discontinuer. Avant qu'il ait perdu une vie, il est facilement midi. Mais aujourd'hui, 21 juin, c'est dimanche et il n'y a pas classe en cinquième au collège Raymond-Queneau. Clément veut partager ce coin de paradis. En moins d'une demi-heure, on entend des éclats de voix. Je les entends : indicatif présent ; je les entends encore (fin septembre), je voudrais tant les entendre : conditionnel dérisoire et poignant, nostalgie d'un temps révolu, impossible à retrouver (mémoire et narration sont des béquilles, bonnes à labourer un sol gorgé d'eau comme le pays de Galles promis à l'orge et aux poireaux, bonnes à être brandies vers un ciel noir à cause des corbeaux et du charbon). Je donnerais tout, tout, afin que d'autres que moi puissent à nouveau les entendre.

Martin regagne donc sa chambre. Non sans un détour par la cuisine, ni l'exercice — pour le plaisir — d'une sortie grognon. Il se décide à réviser « son français », se plonger une dernière fois dans ses notes et les textes choisis en vue de l'examen. L'oral a lieu lundi.

Sur les conseils d'Anne, il lit d'abord la critique de l'admirable *33 Newport Street* de Richard Hoggart par Claude Prévost et les articles de *Télérama* consacrés à John Cassavetes et à l'exposition Giacometti. La semaine précédente, il a revu avec Anne, sa mère, *Dom Juan* et *Candide ;* avec moi, les *Poèmes en prose* de Baudelaire ; en solitaire, le thème bâti autour de Camus (je me rappelle lui avoir raconté Albert gardien de but du Racing-Universitaire d'Alger et l'arbre autour duquel un 4 janvier sa voiture s'était enroulée). Il tombera sur Bougainville et un professeur grincheux.

Baudelaire lui plaisait. Il y voyait sans doute un lointain mais indéniable descendant du roi Arthur. Il s'était vaillamment lancé dans un exposé en classe, l'avait abordé selon un angle original — les pauvres. Il y avait saisi d'emblée le goût des voyages, d'une géographie littéraire qui le séduisait (Lisbonne, nous y allions en août, Sumatra, la Chine occidentale). Il m'avait expliqué *la Chambre double*, l'infinie expansion de ses neiges et ses ciels rose et bleu ; la relisant aujourd'hui c'est moi qui reçois le coup de pioche dans l'estomac et ressens la dictature du Temps ; et la refermant, je tombe sur les lettres de feu de ce double titre, ANY WHERE OUT OF THE WORLD — N'IMPORTE OU HORS DU MONDE (XLVIII), la parenthèse indiquant « il y a seize ou dix-sept ans » (XLIX), et les presque derniers mots du livre, « étés de la Saint-Martin ». Je lui avais montré au passage cette fusée capitale : « la sensibilité de chacun c'est son génie ».

Il eût aimé avoir à réviser un thème sur littérature et désert dont nous avions précisé les contours (Nerval, Flaubert, Le Clézio). Mais les élèves de sa classe ne l'avaient pas retenu. Ces trois auteurs étaient restés campés devant le coffre à jouets jusqu'au jour de son départ avec les œuvres du siècle des Lumières et la caravane des *Corto Maltese.* Il insistait pour que je lise *l'Exil et le Royaume* de Camus ; je le lui promis. En Suisse, cet été ! Et je le revois, assis sur son fauteuil jaune, le faisant pivoter dans un sens puis dans l'autre, les jambes à l'équerre, le pied droit posé sur le genou gauche, ou l'inverse, bougeant, bougeant sans fin.

Le soir, il est très probable que nous avons mangé des pâtes. A l'ordinaire une livre ne suffisait pas. Le partage était rigoureux, la tension joviale mais à son comble quand Anne se saisissait des deux grandes cuillers qui eussent servi la messe. Martin se levait aussitôt pour aller chercher la bouteille d'huile d'olive achetée à Pâques au pressoir de Filitosa (il n'aura pas su — il eût été fâché — que nous avions offert la dernière bouteille à des amis). La soirée a été longue, digne du solstice et de l'animation familiale habituelle. Martin courut quelques périls au cours d'expéditions hardies, perdit son cheval au-dessus d'un précipice et son épée en remontant dans son bateau. Il finit par un dernier grand prix automobile (Silverstone) puis repartit en voyage avec Candide et son vieux monsieur Martin qui ne trouvait « plus rien d'extraordinaire » et « n'avait rien à espérer ».

Le 21 juin s'achève, c'est bientôt l'heure de se coucher. Par les fenêtres, on peut voir — à portée de main — les enseignes lumineuses du quartier chinois, autour de la porte d'Italie. Elles sont multicolores et flamboient comme à la campagne, trouant la nuit devenue profonde, les feux de la Saint-Jean. Ciao !

La semaine qui suivit ressembla aux huit cent cinquante-quatre qui l'avaient précédée.

Vendredi, il fit soleil. On trouvait de l'ombre dans les allées du marché, des collines de fraises sur les éventaires, Périgord, Loir-et-Cher, les mandataires des Halles s'en donnaient à cœur joie. La marchande des quatre-saisons avait les bras nus, si blancs qu'on lui eût prescrit ses fraises, trempées dans du vin, pour lui favoriser la complexion. A la boulangerie, j'achetais deux palmiers.

A midi, je jouais au tennis (stade Lénine). A 2 heures l'après-midi, Martin entamait l'épreuve écrite *anticipée* de français. Anne avait posé sur la table de l'entrée, à son intention, une montre et les documents qu'il devait présenter : convocation, carte d'identité. Quand je rentrai du stade, à une heure et demie, je m'aperçus qu'il avait oublié la montre. Il n'y avait pas à balancer : dans la minute, j'enfourchai son vélo, un Raleigh noir dont les vitesses cafouillaient, remontai par l'avenue Casanova, la rue de Patay, la rue Monge, la rue Clovis, jusqu'à son lycée où je le trouvai, moins cinq, de dos d'abord au milieu de ses camarades de classe, puis se retournant, son beau sourire, plus beau encore, sa grâce, je pleure rien que d'y penser.

Tout l'été, je n'ai pu — ni voulu — me détacher de cette image : Martin se retournant, doucement, de plus en plus lentement, et me souriant.

Il choisit (passé simple) le sujet numéro 3 : Attendez-vous du personnage principal d'un roman qu'il soit un héros ? Il revint plutôt content. Le soir, pour fêter la fin de l'année scolaire, la Suède avait organisé la finale du Championnat d'Europe de football. Le cadre était à la hauteur, champêtre ; un stade coquet, le gazon haut et les rayons du soleil longtemps rasants à cause de la latitude. François, Antonio et Philippe nous avaient rejoints, les enfants allongés comme de coutume devant la télévision, applaudissant les exploits des joyeux trouble-fête danois. Samedi dimanche, le *week-end* pour parler la « dernière » langue de Martin, fila très vite. Sans doute se rendit-il au Luxy, le vieux cinéma d'Ivry, la Mecque de ses samedis soir ; voir quel film ? Je n'ai aucun souvenir précis. D'ailleurs, je n'en recherche pas ; je ne tente ni une reconstitution ni un procès-verbal, je voudrais simplement dire mon amour pour Martin et que ceux qui l'ont connu et aimé puissent, s'ils le souhaitent, déchiffrer ces pauvres signes, le retrouver peut-être, par miracle, dans une brève éclaircie de ciel noirâtre, intact, charmant, d'une grâce telle que ceux qui ne l'ont pas connu puissent à leur tour l'aimer et, à travers lui, plus que la prunelle de leurs yeux, leurs propres enfants.

Lundi 29 juin, oui, comment échapper à l'impression d'un compte à rebours ?

7 heures, Anne et moi nous levions. Café, douche, propos rares mais légers, allure enjouée. Les temps étaient favorables. Anne était partie la première, les enfants encore endormis. Du lycée, elle téléphonera à Martin pour lui souhaiter bon voyage et lui recommander de se couper les ongles. J'étais parti un peu plus tard, à vélo, chez mon ami François Miehe, chercher l'arbre peint qui figurera sur la couverture de mon roman. L'arbre n'était pas tout à fait prêt ; quelques branches et un quartier de ciel finissaient de sécher. Le temps pressant, un sèche-cheveux fit l'affaire. Il fut enfin possible de glisser la feuille dans un rouleau de carton, puis une ficelle afin que je puisse le porter en bandoulière, repartant aussitôt avec cette espèce de carquois, chevauchant le

Raleigh, traversant Ivry comme Robin des Bois la forêt de Sherwood.

Martin m'attendait. Vers 9 heures, nous quittâmes la maison. Sans un regard en arrière. Pourquoi en eût-il été autrement.

Nous nous rendîmes à la gare, longeant l'école Einstein puis les maisons rouges qui sont une copie de l'université Lomonossov, passant devant le centre de santé et le Luxy. Je portai sa valise (la Delsey bleue), lui son sac à dos en toile vert émeraude Eastpak qu'il tenait tantôt par les bretelles tantôt par le manche de sa raquette de tennis. Nous fîmes une étape rue Saint-André-des-Arts, afin de remettre à l'éditeur le rouleau et l'arbre, les vingt-deux feuilles pareilles à des flammes. J'étais heureux de montrer à Martin le lieu, la cour avec ses pavés ronds et inégaux, légèrement humides après une ondée passagère (le temps du trajet souterrain Austerlitz-Saint-Michel) ou un arrosage matinal et généreux (le tuyau jaune enroulé dans un recoin derrière un laurier en pot). J'étais heureux de le présenter, bonjour, voici mon fils Martin, il s'en va à midi en Angleterre.

Nous repartîmes en direction de l'aéroport de Roissy, via le RER — un long tunnel, une écluse sur le canal Saint-Martin, la traversée des couronnes, la zone, la plaine industrielle de Seine-Saint-Denis, entrepôts et entreprises à cheval sur deux siècles, le XIXe et le XXIe, de quoi saisir quelque chose du progrès chaotique d'aujourd'hui, des HLM et des pavillons bien du XXe, la haie maussade des peupliers de banlieue, un arpent de sol briard venant buter sur des avions. Nous arrivâmes très en avance. L'embarquement du vol Paris-Cardiff AF 958 fixé à 12 h 25, nous eûmes le loisir d'attendre. Plus d'une heure. Mais une heure qui serait la dernière.

Une bonne heure, agréable, comme les cent quarante-trois mille quatre cent soixante-douze qui l'ont précédée, une heure que nous passons assis côte à côte dans un vaste hall, parlant d'abord de choses et d'autres (adorable bavardage quotidien), échangeant les pages de *l'Équipe* et du *Canard enchaîné*, sautant des courts de Wimbledon aux couloirs du Palais-Bourbon, reparlant du bac et des projets de vacances, pays de Galles retour le 13, départ en Suisse le 15 avec Guillem, retour le 31, départ le 2 pour Lisbonne, l'Alentejo et l'Exposition universelle, une semaine à Teba, une autre à San Feliù Guixols, retour le 29, départ le 30 — seul à nouveau cette fois — pour Moscou, belle perspective qui l'enchante même si nos horizons sont moins lointains cet été, et il se remémore Timimoun, Diyarbakir, Abou-Simbel (C'était génial !), quelle heure est-il, ça va, et il imagine notre emploi du temps à venir, donne des détails, revient encore à notre voyage en Amérique à cause de l'attente à l'aéroport, voilà, ça doit être l'heure, nous marchons jusqu'au guichet, échangeons une dernière phrase drôle et entrecoupée, nous embrassons, ciao. Le douanier vérifie sa carte d'identité, tu te retournes, une dernière fois, le même sourire, la grâce.

Une heure qui n'aurait pas dû finir.

Je suis rentré à la maison, tranquille comme Baptiste. Le soir, j'ai quand même écouté les nouvelles — en raison d'une vieille peur à l'égard des avions. Dans la soirée, il nous a téléphoné. Heureux d'être à Llangybi.

Presque deux semaines suivirent.

La première nous déposa en juillet, un mois propice jusqu'à l'an passé.

Mardi, Anne écrivit à Martin, sur une carte postale du Louvre — Souvenirs de voyages, autographes et dessins français du XIXe, une aquarelle du Maghreb où on discerne des porte-étendards longeant un tombeau et les silhouettes de cavaliers éclatants sous des remparts par endroits transparents. Elle commençait ainsi : « Il pleut depuis cette nuit comme tu l'avais annoncé au téléphone. » Elle donnait ensuite des nouvelles de son passeport, croulait sous des cerises rouges comme la vieille Russie et saluait le gaucher McEnroe. Elle l'embrassait comme du bon pain. « Love, A. »

Jeudi 2 : premier anniversaire de la mort du père d'Anne. Un homme dans sa quatre-vingtième année, emporté en guère plus d'un mois, par une inflammation aiguë du pancréas. Je me rappelai alors les visites à l'hôpital Henri-Mondor, la foule dans les ascenseurs, le trajet en voiture avec la mère d'Anne, les mêmes mots de réconfort et de confiance tout le mois de juin, mais de plus en plus lourds, lourds et obtus, embarrassés, difficiles à croire à mesure que son mari passait de l'observation à la réanimation, les reins puis les poumons refusant de fonctionner, toute la machine humaine — malgré tant d'appareils et les vestiges d'une grande force — renonçant à tourner. Je me rappelai le corps jauni, cireux, déformé par la maladie, le visage gonflé ; les yeux surtout, emplis de terreur m'avait-il semblé ; une première fois, avant l'opération, extraordinairement mobiles, à l'affût du moindre bruit ; une seconde fois, après l'opération, quand le tuyau d'assistance respiratoire l'empêchait de parler, les yeux qui voulaient parler, qui suppliaient, sans que j'eusse la certitude de bien lire, qui s'effrayaient de l'indicible ; enfin les yeux fermés, trois, quatre jours, à tout jamais fermés, on aurait dit usés. J'évite de me rappeler la morgue.

A l'inverse, le souvenir du Père-Lachaise est resté moins rude. La mort avait frappé, mais elle avait frappé dans l'ordre. Dans les ronds de soleil dessinés par les arbres, devant le columbarium, mes enfants m'apparaissaient plus beaux et plus grands que jamais.

Vendredi 3, je jouai au tennis et me régalai de fraises. Les semaines continuaient de se suivre avec l'évidence des générations dans la Genèse. L'imprévu constituait une catégorie du plaisir. Samedi 4, nous sommes allés à l'Institut du monde arabe.

Dimanche 5, en fin d'après-midi, il y eut cet étonnant coup de téléphone. J'appelai Martin, à Llangybi. Il était ravi, parlait vite comme quand il était heureux, enthousiaste, c'est-à-dire si souvent. Il s'amusait beaucoup. Il progressait en anglais, grâce aux Johnson et aux Monty Python ; la BBC diffusait *The Flying Circus*, et nous nous promîmes d'aller voir leur version du Graal à la première occasion. Nous bavardâmes — de tout et rien — au moins cinq bonnes minutes ; je ne me rappelle pas *nos derniers mots*, les tout derniers en revanche, salut, ou ciao comme nous affectionnions, ou pour une fois *good bye*. A lundi en huit ; je m'avise que 8 quand il est couché devient l'infini. Mais l'étonnant réside dans l'espèce d'extravagance qui saisit alors la famille d'un bord à l'autre de la Manche, Clément souhaitant parler à son frère (pour un avis en jeu vidéo, un obstacle dans la chasse au trésor, et dans le feu de l'action parlant ensuite d'autre chose), puis Martin à Antoine (je les entendais plaisanter, rire, se donner des nouvelles d'un registre plus personnel et s'en promettre, à bientôt, allez, ciao), non, ne raccroche pas, Anne venant parachever cette folie douce, cinq autres minutes, aussi bonnes bien que troublées par les frères voulant se parler à nouveau, près d'une demi-heure avant de mettre un terme à la communication, avant que la Manche ne se refermât — comme la mer Rouge — épouvantablement.

Ce fut, dimanche 5 juillet, un joyeux moment. Mais cela restera pour nous, dimanche 5 juillet, notre ultime contact. L'extinction de sa voix, le *fading*, l'évanouissement du son. Sous peu, la syncope du sens. Ce fut, ce sera également, notre dernier vrai dimanche.

La dernière semaine (la deuxième semaine) passa très vite. Le soir, nous regardions les prévisions météorologiques au-dessus de Cardiff, les nuages qui se profilaient sur la mer d'Irlande et le canal Saint Georges, le yoyo des dépressions et de l'anticyclone, les ciels de traîne sans le moindre soupçon sur ce que nous allions leur devoir. Le jour, j'écrivais des poèmes ; les premiers depuis cinq ans, ayant éprouvé l'envie de dire à nouveau — dans cette forme — les éléments de connaissance que j'ai du monde et les sentiments qui m'animent. Les nuits étaient d'une grande bonté.

Lundi (soir), j'écrivis à mon tour deux cartes postales à Martin. Je lui transmettais un grand bonjour de son vieux copain Charles Baudelaire, du dérailleur (neuf) de son vélo en vue des routes suisses, lui souhaitais du bon plaisir pour « ces derniers jours... je t'embrasse, t'attends à Roissy, ciao, B ». Ce sont donc mes derniers mots. Après les dizaines de petits billets que nous aurons échangés, surtout depuis deux ans, mes cartes postales et ses papillons de couleur où il me laissait le mardi soir, souvent accompagnée d'un dessin tracé du même coup de plume rapide et on eût dit barbouillé bien qu'il fût extrêmement précis, la liste — commentée — des nouvelles parvenues à la maison par téléphone ou France-Info. J'avais ainsi gardé sur mon bureau, avec une minuscule et éclatante corbeille de fruits en pâte fymo de Clément et une main peinte d'Antoine pour d'autres anniversaires, ce billet déjà tout jauni :

à mon père adoré
martin
36 ans

Je m'aperçois — aujourd'hui — que, sans y penser, fin juillet, j'avais dû le ranger dans le tiroir de mon bureau afin qu'il ne risquât point de s'abîmer. Je décide de le reposer à côté de la main et des fruits.

Jeudi et vendredi, je m'acquittai du service de presse de *l'Arbre de vies* rue Saint-André-des-Arts. Samedi, nous commençâmes à préparer les bagages. Martin rentrait (devait rentrer) lundi et nous partions, en Suisse, mercredi à la première heure. Je me chargeai des cartables de livres et du grand sac à dos ; j'hésitai entre deux romans pour compléter l'arsenal (les quatre volumes des poésies de Jouve, les nouvelles de Tchekhov et *Regardez la neige qui tombe*, *le Rivage des Syrtes* afin que Martin le finisse, *la Femme des sables* du Japonais Abe Kôbô qu'il m'avait offert en mai, l'ouvrage de Tavernier sur la guerre d'Algérie) ; finalement, je choisis *Moby Dick* par souci d'équité géographique. Je vérifiai ensuite les cordes, la bleu et rouge de 80 mètres destinée aux voies d'escalade, la jaune de 40 mètres destinée aux courses sur glacier, m'évertuai (sans succès) à ne pas emmêler les anneaux ; je palpai les pochettes où j'avais rangé cet hiver les deux paires de crampons, je recomptai les mousquetons et les sangles, les étendai sur le tapis à motifs marron d'Abadan à côté des baudriers, des piolets et des casques avant de refaire le sac selon un ordre sacro-saint qui nous projetait vers les cimes. Il n'y avait vraiment plus qu'à partir. Rien ne manquait — ni la crème solaire, ni les piles neuves pour les lampes frontales ; ni la couverture de survie fourrée depuis dix ans au fond du sac. A tout hasard.

Vers 19 h 45 nous sommes partis chez nos amis Gilis. Il pleuvait, de grosses gouttes éparses. Les essuie-glaces balayaient un ciel sale, d'un gris déteint. Avions-nous acheté des roses ? c'eût été idéal, ce soir, des roses roses, des roses pompon, fines et rondes comme cette apparition d'un firmament bombé quand la route remonte derrière la voie de chemin de fer. La soirée fut agréable, le vin rouge et généreux. Nous donnâmes les bonnes nouvelles des enfants : Antoine à Belle-Île (depuis lundi), Martin en Angleterre (depuis l'autre lundi) ; quant à Clément, avant onze heures, il s'était endormi. A minuit, personne ne songea que c'en était fini du 11 juillet. Après tout, on pouvait croire que c'était un jour comme un autre.

D'ailleurs, comment en eût-il été autrement ?

Trois semaines ont passé en treize pages.

C'est peu de pages. Mais à quoi servirait d'être plus long ? Je le pourrais certes, trop aisément, et sans doute y trouverais-je le temps du souvenir quelque piètre réconfort. Cependant, j'ai le sentiment (obscur et intime) que je dois absolument me tenir à ce principe de retenue affirmé aux premières pages du récit. Une relation brève et serrée, partant du début de l'été, évitant les digressions et je sais trop bien quel leurre (l'illusion de le garder — ou le rendre — vivant) ; une chronique de l'événement qui vient de nous anéantir, de ce vide terrifiant et de notre condition infime, désespérée, quand bien même l'amour qui nous a survécu et la langue voudraient nous secourir, quand bien même les failles de ce récit révéleraient, en creux, ce que Leibniz appelle les règles de la perfection.

Trois semaines ont donc passé. A mesure que le récit s'est rapproché du 11 juillet, j'ai senti grandir en moi le noyau du tourment. J'ai très bien su où j'allais, chaque jour où je pénétrais dans la chambre, le cœur noué, revenant à la table de ce singulier travail, recomptant les crayons et les gommes, les quarante-trois œillets jaunes et roses devant la fenêtre et les six volumes du dictionnaire sur son lit, reprenant le fil avec une passion intégrale, retrouvant à l'improviste — hier seulement — l'odeur particulière et déjà oubliée de Martin. Certes, ici et là, une phrase, un relief de mémoire me surprenaient, faisaient scintiller un brin de crépuscule au bord duquel nous nous tenions, penchés, souriants mais sur le point de disparaître.

Cependant, j'avançais, j'avance vers la date fatidique, vers l'instant, la fraction de seconde, où tout va se consommer. Et le temps soudain s'abîmer. Tourment : la perte et le supplice, la tourmente, un gros mauvais temps qui n'a pas de cesse et vous a tordu les branches des arbres, de tous les arbres, arbres peints, arbres grands-bretons, arbres des Testaments, arbres de Noël et des généalogies, qui vous a tanné l'âme et le visage, cette chose gigantesque et écrasante que traduit le latin *molestia* et qu'on retrouve dans la meule du moulin, et nous sous la meule (la même racine vaut pour les langues slaves, le baltique et le hittite), moulus, broyés, mis en pièces, c'est exactement cela.

Depuis des heures, bientôt des jours, je bute sur cet instant. L'imminence de l'accident. Je n'arrive pas à le rapporter. Quelque chose m'en empêche, une force que j'ai un mal fou à contrecarrer. Il le faut néanmoins si je ne veux pas renoncer. Les livres, l'attention bienveillante aux choses et aux êtres, bref, ce que j'honore sous le nom d'humanisme devrait me venir en aide mais se révèle impuissant. Je reste là, assis, par habitude, dépourvu de cette lucidité dont j'avais cru bénéficier au départ.

Il suffirait pourtant d'un souffle, du chatoiement d'une livrée, de la moindre combinaison pour que nous soyons en mesure de relancer cette étrange chimie qu'on appelle littérature. Imaginons les mines de cuivre et de plomb du Harz saupoudrées de neige fraîche aux premières heures de février 1686, la multitude des poissons volants que le conseiller aulique a oubliés dans sa *Théodicée*, on ne peut pas penser à tout, imaginons un *Groom* de Soutine, effondré sous le poids d'une fatalité impalpable tandis qu'un battement d'ailes incarnates se dissout dans un fond de ciel rendu vert par sa propre dissipation.

Imaginons, tant que l'on peut imaginer. Mais l'accident, décidément, rien à faire. Il est ce qui survient, par hasard, ce qui nous échoit (dans le sens d'une chute, ce qui nous tombe sur la tête comme les cieux des Gaulois). Quand il est 19 h 45 à Ivry, ce samedi 11 juillet, il est 18 h 45 à Llangybi. Le ciel est clair ; incrusté de petits nuages mauves qui se dépêchent vers les Costwolds. S'il a plu, c'est quelques heures plus tôt ; deux ou trois averses entrecoupées d'un soleil timide qui connaît la latitude où il exerce ; si elles sont restées humides, les routes ne sont plus mouillées. Que dire d'autre ?

Sur la route (*unclassified*) d'Usk à Tredunnoc, une voiture aborde une courbe (ce n'est même pas un virage). James Niklasson tient le volant. Il a dix-neuf ans, je le suppose gai et de bonne humeur à l'image de Gareth — le fils cadet des Johnson, assis à son côté. Martin a pris place sur le siège arrière, derrière Gareth, à côté de deux jeunes filles (je les suppose, etc.). Il a casé tant bien que mal ses longues jambes et bouclé sa ceinture de sécurité. De quoi parlent-ils ? de musique, de baffles et de vibrato ? de leur dernière partie de tennis ? du film *Batman, le retour,* qu'ils vont voir *maintenant* ? Que regarde-t-il, lui, Martin, à cet instant, par les vitres de la voiture ? sur quoi se posent ses yeux (qu'il avait si beaux) pour finir ? Il se peut que ce soit un arbre dans le jardin du Cwrt Bleddyn Hotel ou le ciel derrière une haie d'aubépines. L'instant d'après tout a basculé : la voiture dont James Niklasson a perdu le contrôle, le paysage, l'arbre et la haie ; les perceptions des passagers ; le bruit infernal des tôles râclées par le macadam (est-ce qu'on ferme les yeux à cause du vertige et des bruits ?) ; le destin au bout de deux ou trois tonneaux. Voilà. C'est fini. Cette fois, il n'y a rien à ajouter. C'est fini, c'est affreux. Et c'est déjà parfaitement incroyable (*unbelievable*).

A fortiori n'avons-nous rien vu venir. Ni pressenti, ni perçu le moindre signe prémonitoire. Nuit de samedi à dimanche quiète, à peine agitée par le vin et la queue d'un orage.

Quand je pense que j'ai entendu, ces jours-ci, un documentaire sur l'archéologue anglais lord Carnavon où son fils — un gâteux qui avait bien une fois et demie l'âge du père — se flattait qu'à Londres son chat fût tombé raide mort à l'heure même (avril 1923) où, au Caire, le lord succombait à une piqûre de moustique infectée. J'en conclus certes une théorie des coïncidences mais aussi que je ne vaux pas un chat.

Martin est mort ! C'est par ces mots que j'appris la mort de mon fils. Ce sont les mots choisis par Anne pendant les trois heures épouvantables où elle a été — de nous deux — la seule à savoir. Et de ces trois heures, que je n'ai pas connues, je la plains infiniment. A-t-elle hésité entre telle ou telle expression, sans doute, je n'ai pas pensé ni par la suite osé le lui demander. De cette violence dont je lui suis reconnaissant (y avait-il une expression moins pire ?), peut-être lui suis-je aussi redevable de la brutalité qu'à mon tour j'emploierai pour l'annoncer.

Vers 10 heures le matin, dimanche 12 juillet, on a sonné à la porte de la maison. Quand elle a ouvert, Anne a eu la surprise de découvrir deux gendarmes. Maladroitement, ils lui ont laissé entendre peu à peu la nouvelle. Clément était là, c'est lui, j'ai cru le comprendre, qui a pris en main et lu le papier officiel où un fonctionnaire de police avait noté l'essentiel (la mort) et le lieu où reposait le corps (la morgue de Gwent Hospital).

Ensuite, ils se sont rendu compte qu'il n'y avait pas moyen de me joindre. Je pédalais, avec mon cousin

Denis, dans cette vallée de Chevreuse que je n'ai jamais beaucoup appréciée malgré les trouées de lumière dans la côte des 17-Tournants. Anne a téléphoné à Raymonde au cas où elle aurait su la route exacte que nous empruntions. Raymonde est venue aussitôt chez nous. Benoît l'a accompagnée afin de tenir compagnie à son cousin Clément qui tournait en rond dans la maison, éprouvait le besoin de prendre l'air. Très vite, ils partiront tous les deux au Chaperon-Vert chez les grands-parents de Benoît. De là-bas, Clément téléphonera cinq fois, dix fois, à sa mère pour l'embrasser.

A une heure moins dix, sous un ciel de plus en plus menaçant, je laissais Denis en lui dédicaçant, à même mon beau vélo rose, *l'Arbre de vies* que j'avais porté toute la matinée dans mon sac à dos entre un k-way, deux chambres à air et des pâtes de fruits. A une heure moins cinq, je longeais le cimetière parisien. A moins deux, je descendais le long du vieux cimetière d'Ivry, doublais l'église, le terminus du métro, tournais à gauche, avenue Casanova, encore cent mètres, j'arrive. Avant la pluie ; de gros choux-fleurs noirs couronnent le toit d'ardoise de la mairie.

Je sonne à l'interphone; j'improvise comme si souvent un nom étranger qui fera rire (qui aurait dû faire rire). Je prends l'ascenseur, trois étages où ma vie (ma vraie vie) s'achève, vingt secondes où Anne — qui n'a pas le plus minime soulagement à espérer — sait néanmoins qu'elle va enfin pouvoir parler. Dès que la porte de l'ascenseur s'est ouverte, j'ai vu Anne sur le palier, son beau visage défait. J'ai immédiatement compris qu'il s'était passé quelque chose de grave, de très grave, que quelqu'un était mort, pendant les cinq mètres de l'ascenseur au palier j'ai pensé à sa mère, à mes parents, mais non, il y avait trop d'effroi dans son regard pour que ce fût un parent, et — sans que j'eusse encore la force de tirer les conséquences de cette impression — je voyais son corps qui s'effaçait derrière la porte pour me laisser entrer, appuyer mon vélo rose contre la bibliothèque des encyclopédies, ses mains tordues, éplorées, oui, éplorées, qui flottaient, qui se portaient vers moi mais hésitaient à se poser, tâtonnaient dans la pleine lumière de midi, préfiguraient le vide immense qui venait de nous absorber, oui, je prenais conscience — dans ce qui n'était encore que l'aube foudroyante d'un déchirement et l'intuition d'un effondrement absolu — qu'il devait s'agir d'un enfant, et j'ai d'abord pensé à Clément, à une chute en descendant l'échelle de son lit ce matin, à un arrêt du cœur, puis aussitôt à Antoine à cause de la pêche aux pousse-pied et du ressac sur les rochers de Belle-Île, tout ça en moins de cinq secondes, mais, avant que mon esprit eût franchi la Manche, Anne me dit Martin est mort !

Elle n'eut pas besoin de le répéter. Moi, si volontiers sourd, j'entendis clairement la voix sourde qui nous condamnait.

J'entendis. Demeurai interdit par ces trois mots, ces trois mots incroyables, incroyables et définitifs ; incroyables dans leur agencement autour de ce verbe *être* qui reliait un nom et un adjectif n'ayant rien à voir, aucune raison de s'assembler ; définitifs dans leur netteté et l'évidence de l'irréparable. Sans doute je suis demeuré interdit, debout, entre la bibliothèque blanche et le grand oiseau bleu de Braque qui veillait depuis plus de vingt ans sur notre maisonnée, cloué sur place, face à Anne dont les mains se posaient enfin sur les miennes. Sans doute je l'ai prise entre mes bras, j'ai dit Oh non ! et tout de suite Comment ? et j'ai commencé à pleurer, sans bouger d'un pouce, dans mon attirail de cycliste.

Un peu plus tard, j'ai aperçu Raymonde et j'ai demandé Où est Clément ? Tout me paraissait en même temps irréel et réel, impensable. Oh non ! c'est pas possible ! Et j'ai sûrement répété plusieurs fois Oh non ! Et je me suis laissé glisser le long du mur, sous le grand oiseau bleu, seul, et j'ai pleuré comme un enfant. Ensuite, Denis est arrivé. L'après-midi a passé entre la stupeur et les premières mesures pratiques à prendre, même si Raymonde et Denis se chargèrent de la plupart. Le téléphone eut un rôle capital. Il m'extrayait de mes pensées, si le mot « pensées » convient aux larmes et à cet état stupide où quelques mots-images commençaient à émerger de la masse chaotique du cerveau. Il me permit d'entendre Clément. Allô, ça va papa ? la voix suspendue sur ce point d'interrogation, extraordinairement inquiète, comment voudriez-vous répondre et comment ne pas pleurer de plus belle quand — après deux trois minutes de « conversation » — vous avez raccroché ? Antoine, lui, ne pouvait être joint. De toute façon, nous ne le lui aurions pas dit. Il était convenu qu'il appellerait mardi du Palais (nous avions donc deux jours devant nous). Le téléphone me permit aussi d'entendre mes parents, prévenus par mon frère ; d'appeler Raymond — le frère d'Anne — afin qu'il prévienne du mieux possible leur mère ; d'appeler à son travail, au journal *l'Équipe*, Dominique, la mère de Guillem — l'ami de Martin qui partait (devait partir) avec nous, mercredi matin, à la montagne. J'ai dû le lui dire deux fois, Martin est mort, et elle riait, elle ne voulait pas l'entendre, et la deuxième fois j'ai dû le dire plus fort, et le cri qu'elle a alors poussé, mon Dieu, jamais je ne l'oublierai et qu'elle en soit remerciée.

Nous dûmes converser avec l'agent consulaire (Mrs. Forbes) et l'officier de police (Bracegirdle). Contre notre volonté (notre velléité) il apparut assez vite souhaitable sinon nécessaire que nous nous rendions là-bas. En fin d'après-midi, nous prenions donc l'avion de Cardiff.

Vers 4 heures, nous partîmes de la maison. J'écris : vers 4 heures, mais — en fait — ma perception du temps était chamboulée, sens dessus dessous. Le temps coulait et ne coulait plus. Je le vérifiais ; il débordait, refluait et se précipitait à la fois selon une logique troublée par cet incalculable séisme. En tout cas, nous coulions ; dès cet après-midi-là, j'ai songé au *Titanic* — peut-être à cause du mot « naufrage » ou du mot « perdition ». En partant, j'emportai mon passeport et ma brosse à dents ; un point c'est tout.

Avant d'aller à l'aéroport, nous passâmes dire au revoir à Clément. J'avais très peur de pleurer, d'autant qu'une boule d'angoisse avalait le petit nombre des mots qui ne restaient pas coincés au fond de la gorge. En montant les escaliers du Chaperon-Vert, je serrais si fort les mâchoires que j'ai craint, un moment, m'être cassé une dent. Quand j'ai fait face à mon fils, j'ai essayé de sourire, ai répondu Ça va, lui ai caressé la tête (les cheveux qu'il a roux vénitien et drus). Je l'ai embrassé, doucement. On a peu parlé. J'ai bu un café et deux verres d'eau. Aidé par la gentillesse innée des grands-parents de Benoît, il me semblait apprendre à reparaître en société, à paraître dans mon habit de père-qui-a-perdu-un-enfant. Clément sembla rassuré ; il partit au bowling avec les cousins Bruno et Benoît, nous à l'aéroport. Avant de nous envoler, il fallut patienter une demi-heure. Anne voulut fumer ; à son intention, je demandai du feu, allumai sa cigarette, douce odeur tentatrice de tabac blond. Pendant cette demi-heure, derrière les grandes baies vitrées enfin inondées de soleil, encore complètement abasourdis, nous avons essayé de parler : mots difficiles et inhabituels, images poignantes des derniers jours de juin, ébauches de raisonnements absurdes — que ressentirions-nous si, au lieu d'être mort, il était dans le coma ou en morceaux, para-tétra-plégique ?

Nous embarquâmes dans un modeste avion à hélices qui, en temps « normal », m'eût fortement inquiété. J'y pénétrai sans l'ombre d'une appréhension. Pour la première fois (depuis la première fois, justement) j'assistai au décollage. C'était comme si la terre ne s'escamotait pas. Je ne parvenais pas à penser. Les mêmes mots (limités aux situations extrêmes) et les mêmes images (de Martin, du bonheur brisé) se bousculaient dans mon esprit. Anne et moi ne parlions guère, sauf, les nuages ! la Manche ! l'Angleterre ! puis, sans crier gare, et il me fallut de nouveau serrer les mâchoires pour retenir les larmes, la Severn, le long bras de mer qu'on survole avant d'arriver à Cardiff, Martin me l'avait dit lundi soir 29 juin à cause des photographies du satellite Spot regardées ensemble la veille de son départ et la Severn m'apparaissait ainsi, avec le sillage blanc de très petits bateaux, pas beaucoup plus grande que sur la photographie bien que l'avion eût entamé sa descente et que, virant de bord, il nous dérobât tour à tour le ciel et la Severn, puis les agglomérations où des feux jaunes et rouges commençaient à briller.

Il était environ 21 heures quand nous avons posé le pied en territoire gallois. J'éprouvai une deuxième fois le sentiment de réel et d'irréel (c'était moi et pas moi, c'était vrai et pas vrai ; cependant, au bout du compte, c'était). On nous épargna les opérations de douane. Dans une pièce, deux policiers nous attendaient : inspecteur Lanegan et officier Bracegirdle. Malgré la fraîcheur, ils étaient en bras de chemise. Dès le premier contact, ils témoignèrent d'une décence remarquable. On nous proposa de téléphoner en France : j'appelai Clément qui me rappela ma promesse de lui rapporter des bonbons anglais. A côté du téléphone mural, une grande carte de la région déployait son vaste réseau de routes qui dessinait une sorte de dédale, abstrait, même si sur le bord d'une de ces routes, en un point précis de la carte, et du mur, et je n'avais pas le moindre repère ni la moindre idée, Martin avait perdu la vie. Une voiture de police nous conduisit à l'hôtel Cwrt Bleddyn, où une chambre nous avait été réservée. Trajet étrange où j'étais repris par cette sensation d'irréel, et par un coup au cœur en songeant que c'était la route suivie par Martin à son arrivée lundi 29 juin, en devinant l'acuité de son regard ; l'autoroute jusqu'à Newport où le jour n'en finissait pas de tomber, le ciel de se déchirer, un ciel étonnant tel qu'on n'en voit qu'au nord, vaporeux, très mobile, avec ces traînes de nuages qui s'amoncellent comme des plumes sur un horizon rond et gris, ces rubans comme du papier crépon qui s'estompent un peu plus haut dans des mauves éclatants, pareils à ceux du saint Graal ; l'autoroute donc jusqu'à Newport puis, quand le ciel se fut refermé, de petites routes jusqu'à l'hôtel, un pays de bocage ponctué de quelques bourgs où des groupes de jeunes gens jouissaient des premières émotions du soir. De ce dimanche soir, 12 juillet. Déjà 24 heures, 26 heures, 27 heures. Et durant le trajet, après avoir entendu qu'Anne n'avait pas besoin d'interprète, les inspecteurs nous parlaient. Et Anne me traduisait une phrase par-ci, par-là. Et je n'osais pas le lui demander quand elle n'en avait plus la force. Et, pour la peine, je prêtais une attention extrême, comprenais plusieurs mots à la suite, croyais comprendre une phrase, que Martin n'avait pas souffert, ça oui, Anne me prenait la main, j'embrassais la sienne, que demain nous irions le voir, que, *God bless you.*

A l'hôtel, on nous conduisit à une chambre, luxueuse. La direction la mettait à notre disposition — gracieusement, par compassion et par affection pour Martin qui venait jouer ici au tennis et s'y était montré *so charming*. Luxe dérisoire quand je songeais à la pléiade d'hôtels royalement miteux où nous avions dormi, à cinq, tous les étés précédents, dérisoire mais courtois, la chambre si grande que nous ne savions pas où nous asseoir, le lit, immense, les fauteuils de velours, les fauteuils de cuir, le canapé, et — quand nous fûmes assis côte à côte sur un bord du canapé — la chambre encore plus grande avec le silence et la lumière diffuse dans les replis des doubles rideaux vieux rose. On nous avait annoncé la visite des Johnson, vers 23 heures. Nous savions qu'ils viendraient de l'hôpital où leur fils Gareth était en observation, grièvement blessé, dans un état critique. Parlions-nous, Anne et moi, ou chacun — dans ce qui devenait notre calvaire commun et singulier — refaisait-il le chemin qui nous avait menés là, dans cette chambre d'hôtel, depuis ce samedi d'avril où nous avions fait la connaissance de Barry et Mary venus impromptu chez des amis que nous n'avions pas rencontrés depuis dix ans ? Un échange de lettres avait confirmé le séjour de Martin en juillet, un séjour à Ivry de Gareth et notre conviction d'avoir trouvé, enfin, la bonne adresse en Grande-Bretagne :

Johnson
11 st Cybi Drive
Llangybi

Mais voilà, Barry et Mary arrivaient. Déchirés, inquiets aussi pour leur fils ; et peut-être ai-je confusément compris dès ce moment qu'à leur différence nous n'avions plus aucun espoir.

Ils pleuraient, pour Martin qu'ils avaient appris à aimer, si facilement disaient-ils en nous racontant (en anglais) des anecdotes qui devenaient bouleversantes. Ils pleuraient, pour nous. A cause de la fatalité. Ils reprenaient l'histoire de ce samedi soir (*yesterday*), juste avant le départ vers une salle de cinéma où Batman n'attendra pas. Un mot revenait sur les lèvres de Barry, je discernais *guilty* et ne cessais de lui répéter, la voix sourde *No!* Martin avait adoré sa première semaine chez les Johnson. Il nous l'avait dit. C'était même la dernière chose qu'il nous ait dite. Pas besoin d'être devin pour savoir que la seconde avait été du même ordre. Cependant, quand nous nous retrouvâmes à nouveau seuls, l'injustice nous apparut d'autant plus folle.

Il était un peu plus de minuit. Mais qu'est-ce que ça voulait dire maintenant minuit ? Sinon qu'on était déjà lundi et qu'on s'éloignait un peu plus du samedi et de Martin vivant.

Nous prîmes d'abord un bain dans une baignoire si large que nous y tenions ensemble sans nous toucher.

Ce qui eût été l'avant-veille un amusement, le prétexte d'un plaisir, n'invitait qu'à une mélancolie d'un noir insondable, noire comme un cachot, comme la nuit des temps où nous étions replongés, ravalés. Puis je nous préparai dix gouttes chacun de valium (à 1 %), autant dire rien, mais nous n'en avions pas davantage idée que de tout le reste. Le sommeil ne vint jamais, la somnolence au bout de quelques heures. Sans que ni l'un ni l'autre nous ne bougions ni ne parlions, par un mélange de peur et d'amour. Si je fis un rêve, ou un demi-rêve, il n'a pas laissé de trace apparente. La nuit passa ainsi, atroce. La nuit finit sans transition. Je n'eus pas à me réveiller. J'ignorai alors ce qui m'était épargné.

Je soulevai le bord d'un rideau. C'était encore le crépuscule, avant l'aube, mais je vis qu'il pleuvait. Une pluie fine, qui ne nous quittera pas de la journée. Il fallut donc attendre près de trois heures, jusqu'à 9 heures, le retour de l'inspecteur Lanegan et de l'officier Bracegirdle. Je ne tenais plus en place, sortais — empruntant, dans le hall d'entrée, un immense parapluie rouge à l'abri duquel nous aurions aisément tenu tous les cinq. Mes pas m'entraînèrent sûrement vers les tennis aperçus la veille au soir dans la vague confusion de l'arrivée. Je passai un petit pont de bois comme dans les jardins japonais, manquai de crever le parapluie sur la basse branche d'un arbre gris, avant de me retrouver à l'entrée des deux courts de tennis. Je restais là, fasciné, devant le grillage, la serrure indiquant : la firme Leicester a réalisé « these courts with the agreement of Her Majesty The Queen », la serrure fermée, de sorte qu'il m'était interdit de poser mes pieds où j'étais certain que Martin avait posé les siens, ici, au service, à la volée, et je le voyais, servant, volleyant, je le voyais ici à Cwrt Bleddyn Hotel et je le voyais, le revoyais, chez nous à Ivry, à Bucine, à Elounda, partout, et j'étais là, sous mon parapluie rouge, miséreux, à mille lieues de Sa Majesté la Reine, bégayant Ô mon petit, incapable de m'arracher à la contemplation imaginaire de ses derniers exploits. Le long des courts je comptais et recomptais quinze poiriers. J'aurais voulu qu'il y en eût seize (et c'est pourquoi je recomptais), un par année qu'il lui avait été donné d'accomplir.

Quand je rentrai, les deux officiers de police étaient installés en compagnie d'Anne, devant des tasses de thé, dans un petit salon. Ils lui parlaient avec une prévenance inouïe. Je compris qu'ils parvenaient à la convaincre de se rendre à la morgue et je crus percevoir chez eux une grande satisfaction quand elle y consentit. Ensuite, la priant de les en excuser, ils lui posèrent une liste de questions sur Martin (pourquoi la seule dont je me souvienne portait-elle sur ses maladies ? la réponse d'Anne fusant, non il n'était jamais malade !). Enfin, l'officier Bracegirdle nous lut le procès-verbal ; trois pages d'encre bleue, de mots irrévocables qu'il prononçait lentement et d'une voix douce, qui s'enchaînaient avec une évidence mélodieuse telle que j'ai pensé — vraiment — à Shakespeare, trois pages de Shakespeare qui présentaient la version officielle de l'accident et se terminaient par ces cinq mots ici inattendus, *Martin was a lovely boy.* Quant à Bracegirdle, il avait les larmes aux yeux.

L'agent consulaire (Mrs. Forbes, une sœur cadette de Miss Marple, engoncée dans une gabardine grisaille dont elle ne détacha pas un bouton) aborda le problème compliqué du retour de Martin (du corps de Martin) en France. Et il fallait bien essayer de l'écouter. De la réception, je dus téléphoner deux ou trois fois aux Transports funéraires à Joinville. Mais aucune décision claire ne fut arrêtée. Puis Mrs. Forbes nous tendit la carte d'identité de Martin (qu'elle garderait finalement pour le rapatriement du corps) ; premier crève-cœur quand je la saisis, deuxième quand aussitôt je l'ouvris : sa photo, à huit ans, ce n'était pas lui et c'était lui, fixant l'objectif avec sa vitalité et cette confiance comme ont les enfants. On nous porta alors, de la part du *staff* de l'hôtel, un bouquet de fleurs magnifique, des roses et des lis. Par la fenêtre du salon, je vis qu'il pleuvait toujours.

Mrs. Forbes repartie, les officiers Lanegan et Bracegirdle nous proposèrent d'aller sur le lieu de l'accident. Quelque chose m'échappait, depuis hier qu'ils en avaient lancé l'idée : où pouvait bien se situer ce « ravin » évoqué par je ne savais plus qui ? Il est vrai que beaucoup de choses m'échappaient, et je ne m'étonnais pas davantage quand, au lieu de nous diriger vers la voiture de police, je compris que nous y allions à pied, coupant à travers le gazon jusqu'à la route, à cent mètres de l'hôtel. C'était donc là, là, un fossé au lieu d'un ravin, un fossé, même pas, un bas-côté, vingt centimètres de dénivellation, un rectangle d'herbe humide et une clôture à claire-voie démolie comme si une vache, deux au maximum, s'y étaient couchées, de visu personne n'aurait misé un penny sur le malheur. C'était donc là. Et nous nous tenions serrés l'un contre l'autre, hagards, n'en revenant pas, cependant que l'inspecteur Lanegan nous expliquait les circonstances : la sortie de la courbe cent mètres plus loin, les tonneaux, le choc. Sa mort sur le coup, l'aorte sectionnée. Je chassai vite la vision du sang. Je leur demandai de répéter et à Anne de traduire : mort sur le coup. Je ne cesserai de m'y accrocher — comme le bernard-l'ermite à sa coquille, le bœuf au crochet de la boucherie Soutine, les quatre mendiants aux Évangiles. Il n'a pas souffert. Il n'a rien senti ni vu venir. A cette heure, mon Dieu, que voulez-vous demander de plus ?

Lanegan précisait que, dans la minute, deux médecins étaient accourus de l'hôtel. Heureusement pour Gareth. Malheureusement rien à faire pour Martin. Quant à James, le conducteur, et aux deux passagères, ils étaient indemnes. C'est là, sans doute, sur le bord de la route d'Usk à Tredunnoc, face à un médiocre taillis, que s'est révélée la première fêlure entre nous : Anne absorbée par la question POURQUOI LUI ? moi par un simple POURQUOI ?

Vers 11 heures, nous quittâmes l'hôtel. Pour nous rendre à la morgue de l'hôpital de Gwent. Dans la voiture, nous ne rompions pas le silence, ruminant les nouvelles images qui s'ajoutaient aux anciennes et nous accablaient. Dehors, la pluie redoublait, noyait le paysage dans un bocal gris, relançait le POURQUOI à travers le décompte des centaines de milliers de kilomètres que nous avions parcourus en voiture sans le moindre accident, jusque dans le Sahara, deux fois le tour du Grand Erg oriental, mais le mirage éblouissant des dunes s'évanouissait derrière le pare-brise astiqué par les essuie-glaces.

A l'hôpital, nous dûmes patienter environ cinq minutes dans la voiture. Le temps de préparer la pièce où nous retrouverions Martin. Un employé nous attendait devant une porte. Une porte comme toutes les portes, peinte en blanc cassé, avec une poignée. Le type était grand et maigre, très grand et très maigre, les bras ballants, en blouse blanche entrouverte sur un maillot de corps blanc, les manches ne dépassant pas les coudes, une tête hirsute, sûrement gentil mais un drôle de métier quand même. Je serrais Anne très fort contre mon épaule. De l'autre main, je tenais le bouquet de roses et de lis. Le type ouvrit la porte. Nous sommes entrés côte à côte.

Martin était là, allongé sur une espèce de table mobile, le corps recouvert d'un drap blanc — sauf le visage (les cheveux recouverts du même drap). Il portait juste une ecchymose, une fine trace violette, sous l'œil gauche. Je l'ai trouvé magnifique, oui, très beau bien qu'il fût mort, grand, il avait dû encore grandir pendant ces quinze jours, comme s'il dormait, vraiment, comme je l'ai regardé si souvent endormi sur son lit, dans sa chambre, avant d'aller me coucher, pendant seize ans, et — avant de partir, parce que c'était insupportable — j'ai posé le bouquet de fleurs sur ses jambes, puis je l'ai embrassé, sur le front, et son front était froid, gelé.

Nous savions que nous ne le verrions plus. Mais est-ce que c'était l'avoir vu ? Nous sommes sortis, l'employé discutait avec les policiers. Lanegan nous a fait signe de le saluer. Je me suis brusquement demandé s'il ne fallait pas laisser un pourboire. Bracegirdle parlait à Anne, doucement, lui redisait qu'il était très important qu'elle ait vu Martin mort, lui récitait du saint Thomas.

Direction l'aéroport, par l'autoroute très encombrée à cause de la pluie et des travaux. La sirène nous ouvrit le chemin. Chacun restait dans ses pensées, dans son coin de bocal. Je me cantonnais en quelques impressions : impression écrasante du malheur, impression de boucler une boucle en arrivant sur le rond-point avant l'aéroport ; impression surtout d'être à la place de Martin, du Martin qui devait (aurait dû) revenir par cette même autoroute à cette même heure (dans la voiture de Barry et Mary Johnson), du Martin qui devait (aurait dû) monter dans l'avion de 13 h 45, du Martin qui devait... Aurait dû.

L'officier Bracegirdle sortit du coffre de la voiture la valise (bleue Delsey) et le sac à dos (toile émeraude Eastpak). Je fus surpris par un autre bagage : un sac-poubelle où la police — sinon Mary — avait simplement emballé le linge sale. Je redoutai un instant qu'on y eût fourré les vêtements portés par Martin lors de l'accident mais l'inspecteur Lanegan me rassura. J'insistai pour porter les trois bagages. Le manche de la raquette dépassait du sac à dos, comme à l'aller. Le hall de l'aéroport était bondé, notamment de jeunes. Jeunes gens, jeunes filles, entre treize et vingt ans, quelques-uns arboraient une raquette de tennis. Tous, me semblait-il, nous regardaient. Avions-nous à ce point l'air de ce que nous étions ? Des parents endeuillés. En fait, Bracegirdle et Lanegan nous encadraient comme si nous étions des malfaiteurs plutôt que des malheureux. L'attention se détourna quand Lanegan paya — de sa poche (4 livres) — la boîte de bonbons anglais que j'avais promise à Clément.

Le vol fut rapide bien que je fusse accablé par l'idée (mille fois ressassée) que cet avion était celui par lequel Martin aurait dû rentrer. Je cherchais des yeux la place où il eût été assis. Je ne touchais ni au saumon ni aux tartelettes ; j'avais déjà du mal à avaler le jus d'orange. L'arrivée à Roissy était prévue à 17 h 45. Nous ne risquions pas de l'oublier : c'était l'heure à laquelle je devais (j'aurais dû) venir chercher Martin. Or tout était inversé : et nous descendions Anne et moi de l'avion, et nous avancions vers les hautes parois de verre derrière lesquelles je m'imaginais guettant Martin, mais où nous attendaient, pâles comme du papier mâché, Raymonde et Denis, Clément.

Ce lundi soir, oui, nous étions bien lundi, après un simulacre de dîner, Clément retourna dormir avec Benoît et Bruno. Dans la journée, Raymonde nous avait réservé un billet d'avion jusqu'à Lorient afin que nous nous rendions à Belle-Île tôt le lendemain matin. En rentrant, j'allai déposer les bagages dans la chambre de Martin. Sur son lit (où sont maintenant les dictionnaires et quelques livres, le Simone Martini, un Graal et ses *Histoires de volcans*). Je refermai la porte avec un sentiment de malaise. Ensuite, je fis un saut chez la mère d'Anne ; montai les quatre étages en courant, sonnai ; quand elle m'ouvrit, je la trouvai encore plus menue que d'habitude, défaite et digne ; après une étreinte silencieuse, elle me dit, d'une voix décidée qui ne tolérait pas le doute ni la moindre repartie, S'il y avait un bon Dieu c'est moi qu'Il aurait prise ! Nous restâmes un quart d'heure, dans la cuisine, main dans la main, face au frigidaire sur lequel trônait un panier d'oranges et — devant les oranges — une enveloppe où je reconnus l'écriture de Martin. Dans l'enveloppe, la carte postale datait du 5 juillet ; elle représentait une ferme peinte en jaune et vert, commençait par Dear mamie, continuait par des mots émerveillés et merveilleusement banals comme le bonheur, je t'embrasse, à bientôt. En vain, j'essayais d'étouffer mes larmes. Je ne pouvais plus m'en détacher.

Cette nuit-là, je dormis. Grâce à la pharmacie.

Avant 10 heures, nous atterrissions à Lorient. Un coucou nous transborda à Belle-Île, le cockpit inondé de soleil, le panache gris ardoise d'un nuage dont la brusque désagrégation révélait le rivage de l'île. Un taxi chauffait doucement à la sortie du terrain d'aviation. Nous savions vaguement que la maison des Miehe était située du côté de Taillefer. Le taxi mit le cap sur la pointe, et suivait une route étroite bordée de haies, d'enclos et de maisons quand j'aperçus entre deux fusains le casque blanc de Marie-Louise. Je ne m'apprêtais pas à parler à Antoine, comment s'apprêter ? j'allais improviser — malheureusement, la marge d'improvisation est des plus réduites lorsqu'il s'agit d'annoncer à un fils la mort de son frère.

La barrière d'entrée était grande ouverte. Si d'aventure elle avait été fermée, l'histoire n'aurait pas varié d'un pouce. Antoine et son ami Marion s'activaient, juste en retrait de la barrière, le long de la haie, sous un auvent qui abritait le bateau que Marion finissait de construire. Antoine nous vit sur le seuil, je lus l'incrédulité dans son regard, plutôt la surprise que la peur, ses parents, ici, à Belle-Île où ils n'avaient jamais mis les pieds malgré l'invitation renouvelée. Sans doute eut-il encore quelques secondes de sérénité à se dire qu'avec ces parents-là, et un 14 juillet de surcroît, allez savoir, mais en même temps il devait commencer à lire sur nos visages qui se rapprochaient quelque chose de la sombre détresse qui les recouvrait, à se demander ce qui se passait, voire ce qui s'était passé, alors je lui ai pris les mains et lui ai dit — d'une voix assez nette — Martin est mort. Il a tout de suite compris, nous a pris dans ses bras. Lui, si fort, n'avait plus de force pour nous serrer. Nous étions là, tous les trois, enlacés, maladroitement, nos têtes se touchant, incapables du moindre geste, comme un groupe de suppliciés sur les chapiteaux d'une pauvre église d'un siècle moyenâgeux.

Un peu plus tard, pendant que nous parlions avec Marie-Louise et François, je le revois en larmes étendu sur le dos, dans l'herbe, les bras en croix, fixant des yeux un ciel infiniment abstrait. Et je revois Marion tourner autour de son bateau sans oser le toucher, proférant entre ses dents des mots que je n'entendais pas, des bouts de phrases marmonnés qui exprimaient — dans sa langue d'ami et de marin — l'étendue du naufrage. Et je me revois aider Antoine à se relever, lui tendre les mains comme nous jouions antan dans les alpages en contrebas du Pain de Sucre, sous des sommets hauts et bleus comme la chapelle des Scrovegni à Padoue, et il se relevait, un mètre quatre-vingt-dix que j'embrassais comme le mètre dix d'autrefois. Un peu plus tard encore, nous nous assîmes, tous, sur un banc ou des chaises plus ou moins bancales, autour d'une longue table bien plantée au milieu du jardin. Un fabuleux désordre, qui ressemblait à la vie, régnait : bric-à-brac de vieux bols en faïence fendillés (les uns propres, des traces de chocolat ou de café au fond des autres), de pots de confitures (fraises, abricots, les couvercles à l'autre bout de la table), de pains et de gâteaux (sablés), miettes de biscottes autour du Nescafé, couteau la lame beurrée et motte de beurre demi-sel devant une bouilloire rouge à moitié cachée par une serviette lancée au hasard sur la table après qu'elle eut servi à éponger du lait, le broc toujours renversé à côté du saucisson et de la boîte en fer-blanc où cinq six dominos de sucre roux attirent les guêpes qu'un geste vif a chassées des pulpes d'abricots. Un semblant de conversation s'établit, le sujet accessoire puisque tout nous ramenait par principe à l'essentiel.

Ce fut d'abord l'histoire des voiliers, de milliers de bricks et de clippers dans la rade de Brest, d'un trois-mâts qui revenait des îles du Cap-Vert. J'emmêlai les voiles par distraction, misaine et artimon, pensai aussitôt que — chez nous — le mât du milieu venait de casser. Des histoires de famille vinrent relayer les voiliers ; la maison montait soudain d'un étage, un aïeul traversait les mers pour gérer les chemins de fer indochinois, rapportait d'Alsace un toit pointu comme une cigogne et le cri des goélettes. Encore un peu de café ?

Antoine me proposa un tour en canoë. Nous descendîmes à la crique, par cent mètres de hautes herbes puis en désescalade sur des rochers ardus à cause d'une encombrante pagaie. Malgré une combinaison de plongée, l'océan me parut très froid lors de la mise à l'eau. Mais le canoë glissait admirablement, fendait les eaux dans un silence digne des grands espaces, un silence néanmoins recouvert par les diesels et les goélettes, haché par des considérations techniques sur le maniement des pagaies puis par des phrases plus longues et empruntées où le nom de Martin affleurait, ricochait en ondes concentriques qui nous replongeaient chacun dans son silence. Deux fois, je me suis laissé glisser dans l'eau, lentement, y compris la tête, et j'ai nagé le long du canoë, avec fureur, le froid et le sentiment de nager pour deux. Je sentais vraiment mon corps : c'était la première fois depuis dimanche.

En fin de matinée, nous sommes allés au Palais sur de vieilles bicyclettes à guidon plat. Au guichet du port, nous avons réservé nos billets sur le ferry de 17 heures (nous trois, François et son « camion »). J'ai téléphoné à Denis, à Clément ; de la cabine, je voyais la flottille amarrée à quai, les fanions de couleurs, les nuages légers qui remontaient vers le nord comme si rien ne s'était passé. J'ai appelé Antoine, lui ai tendu le combiné afin qu'il parle à son frère. Comme on entendait les conversations du dehors, en raison d'une vitre cassée, je me suis éloigné.

L'après-midi a filé cahin-caha. Par moments, je m'isolais pour pleurer. Je revenais vite, afin qu'Antoine ne s'alarme pas. Pendant une heure ou deux, le ciel s'est couvert, histoire de faire plaisir à Marie-Louise ; et c'est vrai qu'ainsi il était au moins aussi beau, grâce à la variété des gris perle qui finissaient par suggérer l'idée du bleu et dispensaient une lumière amenuisée mais radieuse sur le monde, les ajoncs, l'herbe, la mer. Antoine et Marion étaient retournés sous l'auvent, autour du bateau dont ils admiraient les planches bien ajointées, la coque et la quille, le mât qu'ils n'avaient pas achevé d'arrondir, qu'ils ne dresseraient donc pas ensemble. Nous parlions encore avec François et Marie-Louise, sans doute nous parlaient-ils, eux, comme on parle à des malades ou à des malheureux, avec douceur, par charité, qui est le nom du jour pour la bonté et la fraternité. Et soudain j'ai entendu Marie-Louise raconter l'histoire de son frère. Je l'avais déjà entendue et oubliée, complètement oubliée, en raison même de l'effroi qu'elle m'avait procuré. Ce frère avait perdu son fils, fauché par un poids lourd à l'âge de seize ans en allant au lycée. Les parents avaient ensuite rapatrié le corps ici, à Belle-Île, en ce lieu apaisant. Cette idée-là ne quittera plus Anne.

Après une traversée cruelle parce qu'elle nous rappelait le bon temps de Pâques, le ferry débarqua à Quiberon. En cinq ou six heures, nous arrivâmes à Paris. Je conduisais le « camion » par des routes que je ne connaissais pas et, malgré cette ignorance, malgré des paysages banals, j'étais étouffé par des bouffées d'émotion. Alors, je serrais les mâchoires, tendais mes bras sur le volant, tentais de ralentir ma respiration, c'est fou ce qu'on apprend vite. Nous profitions tous du bruit de ferraille dans le vieux Ford pour nous isoler. La nuit finit par tomber, lentement, par paliers sombres puis obscurs puisque nous roulions plein est, sans autre éclat que les traces pourpres bouffant dans les rétroviseurs. Quand l'autoroute aborda le cœur du Bassin parisien, un feu d'artifice nous surprit. Était-ce la Butte-Rouge ou la banlieue de Versailles ? le ciel, à notre gauche, reprenait des couleurs, scintillait comme aux plus belles heures des années quatre-vingt, crépitait en l'honneur d'un 14 juillet dont nous étions à mille lieues.

Nouveau crève-cœur, non pas à cause d'une fête qui ne nous concernait pas, au contraire, les feux d'artifice étaient devenus un temps fort de notre vie familiale. Depuis cinq ans, ils constituaient le point d'orgue de nos vacances de Noël. Nous les passions, seuls, dans la grande maison de ma grand-mère au Bugue, en Dordogne. A chaque Saint-Sylvestre, Martin et Clément se vouaient au bonheur et aux dieux de la pyrotechnie. Aussitôt fêtée la nuit de Noël, dénoués les rubans des cadeaux, ils fonçaient chez le marchand d'artifices : droguerie-souvenirs — les salières-poivrières montées sur pied d'orfèvrerie, tous les chiens et chats en porcelaine de la création, quelques poissons en céramique égarés au milieu de vases en verre certainement incassable sur des étagères qui eussent bien mérité d'exploser. Ils achetaient cent francs chacun de feux, bengale, fusées, serpenteaux, pétards, girandoles, qu'ils rangeaient en attendant le grand soir. A partir de 18 heures, il fallait calmer l'impatience de Clément (J' vous dis qu'il fait noir !). On n'attendait pas pour autant l'année suivante. Trois ou quatre heures plus tard, les enfants mettaient le feu aux fusées qu'ils avaient disposées sur la terrasse face à un ciel aussi noir que l'impatience de Clément quand bien même des étoiles, avant les parcelles de poudre, y brillaient. Et je ne sais ce qui était le plus beau, des pièces de feu qui s'envolaient, éclataient en une infinité d'étincelles dorées, de pluies vertes, rouges, mauves, de gerbes blanches, de chandelles romaines qui s'évanouissaient au loin quand elles ne retombaient pas, à nos pieds, sur l'herbe après s'être heurtées à une branche de l'acacia et mêlées à la fumée épaisse et panachée des bengales que nous applaudissions, je ne sais ce qui était le plus beau, de ce ciel de Saint-Sylvestre ou de la joie des enfants.

D'emblée, en un hectomètre d'autoroute, cette image me submergea. Dans les trois secondes suivantes, je dépliais le livre d'images : le brouillard, le givre, la lampe de poche, la boîte d'allumettes soudain introuvable, Martin courant en tous sens, si heureux de son ciel, si malheureux de la moindre anicroche. Et ainsi de suite : les hivers froids mais secs, les tournois de ping-pong dans le préau, les livres lus devant l'immense cheminée repeinte en kaki ; et ainsi de suite, un voyage infini en chaque objet, et Martin dans chaque voyage comme dans une boule de cristal, et l'obsession de nos parties de football, à deux, à trois, à quatre, sur la terrasse, sur les stades, à Limeuil, à Saint-Chamassy, le souvenir concret de la terre lourde et détrempée, des buts situés devant un champ de maïs gelés, d'un ballon qui s'envole, qui s'envole, et je voudrais tant qu'il ne soit pas retombé. Et Martin qui — comme moi — ne voulait jamais s'arrêter.

Dans la minute, je refis dix fois l'aller-retour Noël-14 juillet. Vide insupportable, exténuant. Sans en avoir encore conscience, je décidais de faire du Bugue — de la demeure de ma grand-mère — un lieu bouc émissaire. Je n'y remettrai jamais les pieds.

Le vieux Ford nous déposa avenue Casanova. Clément et les cousins nous y attendaient. J'avais tremblé en imaginant l'instant où les (deux) frères allaient se retrouver. Il m'apparut presque naturel, peu expansif. Un sourire fugace, un beau salut des Amériques. Les quatre garçons s'installèrent devant la console vidéo. Raymonde et Denis nous prodiguèrent encore leur extrême sollicitude. Mais vers une heure et demie, les cousins rentrèrent chez eux. Je me sentais très mal. Pour la première fois, nous nous retrouvions à quatre.

Il n'y a pas de pire peine.

Il n'y a pas pire. Mais il y a les facettes infinies du pire. Depuis dimanche, la peine s'incruste, s'insinue. Elle s'écoule, se diffuse dans tous les plis du corps et de l'âme. Le temps n'y peut rien, au contraire. Futur oblitéré, passé recouvert de sombres dépôts. Elle irradie — comme un soleil noir, qui brûle tout ce qu'il touche. Gwent, Belle-Île et maintenant de nouveau Ivry. Nous sommes en peine, abattus, épuisés, damnés comme dans les retables édifiants du Moyen Âge.

Certes, j'aurais pu perdre deux enfants ; j'aurais pu n'avoir qu'un fils ; j'aurais pu être — en plus — dans une misère sociale noire (chômeur, yougoslave, somalien). Certes, mais le pire est là : la mort de l'enfant.

Le pire était aussi, ces premières semaines, le réveil. Au moins le mois de juillet, quelques jours d'août encore, le déchirement atroce de l'être à l'instant où la conscience redécouvre soudain le malheur ; en fait, la soudaineté n'est pas si subite, voilà d'ailleurs pourquoi vous êtes littéralement déchiré, lacéré, lambeaux de la conscience revenant à elle-même, vous sentez la foudre s'abattre et vous atteindre, vous sortir de cette paix hypothétique et fallacieuse qu'un semblant de sommeil vous avait consentie ; avant même que vous ouvriez les yeux, vous avez d'abord perçu un filet de lumière et aussitôt la nasse dont vous êtes prisonnier. Chaque matin que Dieu fit (et il en fit au moins autant que les mois de juillet des années passées) c'était ainsi : atroce, monstrueux, fanfare des sept trompettes de l'Apocalypse. Une fois réveillé, la journée était loin d'être finie. Les facettes du pire se mettaient à briller.

Les premiers temps, je vais apprendre à survivre.

Tout d'abord, consentir à ne pas mourir. Pendant les années quatre-vingt, j'ai redouté la mort ; la mienne (possible), celle des enfants (figure de l'impossible), ruine impensable de notre félicité. Or ce 11 juillet la ruine est advenue.

Je me suis rendu compte que je ne redoutais plus la mort. Peut-être n'avais-je plus à la redouter ? Quelques heures, durant cette semaine, je l'ai même souhaitée. Non pas pour disparaître, ni pour ne plus avoir à supporter ce poids insupportable des décombres, mais, absurdement, pour être plus près de Martin (à cette heure, l'idée, absurde, ne m'a pas entièrement quitté). La mort rôdait. Je l'ai regardée en face — j'étais assis dans le bureau, par terre, effondré, sous les photographies d'une époque qui venait de s'achever. La mort se laisse regarder facilement bien qu'elle soit extrêmement mouvante, moirée, d'un bleu très dense, d'un azur comme les Écrins ou le M'zab, comme les fonds de Soutine en 1928, un cobalt qui ne tient que par la grâce improbable de Dieu. Cependant, en la fixant bien, j'ai vu aussi se dessiner, derrière les petites pyramides de poudre bleue et les vernis craquelés, les visages d'Antoine et de Clément.

Ce sont eux qui m'ont sauvé. Clément, par des signes inhabituels de fragilité, quelques paroles maladroites et le besoin constant d'aller autre part. Antoine par sa prodigieuse attention à ma détresse ; la sûreté de ses gestes, la force de ses bras, une phrase que je ne cesserai de répéter pour me convaincre (de quoi, d'ailleurs ?) : « Tu sais, papa, on n'aurait pas pu connaître tous ensemble davantage de bonheur en seize ans », et il me parlait, un ou deux mots car il restait laconique, d'Ivry et de nos vacances, oui, du bonheur, et il me serrait dans ses bras, ne me laissait pas tant que je ne lui avais pas promis. Ça va aller !

Si je survis, j'ai l'impression étrange de continuer à tomber. Quand la nouvelle m'a foudroyé, dimanche 13 heures, j'ai senti la vie se défaire à l'intérieur de mon corps, mon être dégringoler comme la boule d'un billard électrique, avant de m'affaisser contre le mur sous l'oiseau bleu de Braque. Il me sembla dès lors choir en moi-même, me briser, me ruiner, n'être plus que décombres, miettes, n'être plus moi-même, donc choir aussi en dehors, tomber de haut, de très haut, du petit nuage que nous habitions et mordre la poussière (quand les choses allaient au mieux), m'abîmer dans des espaces vides, tourbillonnants, ainsi que j'imaginais — enfant — les alentours de la Terre dans les livres d'astronomie.

Cette chute m'apparut, d'emblée, comme l'indice d'un paradis perdu. Simplement, il n'y avait d'autre faute que l'absence, la disparition de Martin. Rien qui justifiât, à ma connaissance, cet exil. Irrecevable obsession d'Anne qui, à sa façon, envisageait une logique.

Nous étions trop heureux ! Depuis, je « vois » pourtant les Chérubins et l'épée flamboyante que Dieu a disposée en zigzag, je les vois garder le chemin de l'arbre de vie ; je peux seulement travailler un sol ingrat et maudit, cultiver des ronces et des épines, quelques œillets rouges, une volaille jaune (quelle faute Chaïm Soutine expiait-il, quel souvenir, quelles perceptions conservait-il de son enfance dans un pauvre village de Biélorussie pour peindre la souffrance des fleurs et d'oiseaux écorchés ? On raconte qu'il avait volé une paire de ciseaux pour s'acheter des crayons de couleurs, mais l'important n'est pas là, ce qu'il payait, à fonds perdu, c'était son impuissance à refouler les Chérubins et à se saisir de l'épée).

Aujourd'hui cette impuissance est la mienne. Je suis désarmé, confondu, plein de misère, sans même ce misérable divertissement qui consistait à voyager, m'avait obligé à rester en mouvement, les trois premiers jours. A partir de ce mercredi 15, le mouvement s'est réduit : du salon au bureau où je courais répondre au téléphone, parents, amis, formalités administratives ; du bureau au patio où je retrouvais Anne qui n'avait pas bougé de sa chaise, sous la cage à oiseaux arabesque, la moitié du visage à l'ombre du nandina et des rosiers ; du patio au dehors, les courses nécessaires, mairie, pompes funèbres, le ciel s'était mis au beau, l'éclat de la lumière sur les feuilles des arbres avivait ma peine, et — quand je croisais une jeune femme avec un landau — je détournais les yeux. Je n'étais pas à ma place dehors. Ni dedans. Douleur de chaque retour à la maison, des images du dernier retour paisible, dimanche 12 à 13 heures, il y a seulement trois jours et pourtant un siècle, l'impossibilité de répondre à la question POURQUOI, pourquoi, et la question vous hante alors même que vous savez qu'il n'y a pas de réponse, elle vous poursuit quand vous sonnez à la porte, rentrez chez vous, non, ce n'est plus chez vous, c'est chez-vous-moins-un, et c'est entièrement différent.

A quel moment ai-je pensé, mardi soir ou mercredi matin, aux trois jours de la résurrection, ai-je rêvé voir les deux anges du Seigneur vêtus d'une robe blanche éblouissante comme la neige ? Si je les avais vus, je crois que je n'aurais pas posé de questions, ni pourquoi, ni comment, je me serais même contenté d'un seul ange. Mais aucun ne s'est manifesté. Les seuls éclairs étaient artificiels, pyrotechniques. Je m'efforçais de chasser de mon esprit les images peintes (et, par là, crédibles), imaginables, de la résurrection ; j'évitais de calculer, car si Martin avait la taille du Christ, sa vie était deux fois plus brève, exactement, il aurait eu seize ans et demi jour pour jour ce mercredi.

A 8 heures, nous aurions dû rouler sur la route de la Suisse. Mais les cordes et les crampons patientaient au fond du sac à dos, reposé dans le cagibi. Les cartables de livres attendaient un meilleur sort sous la chaise de paille à l'entrée du bureau. Quant aux valises, l'une restait vide ; l'autre pleine, posée sur le lit de Martin. Dans l'après-midi, nous nous sommes décidés à ouvrir, non pas encore la valise, nous ne le pouvions pas, mais le sac-poubelle qui contenait le linge sale. J'ai porté le sac dans la salle de bains, où nous l'avons déchiré, au-dessus du hublot de la machine à laver, sans un mot, nos mains se touchant et déposant les vêtements comme des reliques, tee-shirts, chemises, caleçons qui devenaient pour cette seule seconde et à notre corps défendant quelque chose de sacré.

Le lendemain, nous ouvrirons la valise et son sac Eastpak. De la valise, nous sortirons ses affaires. Les rangerons à leur place, saisis par l'absurdité du geste mais que faire d'autre ? Essaierons de deviner, par déduction, ce qu'il portait le soir de l'accident. Sans y parvenir. Nous en sortirons aussi les cadeaux qu'il eût offerts à ses frères : un très beau tee-shirt, noir et blanc, représentant John Coltrane et son saxo à l'intention d'Antoine ; des figurines en plomb, à peindre, représentant des guerriers et des corsaires, des elfes noirs qui le faisaient rêver et qu'il destinait à Clément ; un maillot en coton rouge gallois, à parements blancs, qu'il s'était acheté (la même étoffe que le maillot All-Blacks de Noël dernier, du dernier Noël, qu'il aimait tant et que j'avais endossé le matin même ; une fougère oblique et arborescente est cousue sur le cœur ; incroyable hasard étymologique, attesté depuis Virgile, *filix/felix,* la fougère doublet de la félicité ; prévenez monsieur le conseiller aulique Leibniz qui a évoqué, dix ans après son *Discours de métaphysique,* les montagnes du Harz, la rivière qui en descend afin d'expliquer son nom, concédant néanmoins qu' « on ne doit donner quelque créance aux étymologies que lorsqu'il y a quantité d'indices concourants », *filix/filius,* la fougère le fils, c'est vrai, le fils dans la famille de la fécondité et des bonheurs).

De son Eastpak, nous sortirons (avons sorti) la raquette de tennis. Nous la donnerons à Antoine parce que Martin avait promis de lui apprendre à jouer cet été. Nous donnerons le sac à Clément. Nous avons sorti aussi la boîte de balles, les livres (Tolstoï), son appareil photo, ses lunettes, le portefeuille où je retrouverai son ticket d'Air France, ses billets RER Ivry-Saint-Michel et Saint-Michel-Roissy, un carnet d'adresses miniature, à spirale, bleu, et sa CARTE JEUNE INTERNATIONALE, établie le 10 juin 1992, avec sa photo étrangement ovale où — une fois de plus mais une dernière fois de plus — il est si beau, ses traits réguliers, ses yeux en amande et son grain de beauté sur le bout du nez, oui, si beau, décoiffé comme toujours ; au centre, il a ajouté de sa main le numéro de son passeport, tout neuf, où Anne avait demandé que fût inscrit, à la rubrique TAILLE, davantage pour lui faire plaisir que par anticipation, 1 m 80.

Quand nous avons fini, j'ai demandé à Anne si elle acceptait que nous ne refermions pas complètement la porte de la chambre de Martin. Nous avons procédé comme pour la valise, progressivement. Nous avons tenté de nous habituer à entrevoir sa chambre, vide. Et j'ai tenté d'y pénétrer, quelques secondes, puis quelques minutes, afin de ne pas m'en couper. Anne n'a pas pu. A chaque retour au mois d'août, j'ouvrirai néanmoins la porte avec appréhension. Aujourd'hui, j'y travaille ; j'y écris ce récit (j'y écoute Léo Ferré — *On n'est pas sérieux quand on a dix-sept ans* et *Si tu ne mourus pas,* Vivaldi, les concertos pour violoncelle, composés pour des instrumentistes de la Pietà jouant « comme des anges ». Je ne comble aucune absence, la mesure est déjà comble, mais j'essaie d'habiter — comme je peux — ce vide.

Vide insupportable, je l'ai dit, et qu'il nous faut pourtant apprendre à supporter. Absence présence affolante : nous voyons Martin sortir de sa chambre, traverser le salon à grandes enjambées, très légèrement voûté, repasser dans l'autre sens un livre ou un fruit entre ses mains si longues qu'il aurait dû jouer du piano et nager le crawl, qu'il peut y mettre le livre et le fruit, un volume de l'Encyclopaedia Universalis et une pomme, golden ou canada, nous le voyons la croquer, s'enquérir de l'heure du dîner, du ciel, des nouvelles dans le monde, voilà bien ce qui est affolant, nous le voyons, le verrions — plutôt — si par un effort proprement insensé nous ne revenions à la raison. Je le vois aussi allongé à côté de ses frères devant la télévision, faisant craquer les phalanges de ses doigts de pied ; assis devant l'ordinateur ou à table, en face de moi ; sortant de la salle de bains, ceint d'une serviette, quelques gouttes d'eau sur son torse déjà admirablement dessiné. Je le vois rentrant du lycée, partant à la clarinette, rentrant du tennis, partant au Luxy, heureux, souvent pressé, rarement déçu, souriant. Je le vois.

Je le vois, certes, mais est-ce que je l'entends encore ? Rien n'est moins sûr. Sa voix s'évanouit comme elle s'était évanouie dix jours plus tôt au-dessus de la Manche. Il est là et il n'est pas là. Il passe, comme une image, comme un fantôme dans les vieux films muets. Mercredi, jeudi, vendredi, on pourrait croire que son corps est à la fois à Gwent et à Ivry.

Sentiment de vide, sensation du vide — il vaut mieux ne pas trop se pencher, à la fenêtre, au bord du monde. Ni sur soi-même. Vacuité de l'être au-dessus de laquelle on vacille, vanité des choses qui creuse en vous le vide, vous met à nu comme un mur d'hôpital, gagne le vocabulaire, les mots, mais ne nous y trompons pas, les mots ne sont pas vains, ni futiles ni superflus, ils ne sont pas vides de sens, au contraire, nous affrontons la part de vide qu'il y a dans chaque mot parce qu'il existe dans chaque chose, la pomme et le mot pomme, le tennis, le livre, et dans certains mots comme clarinette le vide est immense.

J'ai lu l'Ecclésiaste. De cette brève leçon (dix pages) où tout n'est que vanité et poursuite de vent, je retiens que l'amandier fleurit, que l'homme est pareil aux poissons et aux oiseaux parce que le temps du malheur tombe sur lui à l'improviste, et que les vivants savent qu'ils mourront tandis que les morts ne savent rien.

Je vois donc Martin ouvrir la porte de sa chambre. Et c'est tout. Martin n'est plus là — que par notre faculté imaginaire et les objets qu'il a touchés. A gauche, en entrant, sous la patère à laquelle sont suspendus ses foulards touareg, le pupitre où il posait ce printemps la partition du quintette en *la* majeur (pour instruments à vent), répétait les notes épiphaniques du larghetto. A droite, au pied de la bibliothèque, à côté de ses vieux Lego, posée après l'avoir sortie du sac Eastpak, la boîte de balles de tennis. Une balle manquait. J'ai repensé au court de l'hôtel Cwrt Bleddyn ; au trou de gazon (humide) où la balle s'était probablement perdue, à un taillis vers le bord de la route assez épais pour dissimuler ces quelques centimètres cubes de caoutchouc jaune, au fossé sous le pont japonais, et j'ai regretté de ne pas l'avoir su, là-bas. J'aurais vraiment eu le temps de la chercher, sous la pluie et mon parapluie rouge. J'ai revu Martin vivant, jouant, bondissant, échanger des balles avec moi, nos deux jeux en miroir, puis me rejoindre au filet, me dire J' suis crevé ! Mais une autre image s'est alors imposée avec une force inouïe, une sorte de rêve éveillé qui ne me quittait plus : je le voyais au service, lancer la balle, préparer sa raquette et son bras, s'élancer, servir, je le voyais encore, très très vite, pris par son élan, franchir la ligne blanche de fond de court, avancer, mais la balle n'arrivait pas ; le même service recommençait, la balle n'arrivait jamais, elle s'était évanouie. D'ailleurs je ne sais plus si Martin l'avait lancée ou si j'avais simplement vu le geste. En tout cas, je ne pouvais plus lui répondre, lui retourner la balle. Pendant plusieurs semaines, cent fois par jour, j'ai eu cette image sous les yeux. En alternance, avec une autre image (du 26 juin) dont j'ai déjà précisé l'origine : dans la cour de son lycée Martin se retournant, doucement, de plus en plus lentement, et me souriant.

Celle-ci concrète, datée, le jour du bac, touchant à l'essentiel par la grâce du sourire. Celle-là plus abstraite, synthèse de plusieurs lieux, de sorte que se glissaient indifféremment derrière Martin — comme un rideau de scène très discret — les oliviers tordus et bleus d'Elounda ou le mont Incudine encore enneigé, la haie de peupliers derrière le stade d'Ivry et les rouleaux de ciel gris au-dessus du val d'Ambra. Chacun de ces lieux (chacun de ces rideaux) justifierait une digression. Nombre d'autres lieux commanderaient une description aussi légitime. Mais je m'évertue toujours à repousser la tentation Tolstoï de l'« infinissable » *Histoire de la journée d'hier :* double attrait de l'infinitésimal et de cette nébuleuse d'associations qui nous constitue et nous entraîne dans une dérive sans autre fond que l'effort produit pour en ramasser l'expression.

Elounda c'était l'été 1991, notre dernier été. L'Incudine c'était Pâques 1992, nos dernières vacances. Le stade d'Ivry c'était le mois de juin, nos derniers échanges au tennis. Le val d'Ambra c'était Pâques 1991, notre dernier séjour en Italie, une Italie qu'il avait très tôt aimée et où il aurait voulu vivre. Nous habitions une grande maison au crépi rose orangé, une ancienne ferme dressée sur la colline, au bout d'une route de terre dont la dernière ligne droite était bordée de pins.

A côté du portail, un court de tennis nous était réservé. Nous y jouions à volonté, surtout les premiers jours, pendant des heures, coups droits, revers, volées, transpirant, allant chercher les balles perdues au milieu des pâquerettes sous les pins qui dispensaient une ombre bienvenue, nous offrant de longues récréations, parties de ballon dans le jardin, alternant l'attaque et la défense, les buts formés par les tuteurs d'arbres fruitiers nains, et quand je plongeais le ciel devenait vert. Nous nous rendions aussi volontiers à Florence, à Arezzo où le temps commença de se dégrader (une grosse pluie en allant saluer *la Légende de la Croix* à San Francesco). Le soir, après les pâtes, nous regardions la télévision — histoire de progresser en italien ; une nuit, Martin est resté jusqu'à la fin, seul, devant les déserts de *Lawrence d'Arabie.* Le matin, le rituel du petit déjeuner (café, fouaces, jus de pêche et de poire) précédait le tennis. Et je revois Martin lancer la balle..., et je revois la pluie tomber sans discontinuer la deuxième semaine, les rouleaux de ciel gris, d'un gris variable mais épais, parfois franchement noir, les pins détrempés, le court luisant, tache rouge dans l'immensité grise, je nous revois le balai à la main tenter de sécher le tartan dans les rares moments d'éclaircie, puis le ballon au pied dribbler les flaques d'eau qui se reformaient derrière les carrés de service parce que le jardin était devenu impraticable et que la pluie recommençait à tomber. Le jeudi, nous sommes partis à Sienne, une heure de route, une deuxième heure dans la voiture sur le parking en attendant que le déluge prît fin, trois autres heures sous les gouttes à arpenter une ville qui ressemblait si peu à Sienne, sauf le Palais communal, visité à la chambaz, c'est-à-dire assez vite mais chacun à son rythme, mobilier armes globes et portulans, nous croisant sous le Guidoriccio de Simone Martini que Martin s'achèterait en sortant, au pied de cet équipage mirifique qui nous permettait de redécouvrir la terre et les azurs siennois.

Je ferme les yeux, reviens au mercredi 15 juillet. Le temps passe mal.

Antoine répond au téléphone. Patrick le prend pour Martin. Non ! Antoine doit lui annoncer la « nouvelle ». Le lendemain matin, je monterai au stade parler avec Patrick. Il donnait des cours de tennis aux enfants, qui l'admiraient. Il me dira son affection pour Martin, sa stupéfaction, la similitude dans notre jeu et la parenté de nos attitudes. Nous nous rappellerons cette conversation, fin juin, sur la place essentielle que nous accordons à l'amour de nos enfants. Je repartirai comme j'étais venu, déchiré, emportant l'image à moitié vide du stade et d'un soleil obtus.

Mercredi soir, j'ai revu mes parents. Ils étaient rentrés de vacances la veille ou l'avant-veille, sans pouvoir attendre que je le leur propose. J'avais un peu peur. De mon émotion. De la leur. D'avoir à parler. J'ai réussi à dire quelques mots — de Martin, de l'accident, de la Grande-Bretagne, d'Antoine et de Clément ; de ce concept nouveau : « nous quatre ». J'ai énoncé pour la première fois les deux préceptes qui deviendront des leitmotive auxquels je m'agripperai cet été : celui d'Antoine sur la qualité et la quantité de bonheur que Martin aurait (a) connu ; celui d'Anne sur notre deuxième vie (celle-ci moins convaincante sans doute mais c'était ça ou les débris de la première, point final ; cependant, je la transformerai très vite en « troisième vie » plus conforme à ma lecture des choses, la

« deuxième vie » étant précisément celle qui se terminait là, dans cette catastrophe, et qui s'était ébauchée à la fin de mon enfance, entre quinze et dix-huit ans ; « troisième vie » où Anne, avec son implacable rigueur, lira « troisième âge », nous jugeant, nous sentant, de ce seul coup, irrémédiablement vieillis, voire vieux).

Je préparai des boissons fraîches et des cafés expresso. L'air était chaud, même dans le patio où nous étions assis en cercle autour de la table blanche qui, dans l'obscurité croissante, devenait le seul pôle de clarté avec le corsage busqué de ma mère (dans le revers de sa manche gauche, elle avait placé un mouchoir qu'elle sortait dès qu'elle se mettait à parler) ; mon père fumait comme quatre et relançait la conversation quand elle se mourait. Mes parents repartirent vers 23 heures. De toute façon, que pouvaient-ils ? Sinon espérer — pour nous. Ce soir-là, je découvris aussi une nouvelle face du sentiment d'injustice qui me rongeait. Eux avaient toujours leurs trois enfants. Moi pas.

Le même soir, j'avais enfin téléphoné à ma grand-mère. Dans sa maison du Bugue où, je venais donc de le décider, confusément, je ne remettrai jamais les pieds. Je composai le numéro en pensant à la mort de mon grand-père, si proche et si lointaine (15 janvier 1963). Pendant la sonnerie, je me représentais les lieux ; l'armoire normande à côté du téléphone, l'image d'Épinal, la cheminée, l'extincteur rouge sous l'escalier, la terrasse de nos feux d'artifice, et, comme ma grand-mère marche très lentement, je vis scintiller mille souvenirs, mon enfance estivale, celle de mes enfants, hivernale, la liberté merveilleuse de ces derniers Noëls où par la grâce d'un ultime billet de cent francs et de gros pétards rouges baptisés mammouths, nous montions à la luzerne faire exploser les bouses de vache encore fraîches sous un ciel imparablement bleu. Ma grand-mère répondit enfin ; je lui dis combien j'avais pensé à elle et à son fils (mon oncle Jean-Paul) mort d'une crise cardiaque le 6 janvier 1982. A cinquante-trois ans et demi ! Elle indiqua d'emblée la différence. Jean-Paul était mort « jeune », certes, mais il avait vécu. Une vraie vie. Martin, lui, n'en aura pas eu le temps. Ma grand-mère parlait d'expérience. De son propre aveu, notre douleur était plus terrible. Elle attisait ainsi une de mes idées fixes (quant aux degrés de souffrance). A l'inverse, elle ne me dit pas — je l'apprendrai cet automne — qu'elle avait reçu la veille une carte postale enchantée de Cardiff disparue huit jours dans les fourgons jaunes des postes en Dordogne. Elle me laissa sur un dernier mot, aux prises avec ce mot, parce qu'il me parut immédiatement correspondre à ce que je ressentais, à ce peu de matière que j'étais capable de penser, parce qu'il concrétisait les images qui m'assaillaient, m'obsédaient, la singularité de notre épreuve, sa nature impartageable, soulignant notre absolue déréliction et l'absurdité de nos représentations, je devrais dire *mes* représentations, oui, un mot primordial bien que je n'en aie pas saisi tout de suite les implications, ni peut-être exactement compris le sens, celui qu'il avait en Dordogne comme celui qu'il avait pris dimanche, le mot *inimaginable.*

La mort de Martin était (est) inimaginable.

Je ne peux pas le croire — tenir sa mort pour vraie, m'en persuader, ni malgré ma bonne volonté admettre l'Invention de la Sainte Croix. C'est à n'y pas croire, littéralement. Je ne peux pas me le représenter — le concevoir ni l'envisager ; *le* c'est-à-dire la mort, neutre, ce vide. Et pourtant je l'ai vu, Martin, sur son dernier lit à Gwent, et il était si beau et — c'est affreux à dire mais je n'arrive pas à me taire — je paierais très cher aujourd'hui encore (29 octobre) pour le revoir, là-bas, parce que je sais que je ne peux plus, ne pourrai plus, jamais, le voir, le serrer dans mes bras. Chose impensable, impossible à penser. On n'a pas idée. Et on n'a pas assez d'images, pour ça ; pas assez de souvenirs et d'icônes, de figures, de photographies et d'apparences, pas assez de simulacres pour entraver cette absence.

L'inimaginable vaut aussi pour autrui. Personne n'a les moyens d'imaginer la nature de notre condition. On m'a aimablement parlé de coups de poignard (la mémoire acérée de Martin dans la vie quotidienne). J'ai bien voulu entendre que le poignard ne se contentait pas de s'enfoncer, qu'il se retournait dans la plaie. Mais je me suis dit que nous n'étions plus que cette plaie ; que je ne percevais le poignard qu'aux rares moments où les démons voulaient bien le rengainer (pour mieux le renfoncer). Il me semble que ce mercredi 15 juillet, après une première journée passée à la maison, sans le feu de Gwent et de Belle-Île, juste les braises de l'inimaginable, j'ai su que c'en était fini de la félicité. Du bonheur, d'une légèreté essentielle — quelle que fût sa part de souci. Tout était devenu lourd, poignant. Non comme une croix à porter (d'ailleurs je ne pense pas que la croix fût lourde), mais comme un vide. Les uns et les autres devaient se sentir un peu plus légers en nous quittant. Je les enviais.

Après leur départ, je me cachais pour pleurer. Voilà encore notre condition : ravalés au rang de bêtes, mais de bêtes qui ont réminiscence de leur rang d'homme et d'avoir été élevées, parfois, à celui d'ange. Pleurs inhumains. J'ai répété ces jours-là combien je regrettais de n'avoir pas d'ennemi et a fortiori de pire ennemi auquel j'aurais souhaité ne pas subir pareille épreuve.

Inhumain, oui, et privé de sens. Je me suis rappelé Marco, le cousin de ma mère, mort à dix-neuf ans sur le pont d'Austerlitz, les armes à la main, en août 1944. J'aimerais que sa mère, qui était seule et n'avait qu'un fils, ait trouvé dans le choix de Marco et dans la libération de Paris une once d'apaisement. Cependant, je revoyais la voiture de James Niklasson déraper, se renverser, les tonneaux, la glissade, et je revoyais Martin me souriant dans la cour du lycée, les vibrations de lumière sur les feuilles des arbres, lançant la balle au service, le ciel immaculé, Martin ici et là, inaltérable, mais il n'y avait rien à faire, je finissais effaré à la morgue de Gwent. Et tout ça tenait à un fil si ténu.

Soudain, je me suis demandé où était Anne. Elle pleurait dans son coin. Ou peut-être n'avait-elle plus assez de larmes pour pleurer. Elle avait le regard vide et les yeux étincelants, un visage étrange à cause de ce contraste. Le regard perdu dans le vide, de ses souvenirs, de ses images à elle, et sans doute d'images qui se dérobaient, qui s'enfuyaient comme les étoiles dans les galaxies. Je caressais son visage. Mais le geste n'avait pas sa fluidité habituelle. Malgré sa douceur, il cassait net. Sur une des innombrables arêtes où notre cœur se déchirait.

Le deuil ne nous a pas rapprochés. Au contraire, il nous aurait plutôt éloignés. Parce qu'il a brisé notre vie, parce qu'il nous a laissés, seul — chacun dans son coin, aspiré par son propre vide. J'ai découvert la solitude dans sa version écrasante. J'ai vérifié le principe solitude ; je n'en avais qu'une vague idée venue de lectures dont le caractère absolu m'avait frappé. Nous étions là comme deux blocs de souffrance. Compacts et séparés. Dérive parallèle, deux icebergs : et c'est bien, je vous assure, ce froid, cet océan nu, les proportions quant à la partie visible du deuil. Nous étions là, côte à côte, assis par terre, de part et d'autre du fauteuil en lin bleu-gris de Hollande, la tête entre les genoux, chacun dans ses pensées. Dans la bouillie épaisse qui lui faisait office de pensée. Au bout d'un temps infini nous nous prenions la main.

J'aurais souhaité que nous regardions ensemble les photographies. Anne ne le pouvait pas. Elle revoyait Martin bébé, petit enfant. Il ne m'apparaissait qu'en jeune homme. Elle en parlait peu volontiers. J'en ressentais un besoin fou. Nous nous dîmes quelques mots. Nous en tûmes d'inimaginables. D'indicibles.

L'indicible est ce qui ne peut être dit.

En ce sens strict, il n'y a d'indicible que les mots de Martin (les paroles sublimes qu'il nous transmettrait d'un éventuel paradis). Dans l'autre sens, on peut toujours (lui) écrire, monologuer ; quelle force et quelle foi poussent ainsi Herminia, notre vieille amie espagnole, à lui parler trois fois par jour ? Martin a rejoint dans son livre d'heures les deux adorations de sa vie : une jeune nièce morte d'une overdose d'héroïne et une sœur aînée qu'elle n'a pu enterrer, à Teba, comme elle l'aurait voulu, dans sa robe blanche à dentelles de mariée.

En un sens plus lâche, serait indicible ce qui ne peut être dit à autrui : ce qui contient trop de violence pour être exposé, des mots qui explosent en même temps qu'ils sont prononcés, des mots atomiques, terrifiants, je m'empêche de donner les exemples qui m'ont obsédé cet été. Enfin, en un sens ambigu, l'indicible serait cette « chose sans nom » dont parle Peter Handke dans *le Malheur indifférent,* ces « secondes d'épouvante qui vous privent de la parole [...] ces états si brefs que pour eux le langage arrive toujours trop tard ». Mais il m'apparaît que l'innommable persiste, qu'à ces secondes d'épouvante ont succédé des minutes, des jours, des semaines d'une épouvante qui ne se dément pas, qui nous prend aussi bien par surprise qu'en cent lieux où nous savons qu'elle va nous clouer. Quant au langage, il arrive toujours trop tard.

Sinon, nous n'écririons pas.

A quelle heure nous sommes-nous finalement couchés cette nuit du mercredi 15 au jeudi 16 juillet ? Après qu'un simple nom prononcé par Anne (Bissery) m'a propulsé seize ans et demi en arrière. Boulevard Jourdan à Paris XIVe, on est le 15 janvier 1976. Bien que ce soit l'hiver, je vois beaucoup de feuilles d'un vert clair frémir entre les branchages des platanes ; bien qu'il ne soit pas encore 8 heures le matin, je vois un doux soleil glisser comme sur un billard du parc Montsouris à l'Hôpital universitaire international. Anne accouche : je vois naître mon deuxième fils ; c'est le seul que j'aie vu naître, les deux autres m'ont pris de vitesse. Je suis rentré à la maison, en liesse. Je chantais à tue-tête dans la voiture (la lamentable Fiat-Polski jaune qui ira pourtant jusqu'au chott el-Djerid et en reviendra). Je donnais de grands coups de paume sur le volant, saluais à chaque feu rouge mes voisins de fortune. Dans l'ascenseur, je dansais. J'ai téléphoné la grande nouvelle au collège et — comme on dit dans le monde du travail — j'ai posé ma journée. Antoine était à la neige avec ses grands-parents ; une ferme au-dessus du lac Léman où, entre deux flocons qui suffisaient à recouvrir la basse-cour, il parlait aux poules comme son illustre aïeul François le faisait aux oiseaux. J'ai pris un bain, me suis mis sur mon trente et un. Et j'ai écouté un disque, cinq fois de suite, comme d'habitude, mais cette fois sans écrire en même temps, le même disque que deux ans plus tôt à la naissance d'Antoine, le même trois ans plus tard à la naissance de Clément (et j'aimerais savoir pourquoi), *l'Enfance du Christ* de Berlioz. J'ai attendu 13 heures pour retourner à l'hôpital. Dans la voiture, j'ai chanté derechef.

J'étais né pour être père, comme d'autres sont nés pour être roi ou mécréant. Et cette joie, si pure, du 15 janvier n'était rien à côté de ce que je connaîtrai avec Anne et mes trois enfants. A commencer le 20, quand nous sommes allés Antoine et moi, dans notre magnifique Polski-Fiat puis main dans la main, chercher Anne et Martin boulevard Jourdan ; rentrer avenue Robespierre, franchir la porte de la maison dans l'allégresse. Nous retrouver pour la première fois à quatre. Heureux.

Voilà ! Un simple nom, Bissery, l'excellent pédiatre de l'Hôpital international universitaire et de la rue Casanova, une seconde et une page de digression. Avant de me coucher, je ne résistai plus au besoin de regarder quelques photographies. Je n'osai pas sortir de leurs casiers les diapositives, par égard et amour pour Anne (mais combien de temps devrai-je ainsi l'attendre ?). Je prenais donc la boîte verte cartonnée où Martin rangeait ses tirages, classés par ordre chronologique depuis la Noël 1988 où nous lui avions offert son appareil Olympus. Je vis ainsi défiler deux bonnes centaines de paysages et de portraits, la Dordogne, la montagne, le Bassin méditerranéen, le désert, les ruines, et — dans ce désert et ces ruines — la famille jamais au complet puisqu'il fallait bien que Martin, ou l'un d'entre nous, photographiât. Je les fis défiler à toute vitesse parce qu'ils me brûlaient les yeux, aussi bien les paysages que les portraits. Ils restaient porteurs d'une lumière ardente et dévastatrice, d'une présence que je ne devais absolument pas laisser s'installer, sous peine de m'abîmer davantage. Ils passaient ainsi comme une espèce de dessin animé dans un antique stroboscope, quand je tombai en arrêt sur une image de Martin : une photographie de mars dernier prise à Nice par Guillem. Le ciel est gris, soyons juste, gris-beige, un peu plus dense à l'est par où la pluie s'apprête à revenir ; il occupe entre un tiers et un quart de l'espace et il penche pour permettre à Martin d'apparaître droit ; la mer est grise au loin, d'un gris plus profond que le ciel et à peine plus agité, mais elle est blanche au premier plan, au moins cinq mètres d'écume et de ressac ; on devine dans une ondulation la vague suivante qui arrive et, sous les remous blancs, le sable et les cailloux qui donnent au rivage de la Grande Bleue sa teinte brune ; Martin est debout, au centre, les deux pieds posés sur une pierre, entouré par l'eau qui se retire ; il a ses tennis, son blue-jean noir, un polo et un chandail blanc cassé dont il a relevé les manches jusqu'aux coudes ; ses avant-bras sont tendus vers la terre, vers Guillem, vers nous, ses mains implorent Guillem de se dépêcher, on voit avec une incroyable précision ses dix doigts écartés, il crie, dépêche-toi, et il sourit, est-ce qu'on l'entend, il continue de crier et il continue de sourire pendant que la mer l'emporte.

Cette nuit-là, j'ai aussitôt fermé les yeux sur la photo. Mais, en une fraction de seconde, j'avais *vu* ce que je viens d'écrire, ici, en payant le prix fort. Chaque jour, jusqu'au lundi, puis jusqu'en septembre, j'irai plusieurs fois la voir, subrepticement, sur mon bureau où je l'ai posée contre la lampe bleue d'Iran. Lorsque je me suis couché, j'ai longtemps gardé les yeux ouverts pour échapper à la mer ; les yeux grands ouverts sur la fenêtre grande ouverte en pure perte à cause de l'absence de vent, sur le plafond blanc cassé comme le chandail, sur le drap quand je me retournais. Comment me suis-je endormi ? Cela reste un mystère.

Jeudi 16, vendredi 17, je survis. Grâce à mes fils ; le besoin de les voir, de les toucher. A travers quelques contraintes administratives : téléphoner aux Transports funéraires de Joinville qui escomptent le rapatriement du corps vendredi puis samedi ; aller à la mairie, Service des Décès, une porte que je n'avais jamais poussée, ni imaginé avoir à pousser, le bureau après celui des Naissances ; aller aux pompes funèbres, face au marché, aux arbres verts débordant de lumière (pendant des années, j'avais longé la boutique sans y prêter d'autre attention qu'un faire-part resté plusieurs mois en vitrine, avec en majuscules d'un gris qui se voulait moderne et discret l'annonce radicale de la mort de la VEUVE CHARLEMAGNE).

Survivre : j'ouvre le dictionnaire, je lis (tout y est d'une clarté extraordinaire) : le mot se conjugue comme vivre et apparaît dans *la Chanson de Roland ;* « survivre quelqu'un : demeurer en vie après qu'il est mort », une citation accompagne la définition : « Le roi ne survécut guère le prince son fils ; il mourut deux ans après. » Toutefois, les choses sont moins claires qu'il n'y paraît. D'une part, une chose est le tableau des conjugaisons, une autre son apprentissage ; verbe roi des écoles et des phrases, avec ses formes, ses modes, ses temps, ses personnes, ses nombres ; « que nous survivions », certes, mais il ne suffit pas de le répéter et je n'ai plus le don d'espérer. D'autre part, le dictionnaire révèle une surprise qui vaut bien cinquante pages de philosophie sur la question : le pronominal (*se* survivre) ; je lis : « se survivre dans ses enfants » ; et si je déplie l'expression, si je développe l'équation, que voyons-nous sinon la confirmation qu'une grande part de moi-même est morte en même temps que Martin ? Je lis, juste au-dessous, « vivre encore alors qu'on n'est plus soi-même, qu'on a perdu ses qualités, sa force, son pouvoir », voici précisément le seul pouvoir que j'aie jamais exercé, le don d'espérer ; et « vivre [...] alors que l'on estime sa vie achevée », oui, il n'y a plus le moindre doute, je me survis.

Jeudi, j'ai proposé à Antoine que nous achevions de composer notre livre, *Cinq jours d'août*. En juin, j'avais écrit les poèmes et Antoine peint les illustrations. Nous décidâmes de la place des peintures et de l'ordre des blancs. Nous fîmes les photocopies couleur, place Gambetta. A Noël, il avait réalisé une couverture très belle et minutieuse, à l'aquarelle, à base de losanges verts et bleus. J'avais cherché le titre en roulant à vélo, par pièces, le mois d'août, le nombre cinq, la syllabe centrale « jour ». Je me rappelle le lieu exact où j'ai eu la conviction d'avoir trouvé, la côte de Rouffignac, un bosquet de pins et un ruban de givre sur le bord de la route. Ce jeudi de juillet, je me suis assis devant le bureau d'Antoine (un bois de pin très jaune qui avait aussi été le mien jusqu'à ses dix ans). J'ai pris une plume, l'ai trempée dans une petite bouteille carrée d'encre de Chine. J'ai fait un essai sur une feuille volante, puis, après avoir chassé un bourdon attiré par la cire et respiré un grand coup afin que ma main ne se mette pas à hésiter, j'ai écrit d'un trait en bas de la dernière page :

Commencé en juin 1992
à partir d'une idée d'Antoine

et d'un titre trouvé à vélo
l'avant-veille de Noël
la composition des 2 exemplaires
de ce livre a été achevée
le 16 juillet
à Ivry

J'ai respiré un deuxième grand coup. Et j'ai écrit d'un trait en bas de la dernière page du deuxième exemplaire... Il y a de très belles peintures, vraiment, tissées d'influences immanquables (Matisse, Klee, Hugo Pratt), et très originales, un portail noir, des dunes d'ocre, la caverne du ciel.

Ensuite, nous sommes allés tous les deux au Quartier latin. C'était l'après-midi, la chaleur devenait orageuse. Nous sommes repassés par les lieux où l'un et l'autre, avec Martin, nous étions passés. Les librairies, la rue des Écoles, la statue de Montaigne, les jeux Descartes, le Vieux Campeur. Entre Montaigne et Descartes, j'ai acheté une paire de boucles d'oreilles pour Anne. A pierre verte. C'était mon premier cadeau depuis une semaine. Je m'inquiétais un peu de sa réaction. Les boucles lui feront plaisir et nous rendront infiniment tristes mais ensemble.

Nous avons acheté les livres dont j'éprouvais le besoin urgent : les deux volumes du dictionnaire étymologique de la langue grecque de Pierre Chantraine et le dictionnaire étymologique de la langue latine (*histoire des mots*) d'Ernoult et Meillet. Je désirais des livres (pour me prouver que je survivais ?). Mais je ne pouvais me précipiter que vers ces dictionnaires (pour la filiation et la justesse des mots ?). J'avais déjà repéré l'absence de mot, la défaillance de la langue, pour ma situation. L'enfant était orphelin, l'époux veuf ou veuve. Je n'étais rien. J'ai essayé d'inventer, de forger un mot ; en vain. Plus tard, je trouverai la solution dans le Chantraine : puisque orphelin se dit aussi des parents qui ont perdu leur enfant (comme le latin *orbus* qui donnera aveugle et me notifie que je viens de perdre la prunelle de mes yeux). L'évidence est là. Je suis orphelin de mon fils Martin.

En sortant de la librairie, nous avons longé les deux rayons de prédilection de Martin. Celui des livres de voyages qui nous transportent en un clin d'œil aux antipodes et celui des bandes dessinées où je l'avais rencontré, ce printemps, absorbé par je ne sais quelle aventure ; nous avions bavardé deux minutes, comme deux vieux amis, allez ciao à c' soir. Dehors, le ciel s'était dégagé. Paris éviterait l'orage. L'air restera chaud. Je le verrai le soir en apercevant, dans la chambre de Martin, les boules vertes de son thermomètre à liquide décidément tassées en bas du cylindre. Ce thermomètre, inventé par Galilée, donne la température exacte grâce à sept boules de verre (soufflées à la bouche, et d'infimes nuances de poids, trois millièmes de gramme) qui descendent ou qui montent dans le liquide en fonction de la température. Martin avait choisi ce bel objet à l'occasion de son dernier anniversaire. Nous étions allés l'acheter ensemble à la boutique Nature & Découvertes, à Galaxie-Italie. Comme toujours Martin hésitait. Quant à la taille (celui de soixante-deux centimètres était magnifique), quant à la couleur (le noir et le bordeaux lui plaisaient aussi). Il me demandait Tu es sûr que c'est une bonne idée ? Tu penses ! Les boules de verre exerçaient déjà la même fascination sur moi que sur lui, c'était beau de les voir flotter et, soudain, se détachant avec une extrême légèreté, une boule descendre ou monter, rester suspendue par un miracle atmosphérique entre deux eaux et entre deux degrés.

Je découvre, dans le tiroir de son bureau, le ticket de caisse. Je lis : le 16 janvier à 12 h 45 ; un jeudi, un autre jeudi 16. Il sortait de son cours de russe. Nous avions traversé la place d'Italie en faisant la course avec l'autobus 27. Comme deux gamins. Nous étions heureux. Nous sommes rentrés à la maison, triomphants, prudents malgré l'emballage. On aurait dit que des anges flottaient au-dessus de Galaxie comme les boules de verre dans leur cylindre, des anges aussi évidents que le toit de l'église Saint-Louis quand on sort du métro à Ivry ou les traces d'orage à l'aplomb des enfants *Retour de l'école* dans la toile où Soutine a laissé en bas à droite, sous les champs d'herbe ployée par le vent, les lettres vermillon de son nom biélorusse.

Vendredi 17, Joinville nous a prévenus que le corps de Martin n'arriverait à Roissy que samedi dans la matinée. Il n'était donc plus question de l'enterrer samedi. Ni en fin de matinée à cause des risques d'encombrement sur l'autoroute, ni dans l'après-midi en raison des congés accordés aux employés des pompes funèbres. Les lois exigeaient un cercueil métallique et le transit par Londres. L'enterrement fut donc fixé au lundi matin, 10 heures. Pendant le week-end, je ne cesserai d'imaginer le rapatriement du corps, la caisse en métal, le chargement, un tapis roulant ou un élévateur, le vol dans les soutes, le froid, le déchargement, la ferblanterie étincelante sous les rayons du soleil parisien, la douane, un préposé de l'aéroport chargé de le conduire — en attendant — je ne sais où.

Vendredi ressembla à jeudi. La même souffrance,

s'étendant en durée, gagnant les rares zones encore anesthésiées. La même présence bienveillante des enfants, de Raymonde et Denis. Des cousins Bruno et Benoît à l'égard des enfants. C'est un de ces soirs-là qu'Anne donnera à Benoît un des deux jeux d'échecs de Martin, le plateau en bronze et rond, qu'il s'était acheté pour une fois sans l'ombre d'une hésitation, de sa propre poche, l'été de ses dix ans, à Olympie, après une course héroïque au stade, l'aller retour jusqu'aux *starting-blocks* de marbre blanc. Un autre soir, nous donnerons à Bruno un des jeux de cartes miniatures dont Martin avait commencé la collection. Olympie, c'est sans doute là, derrière ce chaos de pierres et de roseaux, que Martin nourrit une part essentielle de sa passion pour l'athlétisme et le sport. C'est là aussi qu'il perdit son ours fétiche, en peluche, brun, les yeux noirs, d'une vingtaine de centimètres. Malgré cette fiche de signalisation et nos recherches, personne ne le retrouva. Martin en conçut un immense chagrin. Il porta le deuil pendant trois jours, une pièce d'étoffe noire, héritée de l'ours (son cache-col assez peu utile dans le Péloponnèse ?), qu'il accrocha à la vitre de la voiture et qu'il ne renonça à arborer qu'à l'extrême sud, après le meilleur poulet aux herbes de nos vacances, sur la place d'Aeropolis, et une de ces nuits fabuleuses où nous avions dormi, à cinq, dans une chambre de dix mètres carrés, chez l'habitant, sans autre lumière que les bougies électriques qui illuminaient, en rouge et en vert, des icônes de papier journal enfermées dans des châsses de bois pauvre, protégées par un mince grillage contre les plus grosses mouches ou d'indiscernables profanations.

Le vendredi donc ressembla au jeudi. La même souffrance, l'endurance. La souffrance qui dure et se dilate, et nous qui l'endurons parce que nous n'avons pas le choix. La tête qui tourne, qui tourne et retourne ces seize ans et demi de bonheur, qui devrait scintiller, par la vertu des millions d'étincelles jetées par la mémoire. Mais ces étincelles s'éparpillent et s'évanouissent dans un ciel noir sans fond, le vide, qui creuse son trou dans tout ce qu'il effleure.

J'étais terrassé non seulement par les souvenirs et le vide qui s'y incrustait mais par la qualité et la quantité de bonheur qu'ils reflétaient. Je me demandais si la douleur était proportionnelle à ces souvenirs. Une douleur d'autant plus vive et forte que les souvenirs étaient beaux et nombreux. La logique l'eût affirmé. Mais je considérais la part présomptueuse de cette interrogation. Au prix d'un énorme effort, qu'il me fallut répéter jeudi et vendredi, samedi et dimanche, je conclus par la négative. J'ai fait comme si la douleur était la même, un absolu, pour tout père ayant perdu un enfant. Quand bien même il n'aurait jamais voyagé avec lui, ni couru, ni joué au ballon, ni joué tout court, ni discuté, ni plaisanté, ni lu, ni été au cinéma, ni échangé des chaussettes et des chemises, ni rigolé à en mourir, quand bien même ils ne se seraient pas disputé deux fraises. J'ai essayé aussi de me convaincre que ces souvenirs, ce partage d'un temps commun, représentaient un trésor. Intangible. J'ai échoué.

D'adorables sophistes et prédicateurs ne parvinrent pas davantage à me convaincre. J'écoutais les arguments, d'une logique imparable. Mais la bonne foi des sophistes était prise en défaut par l'épreuve des faits : le trésor était tout sauf intact (combien de dommages et d'altérations dans chaque fragment de mémoire ?). Mlle Berger me prêcha la foi. A moi tout seul, j'étais les peuples infidèles, mahométans, abyssins, tonkinois, appelés à recevoir l'enseignement des Évangiles. Mlle Berger aurait transporté des montagnes. Ou les montagnes se seraient transportées d'elles-mêmes au seul son de sa voix, douce, mais ferme comme le grain de sénevé. A une autre époque, peut-être eût-elle ramené Martin parmi nous. En l'écoutant, je pensais aux légendes de Voragine, aux retables dorés et jusqu'aux prédelles des plus humbles églises où, malgré les dimensions minimes et les couleurs amenuisées, l'on peut encore apercevoir les œuvres miraculeuses des saints patrons. Elle parlait de lumière et de façon lumineuse. Je la voyais, son chignon blanc, ses yeux noirs derrière des besicles distinguées, les deux dents du bonheur qui la rajeunissaient encore, son zèle, on eût dit un apôtre. Elle priait pour Martin. Je l'en remerciais du fond du cœur. J'étais touché qu'elle songeât à lui chaque jour, qu'elle lui fît une place dans une liste que je supposais longue. Elle tenait pour certaine la vie au-delà et l'existence du paradis ; il n'y avait pas l'ombre d'un doute ni même l'audace d'un pari : nous nous retrouverions. Ignorait-elle aborder un point névralgique ou sa foi fondait-elle naturellement cette espérance, en tout cas, c'est bien là que j'achoppais : le paradis ne serait jamais qu'une image. Je l'enviais à un degré inimaginable. J'aurais tout donné pour partager son espérance. Depuis je n'ai cessé de jalouser le soulagement — aussi infime soit-il — des fidèles. Faible consolation, mais consolation tout de même de retrouver l'être aimé, a fortiori un enfant, dans l'autre monde. Mlle Berger croyait au pouvoir de la parole, à son onction. Les mots sortaient de sa bouche comme des rubans de phrases divines (j'ai pensé à l'Ange de l'Annonciation chez Simone Martini et aux bulles de bandes dessinées). Ses mots volaient.

En revanche, les miens butaient sans raison. Je me mettais à bégayer. M'étranglais en lui relatant l'accident et nos questions, POURQUOI, POURQUOI LUI. Sa réponse fut immédiate et directe : le Seigneur avait appelé Martin à son côté et, si c'était *lui* parmi les cinq passagers de la voiture, c'est qu'il était le plus parfait. Raisonnement infaillible, à la limite intolérable, sauvé simplement par la douceur de sa lumière et la vertu théologale qui le portait, la charité, sauvé aussi par son léger accent leibnizien (l'harmonie préétablie et les flocons de neige dans les cheveux de Mlle Berger). Vendredi soir, nous avons fait notre première sortie — chez nos amis Dorra. La même rue, mais le trottoir opposé, cent mètres au nord. Tout un voyage néanmoins, avec l'effort et le retard du départ. Je fermai la porte de la maison à clé, je m'étais désormais attribué le trousseau de Martin (un hologramme représentant la Terre, la dérive des continents). Dehors, je devais m'empêcher de nous compter. Je ne sais plus si nous avons marché deux par deux ou ensemble. Alexis, un petit garçon de trois ans, nous ouvrit la porte où étaient posées les lettres adhésives en couleurs avec lesquelles il apprendrait à lire et pouvait déjà composer son nom. L'embrassant, j'étais happé par la mémoire de Martin à cet âge, l'afflux trop rapide des images par le biais imparable des vacances (à Pâques les Mélèzes, en juillet Kéa, petite musique habituellement envoûtante devenue déchirante). Il parlait volontiers ; de lui, de Camille, sa sœur qui aurait un an à la Saint-Martin. Je me suis dit que nous étions — Anne et moi — trop vieillis pour courir l'aventure d'un nouvel enfant. La question (théorique) nous avait à peine traversés.

La conversation avançait curieusement. A travers des anecdotes qui prêtaient à sourire et au prix d'un prodigieux effort, d'attention, de phrases qui avaient déjà l'éminent mérite d'exister. L'avenir tentait une percée : il avait la forme d'un voilier, d'un vent modéré et d'une ancre dans les mers chaudes. Mais le passé continuait en sous-main son travail de sape. Le moindre souvenir (ici la côte lycienne) dévastait le fragile équilibre de l'avenir et des mots, faisait exploser des mines, en posait d'autres, à retardement. Parfois, je m'entendais répondre. Évasivement. J'étais parti, et je m'étais senti partir, dans une irrésistible dérive. Tu veux un glaçon ? Merci, je reposais mon verre d'eau gazeuse à côté du bol de pistaches. Face à moi, Anne parlait, parlait. Avec animation. Je ne l'avais pas vue ainsi de la semaine. Un instant, j'espérai la retrouver — comme avant. J'espérais qu'elle m'ouvrait la voie, me montrait le chemin. Regarde comme c'est simple. Il suffit de parler, de sourire. Un bref instant, j'ai espéré. Et puis je suis allé au-delà des apparences. J'ai compris qu'elle donnait le change. Avec la plus grande sincérité. Pour remercier, par amitié.

Samedi, nous avons renoncé à Lisbonne et à l'Exposition universelle. Nous n'avions ni la force ni le goût d'un voyage conçu à cinq. Cependant, il fallait trouver une solution qui convînt aux enfants. Un lieu ouvert où nous soyons ensemble sans être seuls, où ils puissent se lier avec d'autres jeunes, un village de vacances maritime comme la plupart des étés précédents. Mais, à cette date, le Bassin méditerranéen affichait complet. On me suggéra les Antilles. Nos parents se montrèrent prodigues.

Ma grand-mère avait déjà anticipé son héritage, 80 000 F en 1988. Nous les avions dépensés aussitôt, un cadeau chacun et six semaines ensemble l'été aux États-Unis. Enthousiasme des enfants, depuis l'arrivée à New York, le métro, les écureuils de Washington Square, les salades et les Coca, le temple égyptien du Metropolitan, le 102e étage de l'Empire Building d'où l'on ne voyait jamais rien, un jour à cause des nuages de chaleur, un autre jour à cause de la pluie, les boutiques de jouets, les limousines et les basketteurs noirs, les peintures géantes sur des façades délabrées comme dans les romans de Dickens, les parkings et les réservoirs, la fête foraine à Little Italy, puis Philadelphie, le potager de la cousine face aux vitraux archimodernes des Liberty, la location d'une Oldsmobile aux sièges de velours pourpre pour un aller retour est-ouest, 8 000 miles, par Chicago où nous avons dépassé les 100° Farenheit et joué au tennis la nuit dans les jardins de l'université, par Des Moines comme dans Lucky Lucke après avoir franchi un Mississippi beaucoup plus large que celui d'Huckleberry Finn, par les Rocheuses, les canyons roses et le musée préhistorique de Great Jonction, par Moab, la tente plantée en dépit du bon sens, la vallée de la Mort où nous n'avons pas dormi parce que le motel était complet, par Las Vegas et Disneyland, par la forêt pétrifiée, le pays navajo et les hauts lieux du western, par Little Rock, tu te souviens, la pyramide dans la piscine pour la photo avant le départ, Clément sur mes épaules, Antoine et Martin en équilibre chacun sur une de mes cuisses, nous quatre chambaz nous tenant par les mains et nous laissant doucement glisser dans le petit bain en riant. Six semaines d'errance triomphale que Martin avait connue et aimée, qu'il avait encore évoquée à Roissy le 29 juin. Et, sur le mur blanc devant le bureau d'Anne, la feuille blanche où j'avais recopié le seul poème écrit pendant cinq ans, un poème américain, qui se terminait par ce vers / *Vous vivrez vieux* /, rouleau de papier prophétique trouvé par les enfants dans les beignets miniatures qu'on nous avait servis, pour tout dîner, au restaurant chinois de Tuba City.

Durant cette première semaine, j'ai éprouvé le besoin de parler de Martin. Je ne réalisais pas. Les mots, leur répétition, parler, écouter, écrire, lire. Martin à l'imparfait. Je ne réalisais toujours pas mais peu à peu j'essayais de m'accoutumer. Dimanche, j'ai regretté qu'il n'y ait pas distribution de courrier. Les lettres m'ont manqué. J'ai relu celles que nous avions reçues depuis mercredi. J'étais d'abord ému par les enveloppes rares où une main charitable avait osé maintenir, en adresse, Famille Chambaz. Ainsi formions-nous encore une famille, ce que j'étais désormais incapable d'affirmer, ce qu'il m'était devenu si douloureux de croire (une famille moins un, ça n'avait plus de sens), ce que je pouvais lire ensuite sur une grande variété de feuilles, papier toilé, papier glacé, papier quadrillé d'écolier, bristol, carte de visite, carte postale, feuilles volantes que je rangeais — en un petit tas dérisoire — sur le coin de mon bureau, à côté des babioles colorées offertes par les enfants. La plupart des enveloppes étaient libellées à « Anne et Bernard Chambaz », parfois suivi par la mention abstraite « et leurs enfants » (qui laisserait accroire l'invraisemblable), d'autres fois par la mention aimable mais si cruelle « Antoine et Clément ». J'avais pris l'habitude de descendre à la boîte aux lettres tôt le matin, trop tôt (il faut dire que le matin ne tardait pas), je devais donc redescendre, le cœur battant bien que je n'eusse rien à attendre. Quelles nouvelles voudriez-vous, sinon les dernières nouvelles de Martin. Je remontais chaque jour avec quantité de lettres. J'en lisais ou devinais l'origine. Je patientais jusqu'à la maison pour les ouvrir. Selon un rite qui s'était naturellement imposé et que les enfants fuyaient, nous nous asseyions Anne et moi autour de la table du patio, sous les roses, en plein soleil parce qu'il était déjà 10 heures, des lunettes pour nous protéger, moins du soleil que des larmes. D'un doigt décidé (l'index gauche), j'ouvrais l'enveloppe, sans la déchirer. Vite, je lisais la lettre puis la tendais à Anne, lui soufflant en préalable — quand je le jugeais nécessaire — le nom de notre correspondant. Quelques lettres n'avaient guère d'intérêt. Les autres, en revanche, à quelque titre que ce fût, voire en raison d'un mot, un seul, imprévu, nous émouvaient. Certaines, enfin, nous bouleversaient. Ici, la délicatesse qui souhaitait « si vous le permettez, partager votre douleur ». Là, une espèce d'évidence dans chaque mot, dans l'élan d'une page, d'amour et de souffrance reconnus comme tels selon des horizons divers, les grands-parents de Guillem, les frères Krop, Olga et Mathieu, « et nous pleurons avec vous ». Ici et là aussi s'affirmaient deux leitmotive qui reviendront tout l'été : le sourire de Martin et la belle famille que nous formions. Quelques adjectifs — si c'était possible — auraient suffi à nous le rendre : gentil, espiègle, généreux, gai, vif, oui, c'est sans doute ce mot incroyable qui, en juillet encore, le résumait. Il était vif, d'esprit et de corps, comment dit-on en anglais ? *lively*, yes, he was lively, il avait du vif-argent dans les veines (et c'est ce cinabre qui s'était écoulé par le trou de l'aorte, cette boule de mercure qui avait explosé comme par une température extrême). On le disait agile alerte allègre ardent, brillant. On soulignait notre « merveilleuse complicité ». Nous reçûmes encore quelques télégrammes, de Corse et des Îles. Est-ce le peu de mots, la sobriété obligée, les télégrammes témoignaient de l'essentiel, l'injustice et la présence, un ciel trop haut, trop bleu, mais un ciel.

Chaque jour, je m'étais abîmé dans cette lecture. Dimanche après-midi, je crois, Anne eut le courage de téléphoner aux Johnson. J'escomptais à la fois des nouvelles de Gareth et, absurdement, de Martin. Je fus satisfait d'apprendre que l'opération avait réussi (dégager la moelle épinière de la menace d'une ou deux vertèbres écrasées). Quel soulagement nous aurait apporté la mort ou l'invalidité de Gareth ? Aucun. Quel sens aurait-elle donné à la mort de Martin ? Aucun. La question serait restée POURQUOI, sans réponse, et chez Anne serait uniquement passée du POURQUOI LUI au POURQUOI EUX. Que les Johnson restent en paix, et que, dans cette paix que je sais troublée, ils n'oublient pas Martin qu'ils ont aimé ! Mary raconta à Anne que dès son réveil Gareth avait demandé un téléphone afin d'appeler Martin, lui dire au revoir (on était lundi, Martin avait repris l'avion et était à Ivry !). Sur le conseil du chirurgien, Mary et Barry attendirent quarante-huit heures pour lui annoncer la nouvelle. Je veux bien croire qu'il en fut abasourdi et qu'il pleura. Il était naturel, mille fois naturel, qu'il se félicitât également de la chance qui l'avait épargné.

Et alors, sourdement, sans rien nous dire l'un à l'autre, Anne et moi commençâmes à être hantés par le même rêve aberrant, la même histoire mais à peine décalée : Martin aurait été grièvement blessé, nous aurions pris l'avion de Cardiff, aurions tremblé deux jours à l'hôpital de Gwent ; les vacances auraient été gâchées, mais — je vous le demande — qu'est-ce que ça voulait dire désormais « les vacances » et « gâchées » ? Et le plus triste était de voir (d'imaginer) Martin nous souriant sur son lit d'hôpital, s'excusant de la bêtise qu'il n'avait pas commise, s'enquérant de tout, ses frères, le monde, et souriant.

Après le coup de téléphone, nous nous séparâmes à nouveau, Anne et moi, dans une maison qui semblait vaste malgré les deux pièces inoccupées (la chambre de Martin et le bureau) et vide malgré la présence des cousins. Je me retrouvais seul avec mon paquet de solitude. Jusque devant la télévision, allongé sur la moquette, la tête sur un coussin afin de l'y enfouir si besoin, contemplant un Tour de France cycliste où depuis une semaine je ne comprenais plus rien. Nous avions regardé avec Martin la première étape sous le déluge de Saint-Sébastien. Depuis le soleil était revenu, faisait étinceler les Alpes et les vélos sans que je fusse capable de fixer plus de cinq minutes mon attention. Une fin d'étape, dans un col, je me suis même endormi.

Ce dimanche, j'allai chercher gare de Lyon et à Orly les parents et amis venus pour l'enterrement. Dans un premier temps, nous nous serions volontiers dispensés de cérémonie. Je nous imaginais mettre Martin en terre, le plus simplement. En famille, à savoir nous quatre. Cependant, je me suis rendu compte que je ne pouvais imposer la violence d'une telle épreuve aux enfants ; que je n'avais pas, non plus, le droit de priver les grands-parents de l'inhumation de leur petit-fils. A partir de mercredi ou jeudi, nous avons donc accepté le principe d'une cérémonie, oui, vous pouvez venir, non, pas de couronnes, seulement des fleurs, Martin aimait les fleurs.

Vers 8 heures, j'accueillai ma sœur gare de Lyon. Mon père attendait déjà, au bout du quai J, en bras de chemise ; de dos, je savais qu'il fumait (à bientôt soixante-dix ans, il tentait néanmoins de se limiter à quinze gauloises par jour). Nous avons un peu parlé mais les mots sortaient péniblement, les phrases n'en parlons pas. Je souffrais tant que j'ai essayé de lui dire quelque chose de très difficile et très rude, et peut-être erroné bien que je persiste à y sentir le noyau d'une vérité brute : que ma peine était à la mesure de l'identité familiale que nous avions bâtie. Je ne suis pas sûr d'avoir été très clair. Mais le train est arrivé, avalant les auréoles de lumière et les dernières traverses en bois. Ma sœur est descendue, s'est avancée vers moi, prête à fondre en larmes. Je pensais à ses trois enfants, à l'entité « ses trois enfants ». En l'étreignant, j'ai senti qu'elle était tendue à l'extrême. Elle avait sûrement redouté, toute la nuit du voyage, le moment des retrouvailles, les gestes, les mots, le dénuement auquel nous étions contraints. J'étais ému et, aussi, un peu gêné parce que les passagers du train n'étaient pas en mesure de deviner ce qui nous réunissait, un deuil sans doute, mais qui irait envisager la mort d'un enfant ? Néanmoins, avant le boulevard Diderot, ma sœur avait recouvré ses esprits. Elle avait donné à mon père les (bonnes) nouvelles de ses enfants et de la chaleur « là-bas ». Elle s'était enquise de la couleur de la voiture qu'il avait louée pour ce séjour parisien et qu'une fois sur deux il ne retrouvait pas.

Tandis que ma sœur revenait, mon frère partait en vacances. Il avait un ferry-boat à prendre pour la Finlande. La veille, je lui avais téléphoné afin de lui donner ma bénédiction. Je ne me forçais pas ; ne nous étions-nous pas montrés hésitants quant à l'enterrement ? Je souhaitai donc à mon frère un bon voyage, l'assurai que je ne doutais pas qu'il songerait à nous ce lundi matin, et — je le supposais — chaque jour de cet été. Je lui dis aussi que, par ses yeux, Martin verrait les eaux de la Baltique miroiter (c'est exactement ce qu'alors je lui dis et pensai).

A midi, j'allai chercher mon ami François Giacomini à Orly. Orly-Sud Orly-Ouest, je courais de l'un à l'autre sur le trottoir interdit aux piétons, personne ne savait dans l'aéroport où se posait l'avion d'Ajaccio. Jeudi, j'avais prévenu ses parents au village. Je les priais de ne rien dire à François, qui cheminait entre deux crêtes sur le GR 20 et devait téléphoner le soir même. Mais la mère a été trahie par sa voix. Le fils y a deviné les larmes, a obtenu la réponse à la question qu'il a posée. Il a laissé ses compagnons de randonnée, est rentré au village. Puis il a décidé de monter, au nom de sa famille, à Paris. En débarquant, il a résumé la situation et son sentiment d'un mot, le premier, que je n'avais pas encore rencontré et qui, comme l' « inimaginable » de ma grand-mère, me parut parfaitement exact et essentiel, le mot « catastrophe », où j'entendais d'abord (vérifiais) le bouleversement, le malheur effroyable et brusque, où je percevais la ruine et pressentais l'idée du dénouement, fin de la pièce ou de la vie, un petit air de tragédie grecque tourbillonnait dans l'aérogare d'Orly. Je l'ai conduit à la maison, dans le patio, où il a réussi à faire parler, et même rire, Anne.

A 7 heures, le soir, je suis retourné à Orly. Anne m'a accompagné. Mon oncle et ma tante de Toulouse avaient souhaité venir. C'est idiot à dire, mais j'ai pensé que Martin en aurait été heureux. Une certaine complicité le liait à mon oncle — le goût des voyages, la géographie, le beau livre de photos du satellite Spot, la fin d'après-midi vers la mi-juin où nous avions descendu tous les trois l'avenue des Gobelins jusqu'au

Canon, où l'oncle nous avait offert un jus d'abricot. Ce soir du 19 juillet, eux aussi ont su trouver les mots et surtout le ton justes. Et ils nous ont parlé de Jean-Louis. Ce cousin avait perdu ses deux filles de seize et dix-sept ans lors du tremblement de terre de Skopje, un accident encore plus imprévisible que le dérapage sur la route d'Usk à Tredunnoc, encore plus horrible puisqu'elles ont dû mourir écrasées (et même si je me refuse à croire qu'à cet âge on puisse se voir mourir, quand une à une les étoiles se sont éteintes, elles ont dû avoir peur), une vérité d'autant plus insidieuse qu'elle mit un jour à se confirmer, tant que subsistèrent les infimes et vains espoirs d'un salut. Or, après plusieurs années d'affectueux silence, j'avais revu Jean-Louis ce mois de juin dans un café où nous avions longuement parlé du désert, du Sahara d'où il revenait, passionné, et, ayant poussé nos tasses de café au bord de la petite table, il m'avait montré ses photographies, les bivouacs, le sable, l'alfa et un cyprès bimillénaire. Jean-Louis le premier à nous avoir écrit cette semaine, une lettre d'une générosité sans égale mais glacée, écrasée elle-même par les citations de poètes prodiguant le subterfuge d'une sombre espérance, une lettre qui prouvait clairement que vingt-neuf ans n'avaient rien comblé de la béance initiale. Cette nuit, si je m'endormis en songeant à quelque chose, ce ne pouvait être qu'à cette chose, glacée, donc brûlante, le néant où finit l'amour, chaque mot durablement taciturne.

Le 20 juillet, nous avons enterré Martin.

L'enterrement eut lieu au nouveau cimetière d'Ivry. Nous aurions « préféré » le vieux cimetière. Mais il n'y avait plus de place. Vendredi, après avoir payé en mairie la concession, j'étais monté avec Denis rue Gaston-Monmousseau afin de « choisir » un endroit précis. Le gardien me montra plusieurs emplacements : le long du mur d'enceinte, à l'ombre des buis (c'est vrai qu'il faisait chaud, les boules vertes restaient entassées au fond du thermomètre de Galilée) ; dans un carré central où quelques places s'étaient libérées ; je demeurais indécis, n'avais bien sûr aucune idée, comment savoir ou même imaginer « ce qui valait le mieux », les buis du mur ou le carré central, ou encore « le coin des cinquante ans » ; le gardien finalement me tira d'embarras en conseillant Ici c'est très bien !

En regagnant la sortie, j'avais le regard happé par les tombes, par les chiffres gravés sur la pierre. Je comptais, recomptais comme un fou, soustrayais, divisais à toute vitesse afin de ne pas manquer une tombe. Pas une seule fois — dans l'allée bordée de thuyas que nous suivions — je ne suis descendu jusqu'au nombre

« seize » ; à l'inverse, j'ai juré plusieurs fois devant les pierres où je lisais — avant la mort — la vieillesse, une vie cinq à six fois plus longue que celle de Martin. Jusqu'au portail, le gardien émit à intervalles réguliers des considérations diverses ; dans son esprit, les silences qu'il observait devaient permettre à ses auditeurs, qu'il savait ailleurs, d'enregistrer des paroles sorties tout droit d'un principe du cartésianisme selon une relecture agnostique du siècle dernier. C'était un petit homme à gauloise et à la casquette vissée sur la tête sauf quand il la soulevait un instant pour s'essuyer le front avec l'avant-bras, d'un geste étonnamment rapide, l'avant-bras de la main qui tenait la casquette afin de la reposer plus vite, au cas où quelqu'un eût voulu voir le chef. C'est pas tout mais j'ai encore à faire !

Lundi matin ressembla aux matins de la semaine précédente. A deux différences près : à 10 heures l'enterrement, à 11 heures et demie le départ en Suisse. J'avais réglé le réveil assez tôt. On ne pouvait plus rien prévoir quant au sommeil. Il fallut donc boucler les bagages — les valises, les deux valises, la rouge, et la bleue qui revenait d'Angleterre, les cartables de livres, recomposés, le sac à dos, intouché depuis huit jours, les vélos, un carton de nourriture acheté samedi (je me rappelle surtout mon impossibilité de prendre les pâtes comme antan par paquets de cinq cents grammes). Il fallut ensuite réveiller les enfants. Nous habiller. Dans un silence très lourd.

La veille au soir, j'avais préparé les vêtements que je porterais : le pantalon que je n'avais pas changé depuis l'Angleterre, la chemise de coton blanc que nous mettions tour à tour Martin et moi, une ceinture verte en son honneur. Anne s'est habillée très joliment, c'est vrai, il n'y a pas de honte, au contraire, est-ce qu'il ne s'agissait pas de notre dernier voyage en famille ? Elle était très belle et je la remercie, ici, d'avoir été capable de cet éclat. Un pantalon, un chemisier blanc, une veste courte et cintrée, marron clair, havane, les boucles d'oreilles vertes que je lui avais offertes jeudi. Clément enfila sans rien dire les vêtements que sa mère lui présentait. Antoine mit — sans plus de mots — le tee-shirt John Coltrane que Martin lui avait acheté à Cardiff. Je dus trouver refuge dans le jardin.

Denis, Raymonde, Bruno, Benoît vinrent nous chercher. Est-ce que je fis un café (Segafredo) comme chaque fois cette semaine qu'ils franchirent le seuil de la maison ? Je ne sais plus, mes souvenirs commencent à se voiler. En partant, ai-je regardé dans la boîte aux lettres ? Je me rappelle seulement que nous prîmes notre voiture. J'ai conduit. Nous étions tous les quatre, non, pas *tous* les quatre, nous quatre, un vide énorme dans cette voiture où nous avions passé tant de temps ensemble, à cinq, et un silence aussi énorme, de toute façon qu'aurions-nous pu dire ? Nous avons tourné à droite au bout de l'avenue Casanova, sommes passés devant le métro, l'église, avons pris la rue Maurice-Thorez avant de monter par une grande courbe sur le plateau, rue Michelet, deux cents mètres, puis à gauche rue Gaston-Monmousseau, moins de cinq minutes sans nous presser. Nous sommes arrivés devant le cimetière. Il a fallu garer la voiture. Assez loin, parce qu'il n'y avait plus de place sur le parking commun au cimetière et à une cité HLM. A deux pas de la nouvelle entrée du stade des Lilas où j'ai joué au football les samedis après-midi des années quatre-vingt. J'ai fermé la voiture à clé, rangé les clés dans la poche de mon pantalon. Nous avons avancé vers le portail. J'ai vu qu'il y avait du monde. Beaucoup plus de monde que je n'aurais pensé. Évidemment, nous n'avions ni compté ni escompté. Des personnes sur les trottoirs, de part et d'autre de la rue Monmousseau, des personnes qui se connaissaient et ne se connaissaient pas, d'horizons divers, réunies par cet enterrement, empruntées. Je ne sais pas quelle tête j'avais mais j'ai vu des visages graves et défaits. Personne n'a beaucoup parlé. J'ai dit Je vous remercie d'être venus ! J'ai répété Je vous remercie ! J'ai tenu à saluer tout le monde, le père de Gaël, la professeur de clarinette, les trois fils Hermine au grand complet avec le petit pot de fleurs dans les mains de l'aîné, chacun venu témoigner sa compassion. Je crois que j'ai embrassé Guillem. J'ignorais ce qu'il convenait de faire. Il faisait déjà chaud. A 10 heures, le soleil était grimpé assez haut dans le ciel, juste au-dessus des buis. Le ciel était sans nuage.

J'ai pensé que je devais entrer dans le cimetière. Afin de demander au gardien. Et là j'ai vu. J'ai vu. Je ne m'y attendais pas. Et pourtant c'était évident. Il y avait le fourgon. A dix mètres derrière le portail. Un fourgon noir mais empli de tant de fleurs qu'on ne voyait que la couleur des fleurs (la couleur rouge quand bien même les fleurs ne l'étaient pas, roses ou blanches). Martin était là. Et je le sentais là.

J'ai écouté les indications de l'ordonnateur des pompes funèbres. Je l'ai entendu ensuite annoncer à l'assistance, d'une voix forte, que la famille ne souhaitait pas recevoir de condoléances et qu'un registre était à disposition. Un registre gris perle, capitonné, fourni en papier à rayures, posé sur une planche de bois tenue par deux tréteaux et recouverte d'un drap noir. La double initiative me surprit. Sans plus, car j'éprouvais le plus grand mal à détacher mon regard du fourgon. Et puis, sans que je sois en mesure de voir plus clair dans le déroulement des opérations, le convoi s'est ébranlé. En me retournant, j'ai aperçu mon père, ma belle-mère et Raymond. J'ai donné la main (la gauche) à Anne. A sa gauche, Antoine — bien que très légèrement voûté, à son habitude — paraissait très grand. John Coltrane pouvait souffler très fort, dans son sax ténor, les dernières mesures du psaume dans *Love Supreme*. Le ciel était toujours très bleu et le soleil avait largement dépassé les buis. Juste devant nous, Clément avançait comme un automate. Les yeux rivés au sol. Bruno veillait sur lui comme son saint patron sur le Dauphiné. Nous avons marché assez longtemps parce que le coin des cinquante ans se trouvait à l'autre bout du cimetière. Nous avons suivi l'allée la plus large. A un coude, j'ai perçu — derrière nous — la longueur du cortège. Je me suis dit que chaque personne devait penser à Martin. A nous peut-être. C'était d'ailleurs la même chose. Mais plus pour longtemps. Nous étions là tous les cinq, géographiquement. Tout proches. Une dernière fois.

J'ai songé (c'était idiot, encore qu'à bien réfléchir pas si idiot que ça) à l'étonnement de Martin si d'aventure, ici et maintenant, il se relevait. Je ne quittais pas des yeux les bouquets de roses et de lis, d'arums peut-être, et j'aurais aimé de soleils et de zinnias. A force, j'ai deviné un angle et la teinte brune du cercueil. Un instant, le ciel s'est reflété dans la vitre arrière. Je ne pensais pas, j'avançais, nous avancions, chacun muré dans son silence. Certaines personnes avaient sûrement les moyens de penser. Au malheur de Martin, au nôtre, à la part qu'ils y prenaient, à la santé de leurs enfants, aux vacances qu'ils allaient s'offrir, au dernier livre qu'ils avaient lu. Moi pas. A peine le moyen d'enregistrer quelques sensations. Cette marche était inimaginable. Non, nous ne pouvions être là.

Ni ailleurs. Voilà le problème, le point obscur.

Le fourgon a encore tourné. A quatre-vingt-dix degrés. Je ne reconnaissais pas le lieu repéré vendredi avec le gardien. Qu'importe. On ne risquait pas de se perdre. Soudain, sur ma gauche, j'ai vu surgir l'endroit. Un trou. Un rectangle, un petit tas de terre à côté. Je n'ai plus vu que ce trou. Deux ouvriers derrière, il me semble avec leur pelle. J'aurais voulu pelleter. Ce n'était même pas une velléité, juste un réflexe visant à ne pas seulement subir (or je n'avais que le trou et les pelles sous les yeux). Et puis, j'ai vu le cercueil descendre dans le trou, je ne me rappelle absolument rien d'autre. Sauf, quand je me suis avancé au-dessus de la fosse, le cercueil et — sous le nom de mon fils — le mot DIED et la date du 11th July 1992. Martin était donc mort en anglais, un jour anglais *(an english day).* Je n'ai pas pleuré. Nous nous sommes ainsi approchés, Anne et moi, avons jeté était-ce une rose ou une poignée de terre ? J'ai cru voir Antoine et Clément. Je ne savais plus où me mettre. Où poser mes pieds. Je ne me rappelle plus rien.

De retour au portail, l'ordonnateur m'a remis le registre. Je lui ai demandé C'est fini ? Il m'a répondu Oui, c'est tout ! Nous manifestions un certain sens du dialogue et de l'essentiel. Il a quand même ajouté que, si je le pouvais, quand je le voudrais, je n'avais qu'à passer à la boutique des pompes funèbres régler la facture. Sa phrase ne manquait ni de netteté ni de conditionnels. Il eut l'air satisfait quand je lui dis que je viendrais dans une demi-heure. C'était donc fini. Nous n'avions souhaité ni paroles ni musique. Que dire ? quelle harmonie ? Pas de prière non plus ; qu'espérer ?

Chacun en avait été réduit à sa propre oraison mentale. C'était fini, mais quelques personnes ne se résolvaient pas à partir (je comprends leur absurde, farouche refus de s'en aller, d'en finir, comme je comprends la discrétion de celles qui étaient reparties). On nous a prodigué des paroles de courage, le mot courage — qui m'apparaît très abstrait, inexact. Je ne me sentais ni fort ni ferme, au contraire, l'audace et le cœur consistaient à avouer et reconnaître ma faiblesse, l'ébranlement sans pareil, la ruine, l'énergie qu'il faut pour pleurer, l'incroyable énergie. Je remerciais, par courtoisie. Je regardais distraitement vers les buis, vers le portail noir, à moitié refermé, vers la baraque d'entrée, est-ce que ça s'appelle « réception », les ombres s'amenuisaient en approchant de 11 heures. J'ai toujours prétendu par la suite, cet automne, être dépourvu d'un courage singulier (d'ailleurs, si je l'avais eu, je me serais tué). Il s'agit simplement d'un élan, que je dois à mes fils, à Anne, à Denis. Il s'agit d'une force mécanique qui ne s'est pas encore épuisée.

La foule s'était dispersée. J'aurais tant aimé pouvoir me disperser, moi aussi, mais en ce sens c'était parfaitement impossible, me disperser comme les brumes par le vent puis le vent dans un cosmos empli de ténèbres, me dissiper dans les turbulences de la peinture et de l'enfance, m'en aller par les rues Monmousseau, Michelet, par les rues Moïse-Kisling ou Madeleine-Castaing vers Minsk ou le Midi. J'aurais tant aimé pouvoir penser à Martin sans le poids écrasant de la paternité, de la pire séparation et du pire saccage qui soient. La mise en miettes d'une conscience et d'une vie. Nous sortîmes du cimetière. En face, la marbrerie affichait en grandes lettres ses prix (ses promotions) et son numéro de téléphone. La lumière y ricochait avec violence. Je vérifiai la présence des clés dans ma poche. La voiture m'a paru garée moins loin que tout à l'heure. Il n'y avait plus qu'à redescendre. C'est-à-dire rentrer.

Rentrer pour aussitôt repartir. En Suisse, où nous aurions dû être depuis le 15. D'abord, nous nous sommes changés. J'ai remis le maillot noir à fougère des All-Blacks. Ensuite, j'ai chargé le coffre de la voiture. Tristesse poignante devant la valise bleue, les piolets, les chaussures de montagne de Martin, des Koflach, violettes, aux lacets violets, du 47, achetées l'été dernier et qui revenaient naturellement à Antoine ; devant les deux vélos, ou plutôt l'absence du troisième, le Raleigh noir à guidoline bleue remis en état la semaine précédente, rangé à la maison, inutile (sans objet) ; tristesse déchirante de ce qui ressemblait tellement à un départ en vacances, la même voiture, les mêmes effets, la même destination, le même ciel, l'indifférence du monde. Enfin, avant de partir, je suis allé aux pompes funèbres — en courant.

Le voyage pouvait commencer. Voyage à trois, Clément ayant souhaité faire la route dans la voiture des cousins. Voyage solitaire, par cette autoroute du Sud empruntée des dizaines de fois. Personne ne s'est résolu à mettre de la musique, à choisir une cassette qui eût — inévitablement — évoqué Martin. Antoine s'est allongé sur les trois sièges arrière et a dormi. Anne s'est blottie et assoupie. J'ai conduit comme dans un rêve ; question d'habitude, nos équipées nocturnes adorées par les enfants, la nuit entière voire le jour suivant sans désemparer ; mais là il s'est produit un fait unique dont je n'ai pris conscience qu'au retour, croyant découvrir un autre chemin que celui de l'aller alors qu'il était rigoureusement identique : de l'autoroute à Vallorbe ma mémoire n'a rien enregistré.

Trou noir, vide intégral, j'étais en compagnie de Martin. Aspiré par le néant, comme dans ce film du début des années quatre-vingt où un vaisseau spatial croise dans les parages d'un trou noir constituant une sorte de passage vers l'autre monde, vieille histoire de tous les Lewis Caroll renouvelée par les astrophysiciens, voyez Cygnus X – 1 qui absorbe les poussières d'étoiles dans une spirale de plus en plus rapide (les chiffres sont insensés, vitesses, distances, énergies, températures, dix milliards de degrés, ça donne déjà une idée). Le firmament nous a engloutis. Martin a disparu — comme dans ces tours de magie dont il était amateur. Un Noël, nous lui avions offert une mallette de magicien. Il l'avait ouverte avec les gestes déjà du magicien, s'était extasié devant la panoplie, la variété des objets rangés, un gobelet, deux foulards de couleur (un rouge et un jaune) et un foulard blanc plié en losange, des cordelettes, un jeu de cartes, deux rubans noirs, une paire de ciseaux, un lot d'élastiques de longueur et largeur diverses, un tube de colle universelle qui servira à recoller le manche de sa loupe de Sherlock Holmes. Cependant, le plus beau lui semblait la baguette, étincelante dans son logement au milieu de la mallette, une baguette recouverte de papier brillant où un artiste avait peint une kyrielle d'étoiles heureusement plastifiées. Il s'était inquiété de l'absence de chapeau. Quant à la cape, celle de Superman lui paraissait tout indiquée. Il apprit quelques tours, s'exerça dans le plus grand secret. Le jour vint où nous fûmes conviés à une représentation. Il tenta le foulard têtu où le spectateur a (est censé avoir) l'illusion d'un foulard vivant, l'encre transparente et le mouchoir bondissant. Il affectait un air mystérieux conseillé par la notice, mais détestait rater. Il s'était fâché une fois ou deux avant de prendre une retraite anticipée. Le Noël suivant, il s'était reconverti dans la chimie. La mallette était plus petite mais encore plus merveilleuse. Malgré le plaisir des couleurs et des précipitations, il abandonna assez vite, courut vers d'autres cieux. Ce n'est sûrement pas à ces histoires lointaines que je songeais le 20 juillet après-midi dans la voiture ; d'abord, parce que les images qui m'ont obsédé cet été étaient quasi exclusivement celles de Martin devenu grand, ensuite, parce que je ne songeais à rien, à rien d'autre que ce trou, à ce trou où notre vie venait de s'achever. Où Martin avait disparu, où j'avais disparu à sa suite, et à notre suite les collines de la Côte-d'Or, un canal, un terrain d'aviation, les murailles de Besançon, des combes tapissées de lumière orthogonale, les épicéas du Jura.

A la frontière, à Vallorbe, je suis revenu à moi. C'était notre première frontière depuis l'accident. Bien qu'elle ne fût pas particulièrement prestigieuse, elle jouissait — dans la famille — d'un crédit singulier que tous les postes d'Afrique et de Macédoine ne risquaient pas d'égaler : le plein de chocolat (noir, amer, au lait, truffé, aux écorces d'orange, sans oublier les Toblerone et les Cadbury). Ce furent alors nos premiers kilomètres à l'étranger. C'était toujours le premier quelque chose. Ce le sera en effet longtemps. En redescendant sur le lac Léman, le ciel se couvrit, vers Martigny il devint noir. Quand l'orage éclata, malgré les essuie-glaces, j'eus l'impression d'un double rideau de pluie. A Sion nous prîmes au sud — val d'Herens, où des gouttes et la queue touffue d'un ciel gris nous conduisirent aux Haudères.

Notre chalet s'appelait les Violettes. Les violettes, les fleurs qui bordent les tombes et les glaciers, nous en rencontrerons quelques mètres carrés, des bleues, des parme, et même des jaunes, comme les pensées demi-deuil, dans les sous-bois au-dessus d'Arolla. Le chalet était vaste, quatre chambres, nous l'avions loué cet hiver dans la perspective de compter, pendant les deux trois jours où nous y serions tous ensemble, cinq enfants. Ce 20 juillet, 7 heures le soir, nous découvrions une pièce après l'autre, non sans une pointe d'effarement. Dieu que c'est grand ! Anne m'a prié d'aller demander aux cousins si Benoît accepterait de dormir aux Violettes. J'ai couru, deux cents mètres, jusqu'à leur maison. Benoît est revenu avec moi. Avant la nuit, nous avons dîné nous sept. Manquaient à la table Bruno (en partance pour le Mexique) et Martin. Et, dans ce chalet où il n'avait jamais mis les pieds, je l'imaginais partout, la cuisine, le balcon, le séjour, la chambre surtout, le lit, quel lit aurait-il choisi ? sous quel duvet serais-je allé, ce soir ou un autre soir, l'embrasser ? bonne nuit mon chéri !

Le chalet était entièrement lambrissé de lattes d'un bois clair. Dans la salle de séjour, la poutre centrale portait, gravé en belles lettres capitales, le nom du bâtisseur, Jean Follonier-Follonier, de sa femme et de ses deux fils. Sur le plus long mur, un crucifix — du même bois clair — rappelait que tout en ce monde était soumis à la volonté de Dieu. Avec une détermination qui ne laisse pas de m'étonner, Clément émit le vœu que le crucifix fût enlevé du mur, qu'il disparût. Malgré un soupçon de gêne à l'égard des Follonier-Follonier, je satisfis son vœu. Je le décrochai, le rangeai dans le tiroir de ma table de nuit. En biais, il tenait au centimètre près. On aurait pu croire que le monde est bien fait. Mais le plus étrange de l'histoire, le plus beau, je le découvris en revenant dans la salle de séjour : la croix était là, sur le mur, muette, trace plus claire grâce au crucifix qui l'avait protégée d'une lumière généreuse dispensée par deux fenêtres et une grande baie vitrée.

Pendant dix jours, nous avons vécu à l'ombre de cette croix. A l'ombre aussi de la Dent-Blanche, sommet altier que nous avions sous les yeux dans la cuisine. Au petit déjeuner, elle paraissait déjà très blanche, ou aussi bien très bleue ; selon le découpage du regard, d'un blanc cru, intense, de titane, comme on l'observe de la vallée. Le soir, elle prenait des teintes magnifiques tirant sur des orangés par la vertu d'un soleil qui n'avait disparu qu'ici-bas, sur des mauves de plus en plus foncés, rompus parfois par la grâce d'un nuage gris puis noir à mesure que la nuit s'imposait. Nous avions prévu son ascension, belle arête culminant à 4 356 mètres.

Nous ne l'avons pas gravie. Moins du fait de ma relative aversion pour les refuges l'été (de toute façon, je dormais si mal) qu'en raison du souvenir de ma dernière ascension. Sans que je l'aie conçu nettement, j'ai différé le projet d'escalader la Dent-Blanche. J'ai tenu à garder — un an de plus — le souvenir d'une dernière ascension effectuée avec Martin. C'était en juillet 1991, La Chapelle-en-Valgaudemar, dernière étape de notre tour depuis quinze ans du Queyras et de l'Oisans. Antoine était à Moscou, Clément était accompagné d'un copain. Martin et moi n'en étions que plus proches. Il aimait la montagne, s'était réjoui de monter au pas des Aupillous. Départ à la nuit noire, 4 heures, des millions d'étoiles mais pas de lune, ses belles chaussures Koflach qu'il étrennait, je lui avais prêté ma lampe frontale, nous avions longé le chemin du refuge, pris à main gauche des croupes herbeuses escarpées, traversé trois cents mètres de végétation tropicale incompréhensible, remonté une moraine et croisé des chamois, quatre heures ponctuées de peu de paroles qui suffisaient à notre bonheur, le jour avait fini par se lever, il était temps de prendre pied sur le glacier, nous étions tous les deux seuls, immensément, buvant le thé encore chaud de notre vieille gourde rouge cabossée, croquant un gâteau, chaussant les crampons, nous encordant (la corde jaune), repartant à l'assaut, pente rude, traversée un moment délicate sur une neige verglacée, ça va mon grand ? Martin ravi d'être arrivé, d'admirer le paysage, les couleurs, de manger (fromage et compotes, riz au lait dont je lui avais réservé la surprise), déçu de n'avoir plus de photographie, de devoir repartir, allons-y-allonzo, le piolet pour descendre le glacier, toujours encordés, la course quand la pente s'adoucit, une chute, le rire, la sérénité quand il n'y a plus qu'à se laisser glisser, sur l'herbe, jusqu'en bas, la paume encore claquée comme les basketteurs des Amériques, le plaisir, l'idée de retrouver Anne, la maison, un brin de fatigue le soir mais la joie des cinq cents mètres à plat sur l'asphalte à la seule fin d'aller voir — au bout du village — dans l'échancrure d'une haie de peupliers briller à peine au-dessous des premières étoiles le sommet dont nous étions juste redescendus. Chouette ! vivement l'année prochaine !

A défaut d'ascension, nous avons fait quelques randonnées. La deuxième nous a portés au pied du glacier de Tsijiore Nouve, la dernière dans le cirque glaciaire sous la Dent-Blanche. Chaque fois, j'ai pensé au sac à dos haute montagne resté aux Violettes, à la corde, aux crampons, aux piolets, au matériel d'escalade. Sans me décider à l'ouvrir, en rentrant au chalet. Le 11 juillet était beaucoup trop proche. Nous avons vu une mosaïque de prairies à fauche ou à lis martagon, des torrents furieux, des érables-sycomores et des pins cembro, les Aiguilles-Rouges (qui n'étaient pas rouges), des granites sombres, plutôt verts à cause de silicates de magnésium, du gypse dû à l'évaporation de l'eau de mer, des fours à pain, un autel baroque du XVIIe, des buissons bas, sans doute des myrtilliers, des granges-écuries et des guérites de vignes, des vaches nommées Dragon ou Vénus, une perdrix des neiges, des criquets à ailes rouges et des criquets à ailes bleues, des nuées de papillons, surtout cet été chaud, des Grand Apollon et des Flambé voilier.

Monter me procurait un curieux trouble. J'étais écrasé par l'idée de l'absence de Martin, anéanti, à quoi bon grimper ? Mais j'étais en même temps porté par son absence, par tout un réseau de perceptions minimes qui me ramenaient à lui, à chaque pas, une fourmilière, le scintillement des cailloux, une écorce de mandarine, la racine en travers du chemin, un trou gorgé d'eau, le chaos d'un pierrier, le bord du névé, les Koflach violettes d'Antoine, un morceau de ciel pentu, et chaque pas était chargé d'une incroyable quantité de détails qui affleuraient (remontaient très vite), tissaient une toile infinie où ils s'assemblaient selon une cohérence provisoire mais précieuse, de la fourmi au ciel, donnant au plus profond du gouffre la conviction d'une présence qui m'aidait à grimper, comme à La Chapelle, la sensation de la sueur sur le cou et le torse, l'odeur de la mandarine et de la crème solaire puisque le deuil ne protège pas contre les coups de soleil, la belle mécanique des jambes, les bruits infimes, tout ce qui relie chaque être à l'univers et mêle les temps, conspire comme les anges et Dieu.

Chaque jour nous avons roulé à vélo. D'abord des Haudères à Arolla, puis systématiquement les routes dès qu'elles montaient. Ainsi j'ai appris à nouveau le sens de l'effort, du pouls très très rapide. J'ai senti battre mon cœur. J'ai eu mal pour autre chose. J'ai essayé de suivre Denis, de ne pas être distancé, ne pas écouter la voix intérieure qui me susurrait mille excuses et l'absolution. J'ai pédalé. Avec, à chaque coup de pédale, alternativement, une image de Martin vivant (souriant) et l'image de Martin mort, allongé sur son « lit » à la morgue de Gwent. A chaque coup de pédale. Donc à peu près chaque seconde, dans les passages difficiles. A l'inverse, les descentes constituaient un régal, un véritable refuge : c'était, absolument, les seuls moments où je ne pensais pas à Martin ; j'étais obligé de me concentrer, à 80 kilomètres-heure la moindre erreur ne pardonne pas et si je redoutais moins que jamais un accident je ne l'ai pas cherché. Malheureusement, je me retrouvais trop vite en bas. Dès le premier jour, j'ai observé sur le bord de la route, environ deux kilomètres avant Arolla, des blocs de rochers, des dalles et des dièdres propices à une école d'escalade, et sur la pierre grise une plaque blanche :

STÉPHANE PRALONG
1972-1989

en haut à droite son portrait occupait un médaillon ovale, je me rappelle des cheveux longs, les nœuds d'une corde autour du torse, un piolet, je ne sais plus si le piolet figurait sur le médaillon ou s'il s'agissait d'un ornement. Piolet et corde, attributs d'une passion qui lui avait été fatale. Ici, dans ces blocs au bord de la route, ou dans les Aiguilles-Rouges qui la surplombaient, qu'importe. Le même naufrage que le bas-côté face au Cwrt Bleddyn. Immédiatement j'ai pensé que ce garçon était mort dans l'exercice d'une passion — qui ne retirait rien à l'acuité du malheur mais lui conférait, peut-être, un semblant de sens. De longue date, je redoutais l'accident de montagne. Cependant, cette crainte restait abstraite, légère et liée à mon destin plutôt qu'à celui de mes enfants. Comme dans les Évangiles, la montagne nous rattrapait.

D'autres jours, nous avons roulé sur la route de Sion. J'ai vu à Évolène le cimetière et le stade contigus, une pelouse splendide caressée par les rayons du soleil. J'ai vu en aval, le long de sols beiges et de champs très verts, nombre de croix immenses au christ miniature ; et au-dessus d'un ravin une pancarte au nom de SAINT-MARTIN. Nous sommes passés sous les pyramides d'Euseigne, des cheminées de fées où — pour la première fois — j'ai parlé à Denis du projet de ce récit. J'y ai ensuite renoncé, croyant que la poésie y pourvoirait. En juin, je venais de trouver le titre de mon prochain recueil, *Entre-temps,* le plaçant sous l'égide d'Yves Bonnefoy, d'une phrase que je portais en moi depuis environ quinze ans, « car, entre-temps, nous aurons vieilli ». Désormais il n'y avait plus de place pour l'intervalle, ni même pour un interstice, plus de futur antérieur, le temps était muré. Le titre s'était tragiquement retourné. A la minute, avec un sentiment d'évidence rare, j'avais recomposé le recueil : au lieu des trois parties habituelles, il n'en compterait plus que deux. Les dix-sept poèmes de juin juillet et les soixante et onze que j'écrirai Dieu sait quand.

Le dernier jour suisse, nous sommes allés escalader les quarante kilomètres du Grand-Saint-Bernard. Montée alerte le long des maïs et des abricotiers, de villages fleuris où chauffait encore du fumier, puis de mélèzes, puis de déserts, malgré l'altitude méditerranéenne, lacets bleus et ventés, derrière il y a l'Italie où sont redescendus jadis les caisses de vaisselle et les canons, des pièces de douze et de seize hissées par une foule bigarrée de soldats et de paysans selon les ordres des officiers du Génie. Martin me précédait, dans le tunnel, dans l'hospice, dans le vallon où je l'imaginais, quand ce n'était pas la morgue, en artificier des armées impériales. Quel ne fut pas mon étonnement quand à Paris, en septembre, dans la vitrine d'une librairie en bas de la rue Saint-Jacques, j'aperçus un petit livre de Ramuz, intitulé en lettres rouges italiques *Montée au Grand-Saint-Bernard.* Trente pages magnifiques d'une ascension effectuée dans une voiture de 35 chevaux, d'une métaphysique souveraine, avec vers 5 heures le soleil « qui commence à descendre comme une benne suspendue à un câble ». J'ai acheté deux exemplaires. Un pour Denis, un pour moi.

De retour aux Violettes, la peine redevenait écrasante. Rien ne pouvait l'amortir. Tout était bon pour sortir du chalet, avec Anne, sans Anne, chercher les enfants du côté de la rivière, passer à la fromagerie, à la poste, mais on a vite fait le tour du village, une fascination m'entraînait irrésistiblement vers les deux terrains de tennis où je me cachais pour pleurer. Nous ne mangions qu'à sept. Le soir se partageait entre parties de scrabble et d'un awélé offert par les cousins à Clément. Par moments, je ne supportais plus de rester dans la salle commune. J'allais sur mon lit m'enfoncer le visage dans deux oreillers. Et je hurlais. Sans bruit. Si quelqu'un entrait dans la chambre, je feignais de lire ou de me reposer. Je n'abusais personne. Au point qu'on me forçait à revenir dans le séjour avec mon livre.

J'étais incapable d'une vraie lecture. Même le journal *l'Équipe* me demandait un gros effort ; chaque page me parlait de Martin, des lieux où nous le partagions, notre maison d'Ivry, l'aéroport de Roissy, les pique-niques du Valgaudemar où il fallait parfois replier les grandes feuilles contre un coup de vent. Je feuilletais donc les dictionnaires étymologiques, grec et latin, afin de vérifier des intuitions, des obsessions, me perdre sur des pistes compliquées entre les langues d'Iran et du monde celte ; ainsi *secundus,* le second, « s'est dit d'abord du courant que descend la barque, du vent qui la pousse », a donné ensuite « favorable », moi j'y voyais un vide épouvantable. La deuxième semaine, j'ai parcouru des poésies. D'abord les quatre volumes de Jouve (prévus pour la montagne et l'amour, repris au passage par la mort). Je me suis cogné à des mots que je reconnaissais, abîme souffrance, d'autres que je ne reconnaissais plus comme « espérance », je ne risquais pas de manquer « l'infinie expansion » de cette souffrance et l'ordre du chaos, le désastre, j'ai soudain compris ceci — en langue anglaise — TO BE *AND* NOT TO BE : THAT IS THE ANSWER. J'ai coché quelques vers :

Seigneur il faut mourir d'abord pour T'imaginer

et cent quatre-vingt-cinq pages plus loin

Rien ne s'accomplira sinon dans une absence
Dans une nuit un congédiement de clarté

et trente ans plus tard

Ô plaignons celui qui perd et plaignons ce qui est perdu.

J'ai vu briller, au fond du trou, le trône des chérubins et des séraphins, des arbres tordus par les plombs du vitrail où nous apparaissons en morceaux et, comme le pauvre de saint Martin, nus.

Après les volumes de Jouve, j'ai parcouru *les Contemplations*, prises par réflexe en rangeant dans la bibliothèque des livres de poche les romans que nous n'aurions pas pu lire (l'édition à couverture parme de 1965, l'été de mes seize ans). Une fois n'est pas coutume, j'ai commencé par la Préface. Quelques phrases énormes y sont d'une incroyable justesse, d'une justesse d'autant plus incroyable que la phrase est énorme et qu'elle heurte les apparences : « Ce livre doit être lu comme le livre d'un mort » et « On se plaint quelquefois des écrivains qui disent moi. Parlez de nous, leur crie-t-on. Hélas ! quand je vous parle de moi, je vous parle de vous. » Et moi, ici, j'essaie de vous parler de votre amour pour vos enfants. Victor Hugo a donc perdu sa fille Léopoldine le 4 septembre 1843. Elle avait dix-neuf ans, la barque dans laquelle elle se promenait sur la Seine a chaviré. Si je ne partage ni l'espèce de rémission demandée à Dieu ni certaines libertés prises avec le temps, je reste saisi par la force des vers et par la proximité des mots, l'ombre portée des images, le sentiment du deuil. Par l'injustice criante que rien ne peut ni ne pourra réparer ; l'irréparable, quand bien même Hugo reprend la métaphore finale de Leibniz, de ces jours enneigés de février 1686 où « les justes seront comme des soleils ». Peut-être est-ce ici, sous la Dent-Blanche, dans ce livre de poche parme comme le duvet des Follonier-Follonier, que s'est ancrée l'idée à laquelle je me tiens : puisque la vie n'est pas juste, qu'au moins les mots le soient.

Pendant ce séjour aux Haudères, j'ai eu la sensation étrange et tangible de réapprendre les mots, de voir se redéfinir les rapports entre eux et moi. Comme un petit enfant, je touchais du doigt ce nouvel alphabet ; je répétais dix fois, cent fois ces sons qui me semblaient un continent. AFFREUX, EFFROI, ces deux-là revenaient le plus souvent, puis SOUFFRANCE. J'ai vite compris que ce *ffr* creusait le vide dans les mots, révélait l'abîme en dessous, qu'il instruisait une imparable dilatation du temps. Et je déclinais — effroi, effroyable, effroyablement, effrayant, j'ânonnais, par moments je bégayais. A la fin du séjour, j'ai adressé quatre lettres (parce que je disposais de quatre timbres) ; j'ai pensé : la souffrance reste affreuse, j'ai écrit par souci de justesse : la souffrance est affreuse. Enfin, j'étais submergé par la vague — la déferlante — des mots commençant par le préfixe *de* ou *dis*, qui indique l'éloignement, la séparation, la privation, qui souligne le naufrage : débâcle, débandade, débris, décadence, déchéance, déchirement, déclin, décombres, déconfiture, dédale, défaillance, défaite, défection, déficience, définitif, déflagration, défunt, dégâts, dégoût, dégradation, délabrement, déliquescence, déluge, démence, démesure, démon, déni, dénouement, dénuement, départ, déperdition, déploration, dépossession, dépouille, dépouillement, dépourvu, dépression, de profundis, depuis, déréliction, dérisoire, dérive, dernier, déroute, désarroi, désastre, descendance, descente, déséquilibre, désespérance, désespoir, désolation, désordre, désormais, destinée, destruction, désuétude, détresse, détriment, & débloquer, déboiser, déborder, déboussoler, décamper, décéder, déchiqueter, décimer, décomposer, déduire, défalquer, déferler, défigurer, défoncer, déformer, dégringoler, délaisser, délirer, démanteler, démâter, démembrer, démolir, démunir, dénaturer, dépareiller, dépérir, déraciner, dérailler, déraisonner, déraper, désagréger, désemparer, désenchanter, déserter, désespérer, déshumaniser, désintégrer, désorienter, détériorer, détraquer, dévaster, dévider, & disjoindre, disloquer, disparaître, disperser, divaguer, diviser, & disgrâce, chacun de ces mots justifierait d'un paragraphe ou aussi bien d'un chapitre afin d'être illustré. Ainsi le premier, *débâcle,* qui nous renvoie au cours d'eau, au torrent où je l'ai perçu une première fois en contemplant le glacier de Tsijiore Nouve, à la rivière Berezina dont j'avais cru réchapper, au fleuve du temps pris plutôt par l'embâcle comme dans les versions russes que Martin traduisait cet hiver au lycée, à la photographie de Nice où il semble déjà emporté. Ainsi ces vingt-deux lignes jusqu'à *disgrâce.*

Il y eut aussi, parfois, des moments où nous avons ri. Où nous avons essayé, où nous avons fait semblant et, oui, vraiment ri. Sans gaieté, certes, et non sans difficulté, mais l'occasion de rire avec les enfants se présentant, nous ne pouvions continuellement la refuser. Il y eut le soir du 22 juillet où nous aurions dû chercher Antoine à la gare de chemin de fer de Sion, et le soir du 24 où nous aurions dû y reconduire Guillem. Il y eut les soirs d'avant le Mexique où Raymonde et Denis téléphonaient à Bruno. Il y eut un soir de pluie où nous nous sommes rendus au concert. Dans l'église bondée personne n'a prêté attention à nos larmes quand deux violons, un alto et un violoncelle ont modulé les premières phrases d'une harmonie que nous savions perdue. Une couche d'azur, relevé d'étoiles rayonnantes comme dans les missels, couronnait la voûte de l'abside. Il y eut une fin d'après-midi où je suis allé au salon de coiffure à côté des Violettes ; quand la coiffeuse m'a félicité pour mes deux beaux garçons, je n'ai pas pu me taire ; bien m'en prit car, en un quart d'heure, j'étais informé de toutes les morts accidentelles dans le val d'Herens depuis trois ans, voitures, travaux, montagne, un beau-frère, un voisin, des amis d'amis, beaucoup de jeunes gens, je me suis senti moins seul, je l'avoue. Il y eut, chaque matin, cet insupportable réveil de la conscience. Il y eut, le dernier soir, la visite de Mme Follonier-Follonier. La vieille dame avait un beau visage, portait ses habits de fête. Elle arriva après le coucher du soleil parce qu'elle avait passé la journée entière à faner des foins. Elle était aimable et m'affola par la dureté de ses propos quand elle évoqua Martin. Dans la vie il y a les bons moments et il y a les mauvais moments. Point à la ligne. Elle le répéta deux fois. J'ai cru comprendre que nous traversions un mauvais moment et que, dans l'autre monde, elle serait sûrement tout à côté de Dieu.

Chaque jour, y compris le dimanche, je me suis précipité à la boîte aux lettres. Une boîte en fer étamé, dotée d'une serrure qu'on ouvrait à l'aide d'une clé minuscule attachée à un bout d'étoffe rouge. Nous ne reçûmes pas une seule lettre. Il est vrai que je n'avais donné notre adresse à personne et que j'attendais des nouvelles de Martin.

Le vendredi 31 au soir, nous étions de retour à Ivry. La boîte aux lettres débordait. Nous avons repris nos habitudes. Anne et moi dans le patio dépouillant le courrier, les enfants dans leur chambre enfuis. Quelques lettres possédaient la grâce ne serait-ce que d'un mot. Ici, la famille était baptisée tribu ou simplement, mais royalement, belle. Là, Martin était comparé à une étoile filante. Ici et là notre bonheur dévasté accaparait la feuille. Une lettre des Johnson nous apprit que nos fleurs (le bouquet offert par l'hôtel et déposé aux pieds de Martin) avaient été redéposées sur le lieu de l'accident ainsi que deux autres bouquets accompagnés d'une carte « To Martin from his friends ». Barry en avait fait une photographie qu'il proposait de nous envoyer avec les autres photographies du séjour. Par retour, je l'en remerciais.

Ce soir-là, nous avons dîné seuls. A quatre. Raymonde et Denis ont accédé à notre requête. Depuis vingt jours, nous nous étions à peine quittés. Ils nous avaient parlé. Écoutés. Accompagnés en silence. Ils avaient été là, magistralement. Je leur ai dit C'est vot' jour de congé ! Après le dîner, Antoine m'a donné à lire les *Helvétiques* dont il m'avait entretenu dans la voiture, sur le chemin de Vallorbe. J'ai vu Corto Maltese s'endormir en lisant un récit de Perceval après qu'une bulle a évoqué « la connaissance des choses transcendantes » et la bulle suivante une hypothèse hardie : le « Waleis » de Perceval ne serait pas *the Wales* (le pays de Galles) mais le Valais.

Perceval était un des héros favoris de Martin. Dans la bibliothèque de sa chambre, j'ai compté neuf ouvrages qui se rapportaient à la quête du Graal, dont trois au Chevalier à l'Armure Vermeille. Je me suis demandé ce qui l'attirait tant ; les images d'*Excalibur,* bien sûr, qu'il m'avait emmené voir au Luxy il y a deux ou trois ans, lui l'avait déjà vu et admiré et tenait à ce que nous partagions cette admiration ; la magie de l'histoire, le nom de Kingfisher qui assemblait le Roi-pêcheur et le Martin-pêcheur, l'enchantement des aventures dont il retrouvait un écho affaibli et profane mais animé par d'autres signes que les mots dans les jeux vidéo. J'ai regardé le roman écrit par Chrétien de Troyes pendant qu'une foule de maçons et de tailleurs de pierre, de porte-roches et de maîtres verriers édifiaient Notre-Dame de Paris. J'y ai vu des étoffes vermeilles, des sinoples et des écarlates, des rouges de Brésil, des listes succulentes de fruits pour achever un souper, des dattes, des pignes et des noix de muscade, grenades, girofles, un électuaire de poudres mélangées à du miel, du gingembre d'Alexandrie et de la gelée d'aromates, j'y ai vu des rivières enjambées et des châteaux aventureux, des ciels dérobés, des bordées de noms géographiques, la Loire et les Îles, l'Arabie Venise la Grèce l'Inde, le vaisseau du saint Graal, un père infirme qui ne survit pas à la mort de ses fils, les prouesses d'un jeune Gallois, les anges, j'y ai entendu que Dieu était le roi du ciel et chanter les oiseaux en leur latin doucement. Quelles énigmes Martin a-t-il bien pu entrevoir ? Aujourd'hui, je retiens à ma façon la malheureuse erreur de Perceval : être resté silencieux quand il aurait dû parler, questionner, s'enquérir des prodiges qu'il avait sous les yeux.

Samedi dimanche, nous avons senti le poids du *week-end.* Nous ne comptions plus en heures ni en jours, mais en semaines. Trois semaines donc et ce malaise particulier de l'instant exact et de ses marges. Je me suis rappelé les enfants petits, quand j'annonçais — non sans un brin de fierté — leur âge ; quand je faisais la différence entre quatre semaines et un mois ;

quand, au Jardin des Plantes, nous coursions, en poussette, les pigeons depuis le bâtiment du Muséum jusqu'au carré des pruniers japonais. Aujourd'hui, je calcule en mois (ce sera cinq mois et demi le jour de Noël) et en jours (cent soixante-cinq). Quatre mille heures à quarante près, sachant qu'il nous faudra compter en années.

Samedi, j'ai rencontré deux personnes qui connaissaient Martin. L'un s'est douté de quelque chose dès qu'il m'a vu (je l'ai vu pâlir avant même que je lui aie dit un mot). Puis il m'a aussitôt posé une question et il a été le seul à la poser. Est-ce que tu étais au volant ? Du coup, j'ai envisagé la question sous ses deux angles : celui de la responsabilité (une faute de conduite, j'aurais pu être à l'origine de la mort de mon fils) et celui du roi des aulnes (j'aurais pu le voir mourir, dans mes bras, sur le bord de la route et de la forêt) ; le deuxième angle m'a longtemps hanté. L'autre personne, à l'inverse, ne s'est doutée de rien. J'ai même dû dire deux fois « Martin est mort », la seconde fois plus fort en la prenant par les épaules afin qu'elle ne se laisse pas distraire par le bruit des voitures et les échos de son mois de juillet, qu'elle m'entende ; alors elle a poussé un cri déchirant et je me suis retrouvé un peu perdu, dans la situation de la consoler.

Dimanche, nous sommes allés à Saint-Maur chez le frère d'Anne. C'était très triste à cause du vide atroce qui nous réunissait. C'était assez drôle à cause du ciel, indécis, de l'alternance des rayons de soleil et des gouttes de pluie, on rentrait dans le pavillon quand la pluie nous atteignait sous le parasol moins large que la table au centre de laquelle une main prudente avait regroupé les jus de fruits et les gâteaux, on ressortait, venez c'est bon, on rentrait à nouveau, et je voyais dans la chambre de Sonia, épinglée sur un panneau de liège à côté d'autres cartes, la carte postale que les enfants lui avaient adressée à Pâques, l'écriture de Martin, l'anecdote qu'il avait choisie de raconter, qui me nouait la gorge, venez c'est bon, après m'être séché le coin des yeux je regagnais le jardin, répondais au double défi d'Antoine et de Clément, une partie de ping-pong en deux sets gagnants, et je les ai gagnés — en y mettant une détermination qui m'aurait surpris si je n'avais pas compris, très vite, que ce n'était pas moi qui jouais mais en quelque sorte Martin.

Samedi ou dimanche, nous avons aussi reçu la visite de nos amis Serge et Barbara. Sans doute était-ce le samedi puisque — dans la belle lettre qu'il nous enverra en août — Serge aura gardé l'image remarquablement condensée de notre chagrin au milieu des chaussures (Koflach, Asolo, Piz Palm, vieux cuir des montagnes, attendant d'être nettoyées, provisoirement alignées sur le tapis à franges versicolores acheté dans un village au bord de la mer Rouge, tapis qu'il fallait enjamber pour pénétrer dans le patio). Eux revenaient d'Irlande, en compagnie de leurs trois enfants. Ils avaient ouvert ce matin notre lettre. Ils avaient sonné à la maison, à tout hasard. Nous avons parlé, à quatre voix, des enfants et d'Irlande, de montagnes et de croix. Le soleil cognait comme aux plus belles heures. Dans les yeux gris d'Anne et de Barbara il y avait plusieurs soleils qui brillaient. Nous avons bu des grenadines et des menthes à l'eau. Serge a dit plusieurs phrases, généreuses, à propos de la mort de son frère. Elles confirmaient mon impression : la bombe qui venait d'exploser était — en même temps — une bombe à retardement et les ravages en seraient infinis. Il était assis sous le perroquet en carton-pâte, un amazone sans doute puisqu'il arbore du rouge sur les ailes, et il faisait face à la porte-fenêtre sur le rebord de laquelle nous avions pris l'habitude de ranger nos vieilles paires de tennis et les patins à roulettes.

A la première heure, nous sommes montés — Anne et moi — au cimetière. Nous nous sommes un peu égarés. Il fallait tourner à gauche après les grands buis taillés en cône. Nous avons raté les buis, la « bonne » allée. C'est donc de loin que nous avons repéré l'endroit. Ce n'était pas difficile. Encore fallut-il réaliser que les bouquets de fleurs étaient ceux de Martin. J'ai été ébloui par cette profusion de fleurs. En approchant, j'ai constaté que la plupart étaient fanées. J'ai observé que le rectangle voisin restait vide. Et je suis demeuré, là, devant ces deux mètres carrés de terre sur lesquels il n'y avait aucun doute, hébété, stupide, de toute façon qu'est-ce que vous voulez faire ?

Porter les fleurs mortes dans la poubelle prévue à cet effet (une rangée plus loin), mettre un semblant d'ordre dérisoire dans ce chaos. Ce que j'ai fait, en repartant. Après un long moment où au sentiment d'injustice s'était ajoutée la sensation de cette injustice et — pour la première fois — ceux d'une trahison. Martin nous abandonnait, nous livrait au désespoir. Il était passé de l'autre côté, dans l'autre camp, celui qu'on ne voit pas, comme dans la fresque de Simone Martini au-dessus de sa bibliothèque, un vrai tour de cochon. Mais, en retour, il me paraissait aussi le trahir. Ne devrais-je pas le rejoindre ? essayer quelque chose ? Et, c'est vrai, les déserts sont une bien belle chose, un des lieux de prédilection que nous avions en commun, nous, et Guidoriccio de Fogliano et je devrais sauter sur mon cheval, porter le même manteau orange, décoré de losanges noirs et de feuilles de pampre. Et, c'est ainsi, j'ai une nouvelle fois pensé mourir. J'étais presque apaisé, là, à côté de mon fils. Je le sentais on ne peut plus proche. Géométriquement. Personne ne réussirait à me prouver le contraire. Et pour être encore plus proche je savais ce qui restait à faire.

Mais ce n'est pas si simple. C'est plus compliqué que de jeter des roses et des lis fanés dans une vaste poubelle en ciment, de retourner à la voiture, dehors, de penser à tourner à droite après les buis, donner la main à Anne ; d'ailleurs je ne suis plus sûr que ce jour-là elle m'ait accompagné.

Lundi, nous aurions dû être sur la route de Lisbonne. A la place, nous avons acheté des palmes, bleues, grand luxe, un masque et un tuba en supplément. Chaque jour, nous avons regardé les jeux Olympiques à la télévision, le cœur serré. Guillem était à Barcelone. Benoît était à Barcelone. Martin rêvait déjà d'Atlanta.

Mardi 4 août, départ à destination de la Martinique. A quel moment ai-je eu ce mardi la révélation de cette nouvelle coïncidence ? le matin, le midi, l'avant-soir ? la nuit où il faisait encore jour ? Ces deux semaines auraient lieu en Martinique — l'île-de-Martin.

La journée a été longue. En raison du décalage horaire, des six fuseaux à absorber, du soleil que l'avion faillit rattraper. Il a fallu d'abord attendre à l'aéroport d'Orly. Aucun de nous ne s'accoutumait à ce nombre quatre, et l'un après l'autre, ou deux par deux, ou à trois, nous trouvions cent prétextes pour bouger, ne pas rester ensemble, la pharmacie, le tabac, la librairie, le tableau des départs, mille prétextes, le bar, le toit, le tableau des arrivées. Il était impensable que nous partions sans Martin. A la douane, j'ai présenté mon passeport. A la rubrique 15, il y a les photographies de Martin et Clément. C'est bon ! passez !

L'avion a fait escale à Milan. Ainsi avons-nous survolé deux fois les Alpes. Puis, comme tout va très vite, le pilote a signalé Saint-Jacques-de-Compostelle. D'ailleurs, c'est l'heure de la messe du soir et comme à la messe on ne voit rien, il suffit de croire, nous survolons Saint-Jacques-de-Compostelle, le portail, le tympan de l'arc central où les vingt-quatre vieillards de l'Apocalypse conversent et où quarante figures représentent le peuple saint sauvé par le Christ (de quoi justifier le voyage, celui du pèlerin, et celui du corps de Jacques — en barque — de Judée en Galice). Avant les Açores, j'ai eu vingt fois le temps de me rappeler le numéro de téléphone des Transports funéraires de Joinville et de compter combien de vies de Martin s'étaient écoulées depuis le transfert du corps embaumé. Cent dix-sept exactement. Ensuite, l'océan s'est révélé propice à une divagation abstraite, dépourvue de points d'appui extérieurs, laissée à son propre mouvement, à partir de la barque peut-être, jusqu'aux rames mauves du Nil dans la chambre de Martin, son lit, auquel nous n'avions pas touché depuis le 10 juillet, le drap, l'oreiller, la couette, des marrons et des verts qui s'associaient dans le tissu et se mélangeaient dans ma mémoire, les deux grands tiroirs sous le lit où Anne venait de ranger des jouets, des dossiers, des vieux cahiers, depuis les écoles maternelles, des alphabets et des dessins très colorés, des exercices, calcul, conjugaison, ponctuation, tout un trésor, un infini trésor d'anecdotes familiales et d'histoires de pirates, d'écume et d'équinoxes, tout un apprentissage qui vient de trouver son point final, prématuré, oui, c'est le moins que l'on puisse dire, un lit démontable dont les barres transversales commençaient déjà à jouer, et à la tête du lit un damier en contreplaqué, une sorte de jeu de l'oie de quatre-vingt-quatre cases qu'il avait conçu et illustré vers ses dix ans, avec des Cap'tain Marvel et des mutants, des labyrinthes, des fusées, une carte de la Grande-Bretagne (case 61) et une pierre tombale hâtivement crayonnée en bleu au nom d'Absordig Man avec ces dates inimaginables 1963-1980, et au-dessus la fenêtre à moitié cachée par un rideau de lin beige. Ai-je bien vérifié ce matin qu'elle était fermée ?

Soudain, j'ai eu peur. Que la fenêtre fût restée entrouverte. Que la pluie puisse pénétrer dans la chambre et la profaner. Par le hublot, j'ai vu l'aile d'aluminium scintiller comme les anges dans les Paraboles. A cause du jour qui n'en finissait pas, je n'ai pas pu dénombrer les étoiles.

L'hôtesse de l'air a alors annoncé la projection d'un film. Une épopée dans l'enfer équatorial rehaussé par la présence de Sean Connery, une des idoles des fils Chambaz. Moins pour les James Bond pourtant regardés ensemble plusieurs fois que pour ce troisième et ultime Indiana Jones (et la dernière croisade). Le père et le fils Jones dans une grande aventure commune, telle que nous la rêvions. A la poursuite du Graal.

Je n'ai pas réussi à m'intéresser à cet enfer. La divagation m'a repris, toujours laissée à son propre mouvement, mais ponctuée par la double image de Martin sur son lit à Gwent (encore si beau malgré l'ecchymose violette) et de Martin au lycée se retournant et me souriant, lestée par son propre enfer. Le moindre écueil en modifiait la direction, jamais le sens. J'ai regardé par le hublot. Dehors il faisait noir. La nuit avait fini par s'imposer.

Une heure plus tard, l'avion se posait à Fort-de-France. Il pleuvait. Une bonne heure afin de récupérer les bagages, trouver le bon autocar. Une demi-heure encore avant que l'autocar se mît en route. Attendre, les yeux fixés sur les véhicules garés dans le parking de l'aéroport, sur les gerbes d'eau soulevées par les roues des voitures, sur les panneaux publicitaires et les palmiers, paysage banal et nocturne de voyage qui ne pesait que par l'absence de Martin. Une heure, enfin, de route ; par une nationale tourmentée et plusieurs déviations, dans un autocar dont le moteur calait dans les descentes, mais que vouliez-vous redouter maintenant, avec la volonté de ne pas céder au sommeil, avec sous les phares jaunes des plantations de bananiers et quand ça tourne à gauche les reflets d'un noir plus profond, l'océan, et je me suis assoupi, malgré les cahots et les à-coups, le ronflement de plus en plus sonore du moteur qui prouve qu'on grimpe une côte, et tout à coup plus de bruit, on est arrivés, voilà, je m'étais endormi.

Il est bientôt minuit ce 4 août au pied de la montagne Pelée. 6 heures, le 5, en métropole et au cimetière d'Ivry. Pendant deux semaines, nous avons vécu dans ce village de vacances. Un village comparable à ceux où, chaque été depuis douze ans, nous achevions une expédition solitaire plus ou moins aventureuse. Pendant deux semaines, l'absence de Martin fut palpable. En tous lieux : dans la chambre des enfants où le canapé (le troisième lit) n'était jamais défait, dans la piscine, au ping-pong, aux jeux de ballon, à table le soir. Rien à faire, je ne pouvais me débarrasser de l'image de Martin ici, au Carbet, ni des images de Martin dans les villages de vacances des étés précédents et passés, celles-ci nourrissant celles-là, l'adorable désordre dans la chambre, le partenaire de water-polo, le soin qu'il mettait à s'habiller le soir. Le souvenir d'Elounda, d'août 1991, était particulièrement vif : les oliviers bleus, le tennis force 7 sur l'échelle de beaufort, avant de jouer il fallait balayer — à l'aide de nos housses de raquette — les feuilles lanciolées vert pâle répandues sur la moitié du court, après avoir joué il fallait boire, laisser les enfants avec leurs amis, les retrouver sur la terrasse de notre chambre, il suffisait d'un saut pour se retrouver parmi les citronniers et d'un geste pour cueillir les citrons, déjeuner sur le pouce, citronnades, yaourts, raisin, les disputes, les merveilleuses engueulades sur les règles de proportion, le nombre d'or et la règle de trois, l'harmonie bruyante désormais disparue. Au souvenir d'Elounda s'ajoutait celui du voyage. Je revoyais avec une précision hallucinante toutes les étapes, les instants de chacune des étapes comme les lieux successifs de la flèche de Zénon. Un café, le port, les glaces Magnum dans les stations d'essence, les moustiques, je pouvais tout reconstituer à partir d'un seul moustique. Les fous rires aussi et la lecture des gazettes où nous suivions en tâtonnant les caractères grecs qui rapportaient l'effondrement (*ptôsis*) du communisme et le chaos à Moscou cependant que nous partagions une bouteille de résiné et une dernière assiette de calmars à l'ombre de roseaux géants. Je sentais la brise dans les roseaux et sous la nappe en papier fixée par quatre attaches en plastique blanc, je la sentais sur ma peau, je la sens aujourd'hui encore (5 janvier), les enfants et les livres disent « comme si j'y étais », et Martin avec nous. Parfois, d'autres étés se mêlaient de la partie. Chacun apportait ses tonnes d'images, son tombereau.

Au Carbet, nous avons donc vécu autant avec lui que

sans lui. Souvent, nous nous dispersions. Anne allait se promener ou lire sur la plage. C'est là qu'elle découvrira, en tournant les feuilles d'un journal rapporté de Cardiff, une notule indiquant la mort d'un jeune Français de seize ans, le 11 juillet, sur la route *unclassified* d'Usk à Tredunnoc. Dans une Fiat Uno ; la précision m'abasourdit, Anne me la montrant du doigt, sans pouvoir prononcer un mot. Clément allait pêcher, sur un petit canal qui conduisait cinquante centimètres d'eau à la mer. Il avait emporté sa canne à pêche Colorado 350, ses lignes, ses flotteurs et des hameçons ; il avait fallu le dissuader quant à sa boîte, déjà entamée, d'appâts coréens. On trouvera sur place ! Il avait trouvé, facilement, son bonheur dans les cuisines. Il s'était lié avec une cuisinière puis le jardinier, un gaillard d'un demi-siècle qui ne quittait pas son chapeau de paille pointu et percé. M. Amboise avait de grands yeux doux et un début de barbe blanche ; il avait promis à Clément de l'emmener voir — dans sa maison en tôle du Carbet — l'aquarium où il abritait les plus beaux poissons de l'Anse et de la Création. Antoine, lui, mettait le cap sur la case de voile. En deux jours, il apprit à naviguer sur catamaran. Il sut le gréer, vérifier les drisses et les haubans, hisser le foc, monter la grand-voile, l'enverguant soigneusement sur la bôme d'avant en arrière puis fixant les points d'amure et d'écoute. Il s'en allait au près ou au largue, selon. Je le voyais la tête en l'air regarder la girouette et les rubans ; fanons, faveurs, qui lui indiquaient le vent apparent. Très vite, je ne le voyais plus. Il croisait au large, remontait sous des ciels multiples, traversait des grains. A la fin du séjour, il filera des vagues et des vagues sur une seule coque.

Quelquefois je l'ai accompagné. Il m'épatait avec son

art et son lexique, me demandait d'abattre ou de lofer. Je préférais le trapèze. Sur le catamaran, j'éprouvais une sensation étrange, nouvelle, un palier de calme dans le malheur. Cette sensation émanait de plusieurs sources : le plaisir d'être en compagnie d'Antoine, dans une activité inédite où il exerçait le rôle principal et où se profilait un avenir ; la légèreté de l'embarcation, les sonorités de la mer, les embruns, le vent et l'eau sur le visage, le torse et les jambes ; le paysage, maritime et terrestre (jamais la terre ne m'est apparue aussi belle que vue du catamaran, ses couleurs et ses formes rehaussées par la distance, on comprenait aisément que Colomb, puis cent trente-trois ans plus tard Belain d'Esnambuc et ses compagnons y eussent débarqué, ici précisément, dans l'anse Turin qu'ils décrivirent comme un paradis en l'honneur duquel ils plantèrent aussitôt la croix du Christ et les armes de leurs rois, des étendards flamboyants comme le Te Deum et la végétation qui ravira Gauguin).

D'autres après-midi, Antoine invitait Anne ou Clément. Rien ne me fit plus plaisir que de savoir les deux frères, des heures durant, sur le même bateau. De mon côté, je m'escrimais sur une planche à voile. Je portais le maillot de bain bleu et vert de Martin. Je tirais des bords, avais l'illusion de vitesse quand le sillage de la planche devenait blanc et les vagues recouvraient mes pieds. Je ratais mes empannages, dérivais vers Saint-Pierre quand un vent trop contraire se levait. Je contemplais ma voile, haute, rose, et à l'aplomb du mât un oiseau-frégate qui me surveillait comme font les esprits dans les contes créoles (j'en ai vu dessinés sur les murs en bois de l'épicerie du village). Cet exercice présentait un avantage majeur : il m'empêchait de penser ; il m'obligeait à maîtriser un grand nombre de paramètres, la planche, le mât, le vent, les vents plus exactement puisqu'en moins de cent mètres trois drapeaux flottaient dans trois sens différents. Je suis souvent tombé, sauf le jour où j'ai navigué au milieu d'un banc d'une quinzaine de dauphins.

J'ai beaucoup nagé, en compagnie d'Anne ou des enfants. Un matin, nous sommes allés derrière la crique qui fermait l'anse jusqu'à une plage déserte de sable blond où nous avons accosté, en rampant, comme Robinson. Un autre matin, nous avons vu passer à quelques encablures le tour de Martinique en yole : spectacle rare, moins en raison de l'immense et unique voile carrée, de la cambrure des tecks et des gommiers, qu'en raison de la foule des bateaux sur la mer, concurrents, organisation, accompagnateurs, spectateurs, des centaines de bateaux qui relevaient l'horizon et transformaient la mer en gravure maritime du XVIIe siècle, magnifique, enluminée, saturée de signes, pour un peu on n'aurait plus de place pour écrire — à l'encre rouge — le nom des Caraïbes.

Je ne sortais pas volontiers du village de vacances. Sauf quand j'allais au stade municipal, courir, sur une piste en cendrée, autour du terrain de football, une belle pelouse arrosée et tondue malgré la pluie et les oiseaux. Je m'étais fixé un objectif modeste — les 42 kilomètres du marathon en six jours. Je courais assez tôt bien que l'air fût déjà chaud et lourd, les ciels gris et vers la montagne souvent noirs. J'essayais d'aller vite. Je comptais et recomptais, un peu tout. Je transpirais. Dès le deuxième jour, je portais une casquette.

Derrière le stade, il y avait un court de tennis. Nous nous y rendîmes, sans bien nous douter de la souffrance qui nous attendait. C'était la première fois que nous rejouions. Nous tînmes un quart d'heure ; je devinai le visage d'Anne, à ses gestes d'abord, puis à la moue et aux plis des yeux qui le brouillaient ; elle se dirigea vers le banc à côté du filet, je la rejoignis ; nous ne pûmes parler, dire plus que ces trois quatre mots. C'est trop dur ! Nous avons essayé à nouveau pourtant, ce même après-midi, puis un autre après-midi quelques jours plus tard, parce qu'il devait nous sembler, obscurément, qu'il fallait qu'au tennis aussi la vie continuât. Derrière le court, un bosquet de bougainvillées rameutait des colibris et un quartier d'ombre bien assez vaste pour que nous y échangions un pauvre baiser.

Anne sortait plus volontiers. Elle s'offrait des promenades jusqu'au village, qui comptait une épicerie, une pharmacie, un coiffeur, une église et un zoo. Elle s'enhardit, en autocar, jusqu'à Saint-Pierre. Elle nous en rapporta des gaufrettes et trois timbres, nous raconta le marché, les pêcheurs, les femmes en madras et robes imprimées, au milieu de leurs paniers d'osier emplis de tazars et de marignans, ou à même le sol, des piles et des alignements de bananes, banane-légume, banane-ti-nain, banane tigrée, de gombos et d'ignames, de christophines, et de fruits où elle avait cru reconnaître des sapotilles et des corossols. Mais son expédition à Saint-Pierre ne lui suffit pas. Elle voulut une journée entière de voyage, la famille « entière ». Elle espérait échapper à l'ennui du village de vacances et, sans doute, à une espèce d'étouffement. En rompant la monotonie des jours, peut-être escomptait-elle arracher quelques heures de répit, renouer avec une tradition que nous savions pourtant perdue. Nous avons loué une voiture, une petite, pour quatre. Le hasard nous a épargné la Fiat Uno. Un matin, tôt, il a donc fallu s'habiller, et partir.

Je n'ai pas aimé conduire. J'étais suffoqué par l'absence de Martin, par l'idée que nous nous lancions à la découverte — sans lui. Naïvement, je m'étais figuré quelque aventure sur la route de la Trace ; le nom et — de surcroît — la majuscule semblaient de bon augure ; j'attendais une transamazonienne, j'ai roulé sur la nationale 3. Néanmoins, quelques virages et quelques échappées ont révélé une forêt du genre émeraude, haute et profonde, avec les gommiers inflammables et les mahoganys, les bois-pays aux fûts recouverts de lianes et de fougères, d'incalculables étages et nuances de vert, dépendant de l'épaisseur des couches de végétation traversées et de l'exposition, d'un rayon de soleil qui le faisait briller, d'un sol plus foncé, des reflets provoqués par un point d'eau, vert sombre ou transparent, tendre, cru, fluorescent, vernissé, un vert qui était la couleur préférée de Martin. Entre le lieu dit les Nuages et Deux-Choux, un pneu de la voiture a crevé. Nous avons trouvé un garage à Morne-Rouge afin de réparer la jante. Le garagiste m'a assuré que j'étais béni des dieux (à dix minutes près, il eût déjà rangé ses marteaux). Je ne l'ai pas démenti. Nous sommes ensuite montés sur la route de la montagne Pelée. A cause de la pluie, nous nous sommes arrêtés à la Vierge de la Calebasse. Anne nous a alors raconté le 8 mai 1902 : l'éruption du volcan après nombre de signes prémonitoires depuis plusieurs semaines, les odeurs de soufre, l'assèchement du lac des Palmistes dans l'ancien cratère, des colonnes de cendres grises et noires, des tremblements et des grondements de la terre, un raz de marée, mais Saint-Pierre n'est pas évacué en raison des élections partielles qui doivent avoir lieu le 8, à 8 heures, c'est une drôle d'urne qui s'ouvre et explose, le volcan, des nuées ardentes qui descendent comme une avalanche vers la mer où elles anéantissent — après la campagne et la ville — dix-sept des dix-huit bateaux au mouillage dans la baie. Il y a 30 000 morts. Anne répète, 30 000 ! Un monument résista au feu : le cachot de Ciparis. Anne nous en conta la légende pendant la descente sur Ajoupa-Bouillon. Ciparis (Louis-Auguste) avait survécu à l'éruption (il avait eu plus de chance que les 30 000 et Martin). Emprisonné à cause d'une algarade, son cachot l'avait sauvé. Le lendemain et le surlendemain, il ne fut entendu ni par les prêtres chargés de dire l'absoute et de répandre l'eau bénite, ni par les marsouins du croiseur *Suchet* préposés à une mission périlleuse mais essentielle (vérifier les caves de la Banque). Il rugit mais moins fort que le volcan. Asphyxié, brûlé, il est sorti de sa geôle trois jours plus tard, une vraie résurrection qui provoque des doutes légitimes. Faut-il croire au miracle ? à la légende qui veut que Louis-Auguste ait entamé ensuite une carrière au cirque, exhibant ses cicatrices comme Barnum le général Tom Pouce ou la négresse du Potomac, défilant entre un dompteur et un cracheur de feu, mourant enfin dans la misère, d'une fièvre scarlatine, à Paraiso du Panama ?

Je préférais écouter Anne, voyager dans l'histoire ancienne plutôt que sur les routes de ce nouveau monde. Ainsi ai-je pu rentrer au village, restituer la voiture à l'agence, atteindre 18 heures où le jour tombe d'un coup. Les soirs étaient longs et, à cause du tropique, ils commençaient tôt. Le dîner venait vite, alternait boucans et colombos, s'achevait en général sur un sorbet. A table, je me forçais à éviter le silence. A

21 heures, le soir continuait. Je pouvais jouer avec les enfants, je pouvais regarder la mer en compagnie d'Anne. Je pouvais lire. Mais j'avais du mal, beaucoup de mal. Moi qui avais toujours prétendu que la lecture était un bonheur incomparable, une base et un principe d'un humanisme auquel je ne voulais pas renoncer, je butais sur ce simple exercice. J'ai quand même réussi à parcourir les quatre livres emportés : *l'Exil et le Royaume* (je tenais ma promesse de juin), *le Rivage des Syrtes* (je le finissais à la place de Martin), *la Femme des sables* (je m'y enlisais), *Nedjma* (un prodige où je me perdais). La deuxième nouvelle de *l'Exil et le Royaume* (« Le renégat ») fut bouleversante. Dans les marges de son exemplaire Folio, Martin avait porté au crayon noir de minces indications, traits, accolades, rond entourant le numéro de la page 56, signalant les passages voire les mots qui l'avaient retenu. Traces précieuses mais obscures, me transformant en paléographe, fasciné par tant de mystère, tâtonnant entre les hypothèses même si je pouvais deviner dans « l'ombre violette » du désert ou « la chaleur blanche et fulgurante » un écho amorti de nos voyages, cette livrée sable qui m'arrêtera — à mon tour — au début de ce récit. Il y aurait (il y avait) tant de questions à poser.

Notre bungalow donnait de plain-pied sur une plage de sable noir. Du lit bleu et blanc, quand je posai mon livre, je pouvais voir la mer, le balancement d'un voilier par les vagues et des ciels rapides. Difficilement, nous y réapprîmes aussi quelques-uns des gestes amoureux. Le bungalow portait un nom des îles, que j'ai oublié (Trois-Îlets ? ou peut-être Diamant ?). Les palmes et les tubas séchaient sur la véranda. La lune tanguait entre les cocotiers. Devant la porte d'entrée, le matin, nous enjambions des colonies de petits crabes et des mangues tombées des manguiers adossés à la falaise rouge-brun ravinée par l'érosion.

Le temps passait mal, coulait de travers. Il fallut franchir le cap des quatre semaines, le samedi 8, puis le cap plus redoutable encore du premier mois, le 11, un mardi. J'allais chaque jour à la réception regarder, discrètement, si nous avions du courrier. Je n'osais pas demander. J'éprouvais les plus grandes difficultés à ne rien dire, à personne, de notre malheur. Par ce silence, je respectais le vœu d'Anne et des enfants. Quelle tristesse de ne plus avoir à dire : Est-ce que tu as vu *tes* frères ? Quel supplice, pourtant, quand on me parlait de mes deux beaux garçons, quand on avait compris — et ce n'était pas compliqué — qu'Antoine et Clément étaient frères. Quel déchirement quand quelqu'un commentait les exploits des athlètes olympiques qui l'eussent enchanté (Lewis, Young, Watts) et quand, le jour des olympiades au village de vacances, nous avons gagné (Antoine, Clément et moi) le jeu qui consistait à creuser, dans le sable, le trou le plus profond et le plus large ; nous sommes arrivés les premiers à la mer.

Le 18 août à 23 h 59, l'avion a décollé du Lamentin. Je suis reparti sans émotion particulière. Je quittais ce lieu sans nostalgie ; rien à voir avec les retours des étés précédents, les images de Martin et Anne photographiant au-dessus d'Elounda le désert des pierres crétoises, les murets qui lui rappelaient l'Irlande. Je rentrais à la maison qui-n'était-plus-la-maison (je savais parfaitement n'avoir aucun bonheur, aucune grâce à attendre). Je ne ramenais rien, sauf une otite. En survolant la baie de Fort-de-France, j'ai pensé — si c'est penser — qu'après dix-neuf jours de deuil en juillet nous en étions à dix-neuf jours de deuil en août. Et que c'en était fini des mois de dix-neuf jours. Ce n'était pas le décalage horaire qui m'empêcherait de dormir.

Nous sommes restés moins de vingt-quatre heures à « la maison ». Le temps de refaire les bagages (la même gamme d'habits, propres) ; le temps de recevoir un coup de téléphone (Denis) et d'en donner (les parents, Raymond, la famille Giacomini) ; de prendre le courrier, les mêmes lettres qu'au début du mois : celles qui avaient appris et nous parlaient de la famille et de Martin ; celles, moins nombreuses, qui ne savaient pas et faisaient donc comme si le monde n'avait pas changé. C'est, en tout cas, la dernière fois que j'ai ramassé autant de courrier dans la boîte aux lettres. L'une d'elles venait du pays de Galles ; j'avais repéré immédiatement l'enveloppe oblongue, barrée d'une croix au crayon bleu que je suppose être un sigle consulaire. Mrs. Forbes nous renvoyait la carte d'identité de Martin. Je la rangeais dans mon portefeuille. A l'intérieur de la mienne.

Nous ne sommes pas montés au cimetière.

Jeudi 20, dans la matinée, nous sommes partis vers la dernière étape de notre mois d'août — San Feliù Guixols désormais la mal nommée. Initialement, notre voyage via Lisbonne et l'Andalousie s'achevait là, moins de cent kilomètres au nord de Barcelone, par une semaine en village de vacances. Nous n'y avions pas renoncé. Pour quoi faire ? pour aller où ? D'emblée, je m'étais accroché à une idée, chimérique et néanmoins bien fondée. En quelque sorte, nous y retrouverions Martin qui avait vu, de ses yeux, les photographies du catalogue et qui se réjouissait à l'avance du séjour. Nous étions quatre dans notre voiture. C'était la première fois.

J'avais prévu deux escales. La première à Toulouse, chez mon oncle et ma tante (l'oncle Spot) où nous aurions dû nous arrêter début août sur le chemin des Pyrénées. Il fallut supporter l'absence de Martin dans cette maison qu'il aimait : la chambre avec les étagères de livres géographiques, la cuisine avec les pots de confiture, le jardin avec les pruniers et le vent d'autan. Ce soir-là, dans la conversation, j'ai pu mesurer à nouveau le caractère incomparable de notre déchirement. Je revoyais les trois garçons partout. J'ai pensé — c'était la belle époque. J'ai dit C'était Byzance ! Du coup, on a parlé cinq minutes d'Istanbul. En une seconde, j'avais revu notre splendide chambre au Büyük Londra Hotel ; une autre seconde, c'était Alaykösků d'où les sultans voyaient — sans être vus — Bab-i-Ali (la Sublime Porte), Topkapi et ses reliefs en faïence émaillée, les céramiques, ses collections de porcelaines chinoises et de céladons, ses ivoires japonais, ses cristaux, des Sèvres, des Rose et des Louis-Philippe, ses Fontainebleau verts, ses orfèvreries russes et ses miroirs à psyché, ses tapis seldjoukides, ses services à café, les tasses finement ciselées où j'aurais tant désiré verser un moka afin de faire durer ces secondes infimes et révolues, recommencer la visite, et tant pis si vous trouvez ça ennuyeux, il y a encore le harem, des armes et des manuscrits, des enluminures, des palimpsestes, ces parchemins grattés jusqu'au fil où l'on peut toujours écrire, recommencer le récit d'une dynastie de sultans, d'une vie, voire d'un été, de ces secondes sur lesquelles je dois tirer un trait. Les étés des années quatre-vingt étaient donc devenus, ainsi, du passé, mais pas un passé ouvert, encore tendu d'avenir, non, un passé dépourvu d'espérance, accusant avec une violence inouïe notre finitude, inscrivant — en grosses lettres noires — NO FUTURE. La conversation a ensuite roulé vers la Yougoslavie et la Somalie. J'ai oublié de demander la carte postale adressée de Llangybi ; je m'en suis longtemps voulu.

Mosset constitua notre seconde escale. Nous arrivâmes chez les Miehe en début d'après-midi, vendredi. Le ciel était déjà à l'orage, le col de Jau dans les nuages. Pas plus que leur maison de Belle-Île nous ne connaissions leur « château » des Pyrénées-Orientales, vieille bâtisse de deux sous entièrement rebâtie par leurs soins. De la terrasse de leur chambre, vaste comme la chambre et le canton de Prades, on dominait une vallée tapissée de pêchers et on se sentait sur un pied d'égalité avec les montagnes. A la nuit tombée, assis dans un transatlantique ou à même le ciment, on causait avec les étoiles très très proches comme j'imagine au bas Moyen Âge. J'ai retrouvé l'amitié de Belle-Île, les attitudes justes, mais la permanence de notre peine m'a étourdi, la même — au fond — que trente-huit jours plus tôt (c'est peu sans doute trente-huit jours vu ce qui nous attend, mais c'est déjà beaucoup). Nous avons dormi dans un lit-bateau, la fenêtre grande ouverte, au milieu d'un chantier grandiose d'échelles et de parpaings.

Samedi matin, j'ai escaladé à vélo l'aimable col de Jau en compagnie de François. Je me rappelle m'être imprégné des odeurs d'herbe et d'épices, ou, plus légères, de fleurs épanouies sur le bas-côté, m'être attaché aux moindres occurrences de la route et du paysage alentour, un zeste de brume, une meule, des broutilles, une masure (une bergerie ?), les arbres ressemblant à la couverture d'un livre, les gravillons. Je ne pensais pas trop à Martin. Nous montions doucement, comme Tolstoï. Au sommet, je me suis effondré sous le poids d'une trop forte et fausse douceur.

A midi, nous sommes partis vers San Feliù Guixols. Avec Marion — qui venait quatre jours, laissant sa moto « trial » et une fiancée d'occasion. J'étais rassuré que les enfants eussent ainsi un compagnon, afin de jouer et, éventuellement, parler. En rangeant son sac à dos dans la voiture, d'une voiture où nous redevenions cinq, je m'avisai soudain d'une coïncidence : à la lettre près (le *o* en place du *t*), Marion remplaçait Martin. En une heure, nous franchissions la frontière ; la première de Marion, la seconde sans Martin. En trois heures, nous parvenions à San Feliù. A la réception du village, j'ai signalé le changement d'identité. Le réceptionniste a simplement rayé le nom en quatrième position, Chambaz Martin, et écrit à côté Miehe Marion (j'ai dû épeler Miehe, en espagnol, Miguel Indurain España Himalaya España, ça va ? parfait !). Il ne m'a pas demandé d'explication. Je n'ai pas éprouvé le besoin de lui en donner ; ce que j'ai considéré comme un signe favorable. Ensuite, afin de m'occuper l'esprit, j'ai combiné d'autres équations (Madrid Isidore Eldorado Hidalgo Escorial, puis — sans y penser — Micomicona Algesiras Ràfols Tolstoï Ibarruri Nerja, et ainsi de suite, afin d'oublier). La location comportait une chambre de trois lits destinés aux garçons.

D'un côté, la présence de Marion rendait moins triste notre installation. D'un autre côté, le subterfuge ne trompait pas vraiment. Aux heures creuses, et nous en eûmes notre lot, l'absence de Martin se fit terriblement lourde. Aux meilleurs moments, elle s'imposait encore : le toboggan, les déjeuners sur le tard, les promenades en ville le soir, l'animation, les boutiques de jeux électriques et les glaces Magnum, le stade de football dont on enjambait le mur d'enceinte comme une arène et où nous avons applaudi la deuxième mi-temps d'une rencontre nocturne Locaux-Visiteurs. Les enfants connaissaient (semblaient connaître ?) de vrais bonheurs. C'était bien là l'essentiel.

J'ai lu, peu — *Regardez la neige qui tombe* et un ouvrage sur l'Islam. J'ai fabriqué une angine, la première depuis trente ans. J'ai pédalé, beaucoup ; trois petites heures par jour, quatre-vingts kilomètres de littoral et de montagnes russes afin de préparer la randonnée prévue de longue date début septembre (Thonon-Nice en cinq étapes par tous les grands cols des Alpes). Denis et moi étions à l'origine de ce projet ; je ne sais pas si Denis aurait eu le cœur d'y prendre part sans moi et je n'avais pas le cœur de l'en priver. J'ai joué au tennis avec Antoine. Personne n'avait oublié qu'en juin Martin avait promis à Antoine de l'initier à la beauté du geste, que les deux frères s'étaient juré une heure chaque jour, l'un et l'autre ravis de l'aubaine et de la photographie du catalogue. Il me semblait donc tenir le rôle de Martin. J'étais ému à l'extrême. D'autant qu'Antoine montrait des qualités qui eussent contenté son frère, sauf le service qui l'eût rendu jaloux, et des défauts qui nous faisaient rire. Le court était en moquette, recouverte d'une mystérieuse couche de sable blanc. Derrière, une falaise suspendait ses ocres et un pin-parasol penché à 45 degrés. A côté, un juke-box scintillait en attendant le soir pour cracher un vieux blues.

La semaine n'a pas traîné. En dehors des plus sales périodes, du temps boiteux et vagabond. Je me suis montré raisonnable ; une seule fois, je suis allé voir si nous avions reçu du courrier (personne n'avait notre adresse). Nous devions repartir samedi matin. Vendredi midi, j'ai proposé que nous rentrions le soir même. L'accord fut général. Plus ou moins consciemment, chacun se félicitait de renouer avec la tradition des nuits-de-voiture. Après une pizza (espagnole) et deux cafés, vers 23 heures nous prîmes la route. Cette fois-ci, nous mîmes une cassette dans l'autoradio, puis une autre, la série préférée des enfants depuis tant d'années, qui avait sillonné le Kurdistan et le Sahara, qu'ils connaissaient par cœur de sorte qu'ils pouvaient s'endormir au milieu d'une face et reprendre le fil à la fin de la suivante, *la Guerre des étoiles.* Harrison Ford et la musique me serraient la gorge. La force obscure, la voix de King Vador me montaient les larmes aux yeux. Ce n'était pas bien grave, partout il faisait noir. Soudain j'eus l'impression que Martin était assis derrière moi, comme à l'habitude la nuit. A cette place arrière gauche qui lui aura été fatale.

Le vent s'était levé. A la frontière, il augmenta. Il poussa quelques pointes furieuses, m'obligeant à tenir le volant des deux mains. Nous laissâmes Salses à notre droite, fîmes le plein d'essence. Des rafales d'air doux renversaient les panneaux publicitaires de la station-service, agitaient un boqueteau de jeunes acacias, tordaient les branches dont les feuilles d'un vert sombre éclairci par la lumière des phares et des cataphotes semblaient s'envoler, avant qu'une chute du vent les rendît un instant à une paix inattendue, aussitôt troublée par une nouvelle succession de rafales, de vagues qui faisaient ressembler la ramure des arbres à la mer, jusqu'à l'apparition de fruits de pissenlits, parachutes, sphères plumeuses de soies pareilles à des flocons donnant le sentiment étrange de la neige en train de monter. Cependant, l'essence commençait à refouler dans le réservoir. Je raccrochai le tuyau à la pompe et une image abstraite de tourmente dans les récits russes. Après un café, nous repartîmes sur l'autoroute encombrée de camions et de caravanes qui, à cent à l'heure, tanguaient.

C'est alors, repensant à l'indication SALSES sortie 1 000 m, que je fus repris par le souvenir de ce chef-d'œuvre, *l'Acacia,* moins par le roman lui-même que par les circonstances dans lesquelles je l'avais lu, les deux jours et les trois nuits d'août 1990 où nous avions descendu le Nil, d'Assouan à Louqsor, en felouque, nous cinq, seuls avec le cap'tain Nasser. Le soir, je lisais à la lumière d'une lanterne d'autant plus magique qu'une raison qui échappait au capitaine lui-même voulait qu'elle ne cessât de vaciller. Le jour, j'étais assis en face des enfants qui multipliaient des résultats astronomiques au rami, de Martin qui se plongeait dans la lecture de *Tilt* et *Génération IV* où il tentait d'oublier le roulis. Il comparait les présentations de jeux vidéo, annonçait à ses frères les notes et les étoiles par rubrique INTÉRÊT, GRAPHISME, BRUITAGES, PRIX, des noms anglais, *It came from the Desert, Hero's Quest, Conquest of Camelot, The Immortal,* des jeux de rôle et des aventures animées qu'il retrouvera le lendemain dans les tombes de la nécropole thébaine, les plafonds étoilés, le mystère des oiseaux bleus, les murs jaune d'or où une main anonyme a peint les aide-mémoire destinés à faciliter le passage dans l'au-delà, les palmiers qu'il contemplait de la felouque avec soulagement, en fin d'après-midi, quand le captain Nasser songeait à accoster. Un soir (le deuxième), nous avions marché jusqu'à un village. Dans une rue étroite bordée de maisons en torchis comme on en voit dans les livres scolaires d'histoire et de géographie, devant une baraque de deux mètres carrés où nous achetions des gaufrettes à la vanille, un homme entouré d'une multitude d'enfants nous aborda. Dans quelle langue avons-nous parlé, je ne sais plus, ni en français ni en arabe, quelques mots de russe peut-être parce que l'homme avait travaillé à la construction du barrage d'Assouan, ou d'anglais, mais un anglais de cinquante mots, le seul que je puisse comprendre, dont la syntaxe et les intonations ont toujours échappé à Anne. L'homme nous a présenté ses septs filles et ses trois garçons, puis — touchant la tête des nôtres et s'assurant d'un geste des doigts qu'ils étaient bien nés de la même mère — a juré que nous étions bénis des dieux. On nous l'avait déjà dit, souvent, en Italie. Je le croyais.

Et je me suis retrouvé sur l'autoroute A9, quelle heure était-il, à peu près 2 heures le matin du samedi 29 août. Et j'ai repensé à cette nécropole, à notre tour à vélo par 42° à l'ombre dans la Vallée des Rois, aux cinq vélos, au tombeau de Toutankhamon, au sarcophage, les trois cercueils emboîtés comme des poupées russes, aux objets qui y avaient été déposés, des lits (l'un en forme de lion, l'autre à tête de vache, un troisième à tête d'hippopotame), les chaises, les fauteuils, un siège qu'on aurait dit à bascule en bois d'ébène incrusté d'ivoire et de pierres précieuses, les coffres et les coffrets, des modèles de bateaux et des chars royaux démontés, le petit tas de roues à six rayons aperçues par lord Carnavon, et je roulais à cent vingt sous le même vent et de gros nuages noirs que l'on devinait quand ils cédaient la place à un coin de ciel plus clair disparaissant encore plus vite qu'il n'était apparu, essayais de me remémorer le numéro de la dynastie de Toutankhamon, en vain, encore dix ou vingt kilomètres, et le temps de me demander ce qui était dans le tombeau et ce qui était au musée du Caire nous arrivions à l'embranchement des autoroutes, reprenions plein nord l'A7, la première fois depuis Pâques, mais à quatre, pas besoin de me retourner pour compter. Malgré les trous dans lesquels ma pensée sombrait par quarts d'heure entiers, j'ai repensé à nos promenades au Caire, à ces vieilles nécropoles habitées par des vivants, à ce quartier des garages, les rues ornées de grands arbres aux reflets métalliques dont les branches sont des pots d'échappement, à l'escalier en spirale de la mosquée Ibn Touloun, aux avenues où nous apprenions à compter en chiffres arabes, dans la calligraphie arabe, à partir des plaques d'immatriculation, le plus facile était le zéro, le *sifr* vide. Et nous faisions la course. Et j'ai laissé la route d'Aubenas sur notre gauche, bu un autre café. Antoine et Clément s'efforçaient de rester éveillés un moment, investis du rôle coutumier de Martin. Et j'ai été repris par d'autres souvenirs, d'autres calculs, une boule dans la gorge à cause de l'angine qui s'effaçait lentement, par l'acacia, les aigrettes sur les shakos des voltigeurs pendant la campagne d'Égypte. Le vent ne nous a pas quittés. Quand l'orient a concédé les premières lueurs d'un petit jour, des gouttes de pluie ont décoré le pare-brise. Vers 9 heures, à Auxerre, la voiture est tombée en panne. Il pleuvait à verse. Je suis resté d'un calme qui m'a surpris.

Peu après midi, nous sommes arrivés à la maison.

A la-maison-moins-un. Arrivée d'autant plus dure que nous savions que les « vacances » étaient finies, qu'il n'y aurait plus de diversion géographique ; qu'une année nouvelle nous attendait. Quand je suis entré dans la chambre de Martin, pour voir, pour ne pas la laisser seule, la chambre, pour m'assurer que tout était là, stupidement, quand j'ai avancé d'un pas, la première chose que j'aie vue, après son globe terrestre, dans le coin de la bibliothèque, bleue, c'est sa *Légende du Nil.*

Dimanche 30 août fut le premier jour de septembre.

L'été s'offrait ses trois dernières semaines, commençait à préparer la rentrée. Ce matin-là, nous sommes allés au cimetière. Nous disions plutôt « aller voir Martin ». Voir le lieu où il « reposait », voir désormais son nom, Martin Chambaz, en lettres malhabiles à la peinture blanche sur un panneau de bois contreplaqué que j'avais commandé vert puisqu'on m'en avait laissé le choix et que je découvrais du même vert émeraude que le sac à dos Eastpak. Au-dessous figuraient sa date de naissance et la date de sa mort, on ne pouvait pas se tromper, cette ligne affreuse, 15.1.1976-11.7.1992, cet assemblage de chiffres et de nombres qui n'auraient jamais dû avoir de sens. Nous avons posé sur la tombe des plantes en pots. Trois. Nous les avons arrosées. Une ou deux minutes (ou cinq ou dix), nous sommes restés là, en quelque sorte plantés, nous tenant par les épaules, sans rien dire. De toute façon, nous n'aurions pas pu. D'ailleurs je ne pensais à rien. Tout ça (cette croix, ces mètres cubes de terre, cet infini) m'écrasait, écrasait même le temps. Et puis nous sommes partis.

Ce matin-là, j'ai parlé à Anne de la chambre de

Martin. Nous le voyions toujours en sortir, y rentrer, du même pas long et souple, les pieds nus. Il me suffisait d'apercevoir la porte. Sans doute passait-il au travers comme un fantôme. Je ne souhaitais pas que la chambre fût condamnée à ce vide déjà si menaçant ni que la chambre de Martin devînt aussi vite la chambre de Clément. Je proposais donc d'abattre la cloison entre les deux pièces, de repeindre les murs et de redisposer les meubles. Mais Anne ne voulut pas d'une telle solution, trop brutale. Elle demanda du temps. Oui, du temps, que pouvait-elle demander d'autre ? Elle réclama six mois (jusqu'à Pâques 1993), puis jusqu'à l'été (donc neuf mois).

Cependant, le dimanche fut surtout marqué par un bizarre compte à rebours. A 18 h 45, l'avion de l'Aeroflot (qui n'était plus l'avion de Martin) s'envolait pour Moscou. A 16 h 45, nous devions (aurions dû) être au rendez-vous à l'aéroport de Roissy. Avec Guillem et ses amis du lycée Romain-Rolland, avec leurs parents. Ceux qui ne savaient pas encore ignoraient leur bonheur dans les encombrements routiers d'un dimanche 30 août. 16 h 45, Anne l'avait écrit en très gros chiffres, et entouré, sur son carnet grenat QUO VADIS. A 15 h 45, je me suis dit que nous serions partis de la maison. Et à ce compte à rebours se mêlait maintenant le souvenir du lundi 29 juin, le trajet, l'attente, nos derniers moments de vie commune et — quand l'avion de Cardiff fut annoncé — notre dernier salut et son sourire. Tout le début d'après-midi, j'imaginais les préparatifs du départ, les bagages, les cadeaux, les papiers, l'agitation, les recommandations des frères, *ia lioubliou tibia,* une ultime partie de jeu vidéo, l'air radieux de Martin. Je n'y échappais pas. Ni à l'idée que, dans dix-neuf familles d'Ivry, ce devait être peu ou prou la même agitation.

J'ai pensé aussi, vers 16 h 45, au choc de ses amis apprenant la nouvelle. L'incrédulité, la tristesse, les pleurs peut-être, les conversations plus feutrées au fur et à mesure des arrivées. Et malgré tout, grâce à cette merveilleuse vitalité de la jeunesse, l'excitation du départ et des horizons orientaux. J'ai pensé à la compassion des parents, au frisson qui vous prend quand vous doutez du postulat ÇA N'ARRIVE QU'AUX AUTRES. Au surcroît de recommandations qu'ils ont délivrées à leurs enfants, et à leur inutilité. Ce qui sera sera. Vers 21 heures, j'ai pensé à l'atterrissage, à la nuit noire sur Saint-Basile et la place Rouge. A ses yeux gris grands ouverts sur les rives de la Moskova. *Pastoï!* ses yeux à jamais fermés sur un vestige de ciel gallois, tels que je les ai vus, de mes yeux, à la morgue de Gwent.

On ne devrait pas penser. Mais la pensée est aussi la seule chose qui vous rattache à votre enfant mort. Le seul recours. Non seulement par ce retour en arrière que permet la mémoire (Martin au début de cet été), mais aussi par une espèce de projection où cette pensée peut faire correspondre un ensemble de points vivaces (Martin vers la fin de cet été). On ne devrait pas non plus rêver. Mais le rêve est une pensée qui vous échappe immanquablement. Longtemps, je n'ai pas rêvé, ni gardé trace de mes rêves. Une nuit, fin août début septembre, j'ai fait mon premier rêve : Martin y était mort-vivant. Nous étions tous les cinq dans la voiture, en voyage, un paysage indéfini sépia ; assis à l'arrière, entre ses frères, affaissé plutôt sur l'un d'eux, le visage épouvantablement pâle, exsangue ; nous approchions d'une frontière ; en vue de son passage, il fallait donc le redresser, faire semblant ; je n'ai pas vu de douanier, nous avons pu passer ainsi de l'autre côté, à cinq, nous y évanouir aussitôt la frontière franchie. Je me suis réveillé en nage. Il m'a fallu quelques secondes pour revenir de ce côté du monde. J'étais partagé ; entre la peine d'un réveil qui me ramenait à l'affreuse réalité et la sensation bouleversante de l'avoir revu ; d'autant plus bouleversante qu'il ne s'agissait pas du Martin de mes rêves éveillés, de mes pensées incessantes depuis sept semaines, mais d'un Martin d'après le 11 juillet, d'une extension d'être.

Depuis cette nuit, il est revenu à plusieurs reprises. Parfois en cauchemar, l'inusable *nightmare* des vieux romans anglais, une détresse acérée par le sommeil et désagrégée par les lambeaux de conscience assoupie. Le rêve avait assimilé sa mort et accusait la béance de notre vie à quatre. D'autres fois, c'est-à-dire deux ou trois, il était revenu souriant ; dans une incroyable légèreté dont le réveil conservait un si bref instant la trace, dans l'allégresse d'antan, une scène de la vie familiale, bruyante et colorée, douce. Le réveil était alors terrible. J'avais besoin d'une heure ou deux, selon le jour, pour me remettre. Retrouver mon état habituel, ma souffrance de tous les jours.

Dimanche 30 août, un peu avant 21 heures, j'avais écouté attentivement les prévisions météorologiques. Non sans apercevoir, oubliés depuis début juillet, les chapelets de nuages sur la mer d'Irlande et le canal Saint Georges. La première semaine de septembre et les Alpes m'importaient. Mardi 1er je prenais le train de Thonon. Je partais donc grâce à Anne, contre l'avis du médecin consulté lundi ; l'otite s'incrustait, le tympan était crevé, l'ORL redoutait les variations d'altitude, les barotraumatismes (le mot était visiblement destiné à me faire peur) et les vertiges. Mais j'étais prêt. A rouler avec mes neuf compagnons de route. A affronter les difficultés (750 kilomètres au total et 17 000 mètres de dénivellation), sachant que la difficulté ne résidait pas dans l'ascension des quatre cols quotidiens fussent-ils légendaires, mais dans la répétition chaque jour des efforts prodigués dans ces cols. Deux fois par jour, je téléphonais à la maison. Afin d'avoir des nouvelles plus que d'en donner, afin d'entendre la voix d'Anne et de mes enfants. J'ai mesuré alors à quel point la voix de Martin s'était évanouie (depuis, par une sorte de miracle, de miracle douloureux, j'en ai perçu quelque intonation dans le timbre adolescent de Clément, dans le glissement d'octave qui les rapproche).

La météorologie fut idéalement panachée. Chaque soir, nous eûmes droit à un ciel truffé d'étoiles. Mais deux matinées nous dûmes faire face à la pluie. Elle tombait dru ; jeudi dans le Cormet de Roselend, le sillage de la pluie sous les roues, les éclaboussures, les lacets et la vallée en contrebas, le verrou comme dans les précis de géographie physique et la nébulosité comme dans les estampes japonaises ; vendredi, le Galibier où la pluie s'est soudain métamorphosée en grésil puis — éventualité que je n'osais souhaiter — en neige, une vraie neige, de vrais flocons recouvrant les vallons supérieurs du col, les manches de mon chandail, la route. Je ne craignais ni la pluie ni la neige. Je me changeais à chaque sommet ; j'avais prévu vingt tee-shirts et polos ; la moitié m'appartenait, l'autre moitié à Martin, et j'avais enroulé autour de mon cou son foulard touareg, le gris-bleu, celui qu'il préférait et qui ne m'a pas quitté de la randonnée.

A d'autres moments, nous affrontâmes le vent ou le

brouillard. A ne plus voir les ravins ni l'entrée du refuge à l'Iseran où nous bûmes un chocolat chaud digne des Indes occidentales. Vendredi, j'affrontai aussi l'arrivée dans le Queyras ; la remontée vers Pierregrosse, village où nous venons depuis seize ans, la dernière fois en mars, la première à la Toussaint 1976, Martin avait neuf mois et grimpait sur la lunette arrière de la Polski. Soudain, j'ai vu briller, dans le ciel redevenu bleu, la croix immense de la Gardiole. Or les enfants y étaient montés ensemble en mars. Le chagrin m'a cloué sur place. Denis m'a attendu et nous avons fait l'ascension côte à côte, sur cette route que nous connaissions par cœur, les virages, les cheminées des fées, les chemins adjacents, et dès que je levais la tête je voyais scintiller cette croix de deux mètres recouverte de métal balayée par les rayons d'un soleil bientôt couchant. Je savais à l'avance la douleur qui me guettait à Pierregrosse. Les amis à saluer. Les lieux à voir. Pour de vrai, pas seulement à remémorer. Je n'ai pas été surpris. A minuit, j'ai eu un mal fou à m'endormir, sous une fenêtre qui donnait sur le Pain de Sucre et la vallée où je venais cet hiver d'initier Antoine et Martin à la randonnée en peaux de phoque à skis.

Samedi 4, à la nuit, sans attendre mes compagnons ni les phares salvateurs d'un camion, j'ai descendu comme un bolide les dix-sept kilomètres du dernier col, la nuit noire, le seul instinct pour me guider, cela faisait huit semaines à l'heure près que Martin était mort, j'accélérais encore, sauf dans les quatre tunnels par chance rectilignes où j'avais l'impression d'être le mobile d'un jeu vidéo, je dévalais l'invisible vallée de la Tinée vers Saint-Sauveur qui m'apparut, tout à coup, en bas, étrangement déserte et éclairée. Le lendemain matin, au réveil, j'entendis mes amis parler du plaisir de revoir leurs enfants. J'ai dû m'enfuir, hors de la maison, au fond du potager attenant, derrière les rangs de haricots et trois pieds d'une vigne médiocre. Puis nous avons escaladé à la va-vite un dernier col, 1 003 mètres de dénivellation, le col de Saint-Martin. En haut, je ressentis une tristesse infinie. Elle ne me lâcha plus jusqu'à la mer, jusqu'à la promenade des Anglais. Devant le Negresco, le groom ressemblait à un Soutine qui aurait pris des vitamines. Désolé, je cherchais l'endroit précis de la baie des Anges où Guillem avait bien pu prendre, en mars, cette photo de Martin.

Au téléphone, j'avais demandé notamment des nouvelles du courrier. Cette obsession me poursuivait. J'attendais des témoignages sur Martin et des nouvelles de Grande-Bretagne. J'attendais surtout les photos que les Johnson avaient promis d'envoyer. Je les attendais avec une considérable impatience. Quelle qu'en fût la cruauté, j'escomptais revoir Martin *en juillet,* dans le pavillon de Cybi Drive, le jardin du Cwrt Bleddyn ou les rues de Cardiff. Une lettre de Barry était bien arrivée. Mais il n'y avait pas de photographie. La pellicule — écrivait-il — était restée vierge. Ma déception fut énorme. Plus grande que si j'avais perdu ses plus belles photographies. Celles-ci, j'aurais toujours pu me les rappeler. Celles-là nous auront échappé.

Pendant la semaine, Anne avait eu la force de porter au studio Louisiane la pellicule restée dans l'appareil de Martin. Le jour où elle revint avec la pochette de photos, elle me pria de lui consentir un délai avant de les regarder. Nous l'ouvrîmes plus tard, assis côte à côte sur un fauteuil, sans beaucoup de mots. Je dis simplement Ô la Corse ! parce que la première moitié que je compulsais à la hâte datait de Pâques. Et je dis Voilà ! parce que soudain j'avais reconnu un paysage que je ne connaissais pas, une lumière différente. Nous découvrîmes ainsi les derniers lieux de Martin, sans les commentaires qui les eussent éclairés. Une abbaye en ruine, un château où il avait sans doute traqué les fantômes de Perceval et du Roi-Pêcheur, une croix celte en vieux granit brut, une rue bordée de maisons fleuries, une bicyclette posée contre un portail, des portraits, Gareth sûrement, Gareth et une jeune fille, Gareth et un jeune homme (était-ce son frère ou James Niklasson ?), et — j'ai alors nettement senti mon cœur s'arrêter — j'ai eu entre les mains une photographie de mon fils. C'était la dernière, la seule (j'avais rapidement vérifié).

Ce serait la dernière.

Il est très beau (il n'avait pas à se forcer). Il est grand, porte un polo et un chandail bleus, son blue-jean noir, des tennis. Il sourit, on voit qu'il essaie de ne pas rire. A sa gauche, Mary Johnson rit franchement. Ils sont coiffés d'un casque de plastique blanc décoré d'une grosse lampe frontale. Derrière eux, j'observe un panneau rouge — BAROMETER READING — où des indications chiffrées ont été portées à la craie et, à moitié cachée par la tête de Mary, une image ancienne aux tons ocre où on discerne une cage d'ascenseur et un groupe d'ouvriers. Je réalise alors qu'il s'agit d'une mine ; que, pour sa dernière photographie, Martin était déjà sous terre.

Sur une autre photographie, il avait cadré l'entrée d'un puits et, sur deux rails disparaissant sous un hangar, un wagonnet ou une berline rouge vermillon avec l'inscription DANGER-EXPLOSIVES. Dans les documents qu'il avait recueillis là-bas, je trouverai le

Visitor's Guide de Big Pit, une mine de charbon fondée en 1789, fermée le 3 février 1980, réouverte trois ans après sous forme de musée social. Puis, en octobre, je prendrais conscience d'avoir commencé ce récit par une phrase tournant autour des mines de cuivre et de plomb enneigées. Peut-être suffirait-il de pousser le wagonnet vermillon sous le hangar pour qu'il achève sa course devant l'établi où l'ingénieur hydraulique Leibniz a posé ses instruments de mesure et les rouleaux de papier destinés à ses équations. D'ailleurs, cet ingénieur n'a-t-il pas prétendu, à juste titre, qu'entre des points en désordre on peut toujours déterminer un ordre intelligible, dessiner des constellations, tenter de recréer une harmonie ? La maison de Brunswick-Hanovre lui a concédé une rente annuelle de 1 200 thalers afin d'installer des machines chargées de l'élévation de l'eau des galeries. Il construit des moulins à vent, histoire de combiner l'eau et le vent ; il convient des difficultés, « on n'a qu'à se figurer de combien de lumières on aurait besoin dans une île déserte » ; s'il ne neige pas, il peut contempler, outre le plomb, des cuivres gris, des azurites et des blendes de zinc. Il invente une nouvelle manière d'écrire les comptes et rêve comme Baudelaire d'un voyage à Sumatra. Il descent rarement sous terre et, quand il en remonte, il entend le murmure de la mer et compose un traité de métaphysique. Mais son « visitor's guide » révèle une faille. Malgré ses perfections, son Dieu en Gloire et les habits de fête que lui a prêtés Monsieur des Cartes, il tombe sur un os, le néant, a beau le ronger ne parvient pas à le rompre, ni à le réduire comme ce temps qui lui a échappé sur les ailes de ses moulins, qui continue de couler vers le point le plus bas de la mine, le magma.

Big Pit, c'est le grand trou, les enfers. C'était début

juillet, la nuit des temps. Longtemps je suis resté avec la photographie entre les mains. Anne et moi ne nous regardions pas, ne regardions même plus la photographie. Où étions-nous ? Chacun dans son monde, nulle part. Puis, la regardant à nouveau parce qu'il n'y avait pas moyen d'échapper à cette fascination, je l'ai rangée dans la pochette et j'ai rangé la pochette derrière un gros livre d'art dans la bibliothèque. Les heures et les jours qui ont suivi, j'ai souvent glissé ma main derrière le gros livre. Je ne pouvais m'y habituer. Et je m'y habituais. Un soir, j'ai eu l'idée d'offrir la photographie aux parents, aux cousins, aux Guillem. Leur en faire présent. Le lendemain matin, je suis descendu au studio Louisiane. D'abord, j'ai réglé une question de conscience : fallait-il la tirer telle quelle (Martin et Mary) ou la recadrer (de manière que Martin y apparût seul) ? Ensuite, Louisiane m'a proposé des agrandissements. Après discussion, nous avons décidé du format et de la partie à agrandir. J'ai commandé sept tirages de Martin et Mary, sept autres de Martin agrandis. J'en aurais volontiers commandé davantage, donné à ceux qui l'aimaient. Je n'ai pas osé. Quand je suis allé les chercher, j'ai remarqué, au fond de ses yeux, le reflet rouge provoqué par l'ampoule du flash.

A côté de cette image unique, il y avait encore quelques lettres. La plus bouleversante venait d'Italie, de nos amis Montanari, peut-être par la grâce de ce français boiteux et beau : « Nous vous avons cherché par téléphone, mais vous n'étez pas là. Nous ne trouvons pas les mots. Notre cœur et nos yeux sont noyés de larmes. Nous avons lit votre lettre maintes et maintes fois incrédules et muets et, dans le même temps, le sourire et les jeux riants de Martin étaient devant nous. [...] Votre famille est une merveilleuse famille et sera toujours comme ça. Le sourire de Martin sera en vous-mêmes. »

Une autre lettre venait du pays de Galles. James Niklasson avait eu le courage de l'écrire, *I am insure now you will accept this letter.* Je l'ai lue au moins dix fois pour en comprendre le moindre mot, à l'aide du dictionnaire, saisir les nuances, les nouvelles qu'elle me donnait de mon fils. Une autre encore, qui venait de Paris, rue Jacob, répétait comme une prière *give sorrow words.* J'ai senti la main du Seigneur planer au-dessus de nous, s'appesantir. Mais j'ai répété la prière puisque paraît-il les mots et la douleur n'aiment pas rester ensemble.

Après une dernière crue à la mi-septembre, le courrier s'est tari. Quelques belles pages nous ont encore parlé de Martin. De l'élève ou du camarade de classe, son sourire, sa gentillesse, son appétit de vivre, son enthousiasme, la tête qu'il penchait pendant les cours, ses cheveux bouclés. Enfin, en octobre, nous avons reçu une lettre tardive. Elle commençait par ces mots : « J'ai toujours votre lettre sur le bureau et je la relis encore. » Avec une louable franchise, notre ami avouait redouter à son tour « pareille catastrophe ». Je reste très ému par le témoignage de ce père de trois garçons, l'âge des nôtres, passionnés d'escalade. Je le comprends mieux que personne.

Ni les émotions ni les témoignages n'ont manqué dans les lieux que nous fréquentions. Un jour, une dame m'a dit — Vous savez, on n'a pas eu de garçon mais mon mari et moi on a toujours pensé que si on en avait eu un on aurait aimé qu'il ressemble à Martin ! Je l'ai remerciée. J'étais bouleversé, tout juste capable de lui bégayer Je vous remercie ! Un autre jour, une autre dame m'a dit — Remarquez, ç'aurait pu être pire ! c'est arrivé chez ma sœur, l'aînée seize ans a été tuée par la cadette quatorze ans d'un coup de fusil en jouant ! Je ne l'ai pas remerciée, c'était délicat. Mais j'aurais dû.

Enfin, un certain nombre de personnes nous ont à nouveau écrit. Un certain nombre ne nous a jamais adressé le moindre mot. Ou si peu. Certains ont su. D'autres, pas. Je ne juge pas. Je ne sais même pas si je pense. Je crois que certains ont eu peur de notre douleur. Pour nous et aussi pour eux-mêmes. Ils n'ont pas su quelle attitude adopter sans comprendre qu'il suffisait d'être. Une chose est sûre néanmoins : une espèce de reclassement s'est opéré, naturellement ; des liens ont été confirmés, d'autres déçus. Une autre chose est sûre : dans le désastre rien n'est facile pour personne.

Ainsi c'était la rentrée. Le temps venu de s'installer dans une nouvelle année. Retrouver un rythme, mais forcément heurté. Travailler, exercer notre activité sociale (enseigner) ; beaucoup nous ont plaints d'avoir eu à commencer notre deuil par ces deux mois de vacances ; je ne vois pas la différence, sinon la Dent Blanche et la montagne Pelée à la place de la montagne Sainte-Geneviève.

Le dernier jour des vacances, j'ai proposé le musée de la Marine aux enfants. Clément a préféré le tennis. Nous sommes donc montés au stade, échanger nos premières balles depuis juin. J'étais très troublé par le lieu familier et le vide incommensurable, par l'évidence d'un plaisir partagé et l'avenir qui pénétrait mon esprit par effraction, les deux années qu'il faudrait à Clément pour atteindre le niveau qui était celui de Martin, les parties de plus en plus équilibrées jusqu'au jour où il me battrait, où il me battra, ce défi déjà ancien que nous nous étions lancé tous les trois, ma promesse de leur offrir un dîner au Dodin-Bouffant le soir de leur première victoire. Ce mercredi, l'air était doux, le fond du ciel incertain. En la circonstance, nous avons ouvert une boîte de balles neuves. Je me suis appliqué à bien jouer. J'ai eu le sentiment que Clément y mettait la même application. Nous avons ri. Sur quelques points, il a triomphé. Au bout d'une heure, quand nous sommes repartis, j'ai essayé de parler de Martin. Une phrase, une pauvre phrase que j'avais pesée avant de la prononcer ; une réponse laconique. Il ne le souhaitait pas. A chacun sa peine. Et à chacun sa méthode. En sortant du stade, j'ai aperçu un des immenses panneaux publicitaires, loués par Fiat pour la rentrée d'automne, la FIAT UNO — voiture de l'année, voiture du bonheur.

Au plaisir de la marine, Antoine savait devoir ajouter celui d'une exposition. Alechinsky exposait dans les salles mêmes du musée. Les toiles et les papiers étaient accrochés aux murs, face à quelques navires auxquels on pouvait croire qu'ils prêtaient leurs mers et leurs océans. La peinture était acrylique, l'encre de Chine, les couleurs somptueuses, des bleus, des verts, un rouge, des noirs, dignes de Soutine et de Sassetta. Un steamer s'enfonçait sous les volutes d'un ciel qui nous montrait le matin du monde. Les vagues décrivaient des ondulations comparables aux courbes des cartes d'état-major, des cartes de contrées désertes, sans amiraux, contre-amiraux, enseignes de vaisseaux, il n'y avait qu'un navire, une immense solitude, le sentiment d'être loin de tout, et sans doute était-ce confusément ce qui me plaisait en même temps que le rappel de nos voyages, à cinq, ferry-boats, rafiots, felouque, bac, barque du Roi-Pêcheur. Si j'appréciais l'absence de rivage, j'appréciais aussi les bords de la toile, les remarques marginales, chaque prédelle où l'univers flamboie, cette limpidité de bande dessinée comme dans les nécropoles de la Vallée des Rois. Une autre salle présentait des laves émaillées et un papier de Taiwan, froissé, avec des chiffres qui se multipliaient à l'image du temps. Le périple devenait mémorable. En effet, cette géographie métaphysique — d'un lieu qui ne cesse de glisser sur son erre, d'être l'ailleurs — se doublait grâce à la flottille du musée, à la peinture et aux vernis dorés d'une corvette, aux soixante-quatorze canons d'un trois-mâts, se doublait d'une aspiration par le mouvement de l'histoire, les siècles de drakkars et de *Dauphin-Royal*, les sabords des pirates et les cris des marins engloutis, l'écho de la *Sémillante* fracassée dans les bouches de Bonifacio.

Le catalogue de l'exposition était épuisé. Nous avons ramené à Clément une carte postale. Je l'ai choisie parce qu'elle ressemblait aux illustrations des livres que je lisais aux enfants, petits. Un paquebot vert entrait dans le port d'Aberdeen. L'Union Jack flottait au gré du vent. Un panache de fumée sorti d'une cheminée jaune traversait des nuages roses commandés par la London East Africa Company.

Le lendemain, c'était donc la rentrée scolaire. J'avais préparé à l'avance la chemise américaine en coton bleu de Martin. Bêtement, je pensais ainsi l'associer à cette journée qui l'eût captivé. Il était au seuil de la philosophie. La quête du Graal et nos voyages lui en avaient donné un avant-goût. Il ne refusait pas l'effort ni le repos. Dans son répertoire, il avait noté après *balsa :* bois très léger provenant d'Amérique centrale utilisé dans les maquettes, *béatitude :* satisfaction constante à laquelle rien ne manque selon Spinoza ; et, après *Martin :* prénom du propriétaire de ce carnet, *méditer :* soumettre à des « réflextions ». Celles de Monsieur le Chevalier Descartes l'auraient intrigué comme le principe 74 : QUE NOUS ATTACHONS NOS PENSÉES À DES PAROLES QUI NE LES EXPRIMENT PAS EXACTEMENT. Quant à ce *t* ornemental, il avait gardé de son enfance une orthographe charmante et hasardeuse. Sur un rayonnage de sa bibliothèque, son sablier bleu (qu'il retournait souvent) l'instruisait du caractère irréversible du temps. A sa façon juvénile, il avait compris que l'être est et que le sens advient.

Ce jeudi matin, j'ai enfilé sa chemise. J'ai pris le métro, le chemin du lycée. Non seulement je savais ce qui m'attendait, mais j'y avais beaucoup songé cet été, davantage encore depuis le début du mois. Je le redoutais. Et à chacun des mille trois cents pas que j'ai faits de la station Monge au lycée je m'y portais en esprit, depuis l'escalier mécanique nous hissant sous les platanes face à la porte bleu ciel du 1 place Monge, nous remontant du sous-sol, de ce big pit où des millions de voyageurs passent une à trois heures par jour, en levant la tête j'apercevais le ciel vert de septembre, la large ramure qui couvrait la place entière comme les abris de toile cirée noire installés au-dessus des étals les jours de marché, un tel réseau de feuilles qu'il semblait s'étendre au portail de la Garde républicaine, 21 rue Gracieuse, où il arrivait parfois, si la chance nous souriait, qu'on vît briller les casques en métal et les plumets d'un escadron à cheval, cent pas déjà pour traverser en biais la place et cent fois la peur de me retrouver dans la cour du lycée, d'y mettre les pieds, puis les deux cents pas de la rue Saint-Médard, au coin vous pouvez entendre les cris réjouissants des enfants d'une école maternelle, la rue Mouffetard qui du temps de Lutèce était la route de l'Italie, la Contrescarpe, la rue Descartes et de part et d'autre de la rue Thouin (au 2 le saltimbanque Turlupin et Gros-Guillaume, garçon boulanger, s'entraînaient au jeu de paume afin de plaire au cardinal de Richelieu à l'époque même où le soldat des Cartes traînait sa misère et ses révélations d'une science admirable fondée sur le doute dans un petit village de l'autre côté du Rhin), de part et d'autre de cette rue je me rends compte combien ce chemin quotidien était marqué, tel un territoire indien, de signes, d'indices qui incitaient au voyage, d'enseignes de restaurants, Savannah les Antilles Budapest l'Afghanistan la Grèce et les îles le Maghreb la Russie les Indochine du Sud-Est asiatique, une crêperie bretonne égarée à côté du Mandarin Descartes, la maison où à la faveur d'une absinthe à deux sous Verlaine retrouvait son Arabie, cent pas à peine avant de tourner rue Clovis, longer Saint-Étienne-du-Mont puis la bibliothèque Sainte-Geneviève où j'ai compté 1 000, tourner à droite cette fois, savoir que le lycée est là, j'appréhendais non pas le lycée, ni le hall où je pénétrais, malgré son monument aux morts, ni les onze marches qui me conduisaient à la cour mais, justement, dans la cour (la cour Victor-Hugo, c'est ainsi), tout de suite à gauche en entrant, un banc, il n'y a guère plus de trois pas à faire pour s'y asseoir, un banc vert, le banc où Martin venait m'attendre les mardis après-midi.

Ses cours se terminaient à 15 h 30 par une heure de mathématiques, les miens à 16 heures. Un matin, il m'avait suggéré que nous rentrions ensemble. J'en étais heureux. Il avait donc choisi ce banc, qui lui assurait une vue imprenable sur le terrain de basket. Dès que je sortais de ma salle de classe, je m'assurais qu'il était là. Assis en anorak, en chandail, en polo, son sac Eastpak posé à son côté, la tête entre les mains afin de ne rien perdre d'un match permanent. Salut ! Ça va ? Ça allait toujours, quoi qu'il en fût. Parce que la vie était belle. Tout simplement. Et nous rentrions à la maison, par le chemin que je venais de suivre dans l'autre sens le matin de ce jeudi 9 septembre. Le long de Sainte-Geneviève où nous nous amusions à ne pas empiéter sur les filets de ciment qui séparent les dalles du trottoir ; le long de Saint-Étienne-du-Mont qu'un jour j'avais visitée pour son buffet d'orgues et son jubé ; puis, plein sud, passant à vingt pas de l'Institut d'Orient où je m'étais procuré en souscription la *Description de l'Égypte* offerte un Noël à Antoine, sous l'enseigne FELIX DO BRASIL, entrant chez GELATI, choisissant savamment une glace (deux voire trois boules) ou un lait glacé, nous consultant en vue d'un partage éventuel, hésitant encore devant les sorbets, entre une vingtaine de parfums, kiwi framboise melon, ou plutôt amarena, et tous ces chocolats, noir, aux écorces d'oranges, gianduja, un vrai gianduja piémontais, le glacier connaissait Martin, Vas-y t'as tout l' temps !

En sortant, on traînait un peu jusqu'au métro. Nous admirions les vitrines de la librairie où il m'achètera, en mai, *la Femme des sables.* Quand c'était fête, on se payait, au kiosque, *l'Équipe.* On parlait, de tout, et de rien. Ces riens qui me manquent — à un degré inimaginable — aujourd'hui. Place Monge, on replongeait dans le sous-sol, laissant derrière nous, pour une semaine, le ciel vert et la nostalgie du cornet-gaufrette. Un mardi, il m'avait demandé Qui c'est Monge ? Ma réponse s'en était rapidement tenue à ses principaux titres (les mathématiques et la direction des Poudres et du Salpêtre sous la Révolution) et — tant que nous y étions — à ses voisins de la ligne 7 du métro, Daubenton (zoologie & minéralogie) et Jussieu (famille de botanistes). De retour à la maison, nous avions modestement élargi le cercle de nos connaissances. Gaspard Monge était fils de forain, enseigna les sciences physiques au collège de Lyon dès l'âge de seize ans, devint mathématicien puis ministre de la Marine peut-être en raison de ses études sur les lignes de courbure et de son intérêt pour la géométrie descriptive, créa les grandes écoles et expédia au Louvre les œuvres d'art pillées par les armées de la République en Italie, dirigea l'expédition d'Égypte dans le domaine scientifique, fit lever des cartes du pays que Martin eût aimé lire et rentra sur le bateau de Bonaparte. Il mourut en juillet 1818 et, dans le thésaurus de l'Encyclopédie, précède le grand khan des Mongols.

Mairie d'Ivry, terminus. Martin montait les escaliers quatre à quatre. Si je ne trichais pas, en démarrant sans le prévenir, je n'avais aucune chance de le battre à la course quand les escaliers comptaient plus de quinze marches. Même en trichant, j'avais peu de chances. Un mardi sur deux, il allait dîner chez sa grand-mère. Il n'y a plus de mardi.

Quant au jeudi soir, ce jour de rentrée, il fut assez rude. Ce banc du lycée continuait de m'obséder. Une autre image me hantait, inattendue celle-ci alors même qu'elle était prévisible, que j'aurais dû la prévoir, peut-être même l'avais-je prévue avant que l'autre image — celle du banc — ne l'occultât, de sorte qu'elle me surprit malgré l'intuition qui m'était venue en m'engageant dans la rue Clovis, le pressentiment à chaque pas moins vague, l'évidence brutale cinq mètres avant de l'entrevoir, le porche de son propre lycée, et sans que j'eusse ralenti mon pas, à peine tourné la tête, je me retrouvais avec cette image, la lumière au-delà du seuil, ancrée, irrévocablement. Le banc et le porche ne quittaient pas mes yeux. A proprement parler. Comme s'ils étaient en surimpression. Ou, plutôt, comme s'ils étaient le fond, au fond de l'œil, au fond des choses. Toutefois, le plus rude était l'absence elle-même, que traduisaient ces deux images, une espèce d'absence palpable. J'ai fourni des efforts démesurés pour prêter attention à ce que racontaient Antoine et Clément, leur emploi du temps, leurs professeurs, leurs camarades de classe, leurs premières impressions. Rien pourtant ne m'intéressait davantage que ce qu'ils racontaient. Simplement, j'imaginais Martin en face de moi, l'azalée rose sur le guéridon derrière lui, à table, là, comme il avait toujours été et comme il n'y avait aucune raison qu'il ne fût plus, Martin et ses frères se coupant la parole, vieille habitude affectueuse et passionnée, rompant des lances et le pain, partageant le bonheur élémentaire d'être là. Voilà ce qui me dévorait. Oui, comme il eût aimé être là.

Le comble, c'est que ce jeudi soir, de toute façon, Martin n'aurait pas été assis à cette table. Il devait (aurait dû) rentrer samedi de Moscou. Samedi 11 septembre, deux mois, neuf semaines, jour pour jour.

En trois matinées, j'ai rencontré mes classes de cette année 1992-1993. Les élèves avaient le même âge que Martin, lui ressemblaient, allaient étudier ce qu'il avait étudié l'an dernier ou ce qu'il aurait dû étudier cette année. Après un temps d'hésitation, j'avais décidé de leur dire ce qui s'était passé cet été. Comment parler, enseigner, sans le moindre mot préalable sur cette catastrophe ? Je les ai priés d'excuser la gravité et la violence de mon propos. J'ai donc dit la perte de mon enfant. Je n'ai donné qu'une précision, l'accident de voiture (la date peut-être). Ça a duré moins d'une minute. Il me semble que j'ai dû garder les yeux baissés sur les lattes de bois grisâtre du plancher.

Le reste de l'heure, j'ai commenté le programme et suggéré des indications de lecture. Dans mes classes « terminales », ayant à refaire le monde depuis 1945, j'ai vivement recommandé et présenté deux ouvrages évoquant la Seconde Guerre mondiale. Un roman, *le Choix de Sophie,* dont Anne m'avait résumé l'intrigue quand elle l'avait lu (à Lucca l'été 1981) et dont j'avais retenu, si durablement, le nœud : l'impossibilité même du choix, la déshumanisation qu'il signifiait. Un essai de Primo Levi, *les Naufragés et les Rescapés* (ou quarante ans après Auschwitz) ; sa lecture et son suicide à froid m'avaient bouleversé. J'en ai conservé, et nourri, un impératif de mémoire. Autrefois, je lisais aux élèves des lettres de fusillés. J'avais été obligé de cesser parce que ma voix ne parvenait plus à contrôler mon émotion. Surtout quand un père adressait ses derniers mots à ses enfants. Ou un fils à ses frères et à ses parents.

Martin ne rentrera plus. Et nous n'arrêtions pas. Septembre tentait de renouer avec nos habitudes. Durant des semaines, j'ai souffert mille morts au tennis. Malgré mes efforts afin de me concentrer sur le jeu, compter les points, j'avais en permanence, à chaque fois que la balle repassait le filet, une image de Martin à l'esprit. Tantôt il jouait, tantôt il reposait sur son « lit » de Gwent.

Nous sommes retournés au cinéma. Preuve de son empire et de sa magie. Mais sans la fréquence ni l'appétit d'antan. Un ressort était cassé. Irréparable. Nous avons choisi *The Unbelievable Truth.* En raison de son titre et de ce que nous avions vu du même réalisateur, Al Hartley, ce printemps. Un soir, nous fûmes gratifiés d'un dessin animé de Tex Avery. C'était un Droopy, son air impassible, du genre « You Know what ? I'm happy ! », et malgré tout il réussit à me faire rire. Martin adorait la liberté extraordinaire qui régnait là, dans les *cartoons,* le vent d'intelligence drôle qui soufflait, les arbres qui volaient et les pommes de Newton qui refusaient de tomber, les accélérations foudroyantes et les scènes qui n'en finissaient pas de finir. Il devinait souvent le gag, la chute. Au lieu de rester allongé devant la télévision, il s'asseyait alors en scribe. Les enfants riaient, riaient, quand Bad Luck Blackie est écrasé par un pot de fleurs, puis par un deuxième pot, les mêmes fleurs, et ainsi de suite, par un piano à queue, une caisse enregistreuse, un fer à cheval, suivi du cheval, une pompe à incendie, une brique suivie du mur entier, une baignoire, un avion, un autobus, un torpilleur. Mon Dieu ! qu'est-ce que nous avons ri ensemble, tous les cinq. Maintenant, il a disparu — comme le kangourou de *Slap-Happy Lion* qui, afin d'échapper au danger, saute dans sa propre poche et s'efface. *That all folks !*

Je me suis remémoré ce prodige de *Pierrot le fou,* l'été de mes seize ans. J'ai compris un peu mieux quel âge avait Martin. Pourquoi il me paraissait déjà si grand, de plain-pied avec le monde. Et les friches immenses qu'il nous abandonnait. J'ai rêvé encore de Ferdinand, de ses lectures, de sa Cadillac, et du bâton de dynamite qu'il fait exploser comme le cigare du capitaine Langlois.

Enfin, cette rentrée était littéraire. L'intérêt porté à

l'Arbre de vies nous divertit quelque peu. Cependant, je redoutais d'avoir à parler de filiation et de généalogie. Dans certains lieux, il me paraissait inconcevable de passer sous silence la mort de Martin. Et il me paraissait aussi inconcevable de l'évoquer. Impasse ; le temps refoulé, comme l'eau dans une écluse, ses tourbillons et son bouillonnement infernal ; le temps séparé du temps comme l'eau du courant. Septembre allait ainsi, chaotique, aspiré par le vortex dont la trace fascinait les enfants dans les jeux vidéo et les revues d'astronomie.

Mi-septembre, le 14, je corrigeai les « épreuves » de mon recueil de poèmes *Italiques deux.* La Sainte Croix confirmait l'homme comme une imprévisible mosaïque d'événements. Véritable crève-cœur, cent soixante et une pages dont la clé de voûte était notre félicité (et, sans doute, la conscience de sa fragilité). J'ai dû forcer mon attention sur ces cent mille signes d'un bonheur perdu, sur le moindre mot où je retrouvais un paysage, des arrière-pays et — dans un déchirement qui ne se dément pas — les circonstances, une somme de coïncidences et de données, parfois des ratures. Les poèmes dataient d'au moins cinq ans. Je butais sur le titre *Ecce homo* et la phrase « l'homme comprend la mort possible » (mais je comprenais alors l'autre sens, celui où il pouvait être question de la mort du fils) ; je butais sur ces trois mots anglais : « *the dying death,* ça j'y tiens » (ils me renvoyaient avec une absolue violence aux quatre lettres gravées sur le cercueil de Martin, DIED, à cette vision dévorante du 20 juillet). Je retombais sur l'énigme On est l'enfant de son enfant, comprenant plus clairement combien j'étais lié à mes trois fils, combien je leur devais. Y compris la vie. Et malgré tout cet amour et les ciels de la Grande Bleue, j'ai pleuré. Et j'ai relu les épreuves une deuxième fois avant de les poster. J'ai tremblé à cause du nombre de voyages au pays des morts et surtout à cause de leur vanité. J'ai revu FIAT, les nuages et les anges. Je n'ai pas pu me détacher du principe renaissance. J'y restais collé comme le papillon de nuit aux parois de l'abat-jour, comme le fusillé au mur. La dernière ligne préparait le terrain : « l'été finit divinement indien, c'est demain l'automne et il faudra bien se chauffer. »

Voilà comment nous sommes arrivés au dimanche 20 septembre. A cet après-midi où j'ai décidé d'écrire *Martin cet été.* Je supposais quelques pages, une trentaine comme *le Matin des origines.* Je pensais qu'il fallait être bref, qu'il fallait abréger, trancher net dans cette mémoire qui représente tout ce qui nous reste de Martin. J'ai été étonné de voir apparaître des images, quelques flocons de neige, la mer. Des éclats de langue ont brillé, un instant, comme le cuivre ou les écailles d'un poisson volant. J'ai constaté que les phrases boitaient peut-être, mais tenaient. Que, si l'on voulait, encore qu'il ne suffise pas de vouloir, même dans l'abattoir Dieu n'était jamais bien loin.

Très vite, le récit s'est imposé. Ses grandes lignes avaient l'évidence d'un principe. Pour autant, chaque mot peinait et s'entêtait comme un âne. Sur un des bristols que Martin utilisait comme fiches pour son vocabulaire russe, j'ai noté quelques repères. Parfois, un nom ou deux créaient une ouverture, dans laquelle je savais que, le moment venu, Martin pourrait figurer un instant. J'ai donc commencé à écrire « cet été ». Si je n'ai jamais rêvé que la langue pût le rendre vivant, j'ai dû lutter contre l'illusion d'une présence. Écrivant les journées de fin juin, j'ai eu à plusieurs reprises le sentiment foudroyant, déchirant car reconnu aussitôt insensé, de le revoir presque vivant. Au point que s'il avait ouvert la porte de la maison, était entré, passant sous notre bel oiseau bleu de Braque, je l'aurais cru.

Les feuilles se sont empilées, lentement, d'une écriture de plus en plus serrée. Le récit s'est frayé son chemin entre la réalité extérieure et la réalité intérieure, dans les marges de l'imaginaire. Je m'y suis lancé à corps perdu, donné corps et âme (ces expressions toutes faites sont rigoureusement exactes). Anne m'a consenti sa bénédiction. A la condition que je ne lui en parle pas et sans approuver le dessein. Les enfants m'ont accordé leur confiance. Je suis donc entré dans la chambre de Martin. Chaque jour où j'y suis entré, j'ai tremblé. On a beau être prévenu, c'est ainsi, un rai de lumière, une odeur, un rien qui vous assaille. J'ai travaillé face à la fenêtre et à des azurs assombris. Régulièrement, j'ai changé les fleurs dans le vase de baccarat bleu posé devant ses dictionnaires de poche. Son vieil électrophone m'a repassé dix fois, vingt fois la même face de Vivaldi ou de Surman, de Mozart et de Léo Ferré *(Avec le temps* et *Dorothée),* trente fois les grandes orchestrations fortissimo de Georges Delerue alors même que nous eussent comblés, répétées à l'infini, seules et secrètes, cristallines, les trois notes du *Décalogue.*

Lundi 21 septembre, l'été s'achevait dans l'hémisphère Nord. L'intrigue du récit était nouée, nulle. Il n'y avait aucune surprise à attendre, pas de bonne ni de mauvaise nouvelle. La mauvaise était connue depuis ma première page (le troisième paragraphe). Quant à la bonne, à moins de croire aux Évangiles et à l'immanence des anges, il ne peut plus y en avoir, la seule peut-être, et alors ce serait retrouver la *chambre double* de Baudelaire, l'harmonie du premier jour de l'été, cette bonne nouvelle dont l'inexplicable peur — Dieu merci — échappa à Martin, l'événement d'une Mort qui abolit le temps.

Plusieurs semaines, j'ai présumé ne rien taire qui fût essentiel ou me vînt de façon assurée à l'esprit. Petit à petit, je me suis résigné à laisser quelques zones de silence. D'un silence où ça hurle trop pour être écrit. L'indicible m'a révélé cette fracture. J'ai préféré rédiger cette version douce. M'y tenir, par respect, par amour. J'ai donc ramé comme un galérien jusqu'à l'automne où nous arrivons aujourd'hui, 31 janvier.

Une surprise, cependant, me guettait. En octobre, un des enfants a eu besoin d'une fiche familiale d'état civil. Je me suis rendu à la mairie, à l'annexe. Le bâtiment donne sur la caserne des pompiers et les immeubles Spinoza (scolie : la connaissance d'un mal est une connaissance inadéquate). J'ai poussé une première porte vitrée, une deuxième porte vitrée, puis une porte en bois jusqu'au bureau de l'état civil. J'ai reconnu, au fond, une autre porte, qui conduit au bureau des décès. J'ai détourné les yeux, essayé de penser à autre chose en attendant mon tour derrière le guichet, mais comment voulez-vous, on ne pense qu'à ça, alors une porte peinte d'une seule couche beige, la pancarte DÉCÈS, ou les arbres jaunissants derrière la fenêtre, c'est toujours la même histoire. Puis l'employée a rempli la fiche, me l'a tendue. Immédiatement, j'ai perçu une anomalie (une fausse nouvelle). Quelque chose clochait sur le papier officiel. Trop beau pour être vrai. Aux yeux de l'état civil, Martin était toujours en vie. La famille Chambaz comptait ses cinq membres. Au 1er février, elle les compte encore.

Dès la dernière semaine de septembre, la procédure

m'avait pourtant semblé réglée. Nous avions reçu (j'avais trouvé dans la boîte aux lettres et ouvert sur-le-champ) une missive de Grande-Bretagne. A en-tête du quartier général de la police de Gwent, elle nous signalait le jugement rendu par le coroner en conclusion de son enquête, le 1er septembre à 10 h 15, à Newport. Nous n'avions pas souhaité nous y rendre, pourquoi, que pouvions-nous attendre, rien. Comment porter plainte contre James Niklasson ? Pourquoi l'accabler ? il y a bien assez de douleur et de misère en ce monde. D'ailleurs, les expertises venaient de révéler que sa voiture était en bon état et que James respectait la limite de vitesse.

Quelques jours plus tard, le 29, je suis allé à la poste chercher une lettre avec accusé de réception. J'ai reconnu l'enveloppe consulaire, oblongue et crayonnée, deux croix bleues recto verso. Mrs. Forbes nous envoyait l'acte officiel de décès. Un beau papier, dans l'épaisseur duquel on aperçoit la couronne royale, dix-huit couronnes, et les initiales GRO, correspondant à General Register Officer, reprises en petits caractères mauves sur le fond de la feuille. En haut une vignette représente, de part et d'autre de la couronne, le lion et la licorne accompagnés de la devise — en français — DIEU ET MON DROIT. L'acte est bilingue, anglais-gallois. En gallois, « mort » se dit MARWOLAETH (et « naissance » GANWYD, c'était un 15 janvier). Quand je l'ai déplié, car Mrs. Forbes l'avait plié en huit afin de le caser dans l'enveloppe, j'ai lu DEAD ON ARRIVAL AT ROYAL GWENT HOSPITAL NEWPORT. J'ai ressenti un atroce serrement de cœur, une suée. J'ai dû m'asseoir, pour relire DEAD ON ARRIVAL AT ROYAL GWENT HOSPITAL. Me relever aussi vite, parce que je ne tenais pas en place, le cœur me cognait les tempes, j'arpentais la maison où heureusement à cette heure personne n'était rentré, parlais tout seul, répétant « Dead on arrival », réalisant ce que j'avais soupçonné dès la première lecture, sentant rompre en moi une des rares digues édifiées contre notre malheur, l'entendant s'effondrer. Si Martin était mort à l'arrivée à l'hôpital, on nous avait donc menti (par charité bien sûr) et surtout cela signifiait qu'il n'était pas mort sur le coup. Qu'il avait pu souffrir, avoir un éclair de conscience dans l'ambulance qui le transportait à Gwent, et cette crainte qui eût été insupportable en juillet l'était davantage encore en septembre, à cause de cette digue, de la conviction que nous croyions légitime et à laquelle nous nous étions accrochés. Mais à force de répéter « Dead on arrival » et de relire l'acte, déjà caché au fond du tiroir de mon bureau pour épargner Anne, j'ai enfin saisi l'ambiguïté de la formule : Martin était *déjà* mort à son arrivée — plutôt que décédé au moment de son arrivée. Dès lors, je me suis tenu (cramponné) à cette version. Sur le moment, j'en ai ressenti un incroyable soulagement. Sans doute est-ce le seul instant, depuis juillet, où j'ai éprouvé une telle sensation, où le monde m'est apparu moins lourd, légèrement moins lourd mais la nuance est appréciable. Même si l'essentiel restait là, compact, d'un poids affreux : la mort. Il m'a fallu plusieurs heures pour recouvrer mon calme, mon tourment habituel. A l'imagerie permanente venaient se mêler deux nouvelles images : d'une part, le trajet de l'ambulance de Cwrt Bleddyn Hotel à l'hôpital, le brancard de Martin, les premières minutes de l'univers sans lui, les petites routes bordées de haies inoffensives, la sirène qui aurait dû hurler comme tous les chiens de la création contre un ciel rongé par de petits nuages noirs, le crépuscule, et — au fond de l'ambulance —

l'impitoyable loup ; d'autre part, l'hypothèse, folle, le songe qu'il eût été seulement blessé, *injured*, gravement mais qu'importe, une deuxième ambulance transportait Gareth par les mêmes routes sous le même ciel, je voyais, je voyais comme je vois sa photographie, là, sous mes yeux, Martin donner la main à l'infirmière qui le rassure, lui passe la main sur le front et la joue, la joue gauche parce que Martin — qui veut vivre — est tourné vers elle, implore un regard, une attention infinie, et l'infirmière lui dit Ne bouge pas ! *don't move !*

La mairie n'étant pas habilitée à enregistrer l'acte de décès, j'ai dû envoyer au consulat général de France à Londres les pièces nécessaires à la transcription du décès. Il a fallu d'abord se procurer un acte de naissance, une copie intégrale, à la mairie du XIVe arrondissement de Paris. Il a fallu joindre la carte d'identité qui franchirait donc une nouvelle fois la Manche et notre livret de famille. Drôle de voyage pour ce livret qui n'avait jamais quitté le grand tiroir du buffet en merisier, sauf les étés sahariens en vue de pallier la perte éventuelle de mon passeport. Un peu avant la fin octobre, j'ai posté les documents. Cromwell Road, ils y sont encore, en souffrance dans un office à côté de tampons, de cachets et de sceaux.

Ce fâcheux 29 septembre, je n'ai cessé de refaire l'histoire, de revoir Martin à Gwent et au Cwrt Bleddyn Hotel, de recompter les poiriers, quinze, j'en voulais seize, comment dit-on « poirier » en gallois ? Martin aimait les poires, les Williams du marché, les bergamotes et les toutes-bonnes, en confiture émaillée d'éclats de noix (c'était Noël en Dordogne) ou aussi bien en compote mêlées aux pommes tièdes et Belle-Hélène pour les larges coulées basaltiques de chocolat chaud. Martin aimait..., on n'en finirait pas d'inventorier. De cataloguer et de récapituler ce qu'il aimait, dans tous les domaines de la vie, d'établir la rubrique déjà longue des rubriques de la vie, de dresser l'inventaire de ses goûts et de ses passions, les paysages de neige et la rotonde en marbre bleu, la balle jaune à côté des poiriers, on n'en finirait pas d'énumérer dans une espèce de vertige où la pensée et la langue s'entraînent, tantôt vers le haut, vers un ciel où les étoiles sont plus que jamais des clous, tantôt vers le bas à la manière d'un culbuto, aspirées par le même vide, jusqu'au magma, énoncer une à une les parties d'un tout qui étaient (qui sont) la vie de Martin, recenser les lieux et les époques, les êtres, les objets, les relations entre les uns et les autres, les combinaisons à l'infini, redécouvrir sur une étagère le couteau à manche de corne gravé par un Davy Crockett de fortune et la cassette aux ferrures argentées de John Silver, faire la somme des biens comme dans les romans classiques du XIXe siècle, annoter.

A chaque jour suffit sa peine ! Le proverbe plaisait à mon grand-père malgré son origine, un Évangile canonique, Matthieu rapportant les paroles du Sermon sur la montagne. Aujourd'hui, à défaut de me plaire, il me convainc. Je ne m'inquiète pas du lendemain. Je sais ce qui m'attend, les ténèbres, la ruine de ce royaume de Justice que je ne cherche plus, parce que je l'ai vu, de mes yeux, englouti, là-bas, de l'autre côté de la mer, le temps dévasté, saccagé, Matthieu peut ranger les « oiseaux du ciel » dans la cage de Dieu. L'Éternel pourvoie au lendemain. Il entretient ma peine. Ainsi va le monde ; après l'acte officiel de décès le mardi 29 septembre, l'anniversaire d'Antoine le mercredi 30.

Une autre poignée de jours, neuf exactement, avant le vendredi 9 octobre, l'anniversaire de Clément. Chaque année, cette dizaine était devenue une période de fête, un avant-goût de Noël (moins le sapin). Anne et Martin installaient, dans le salon, une décoration modeste mais éclatante, composée de deux éléments, un motif de papier aluminium doré enroulé autour de la lampe à abat-jour chinois, et une guirlande d'un bon mètre tendue d'un bout à l'autre d'une étagère d'acajou de manière que se détachent, juste sous l'étagère, sur le mur blanc, les lettres alternativement bleues, rouges et vertes qui souhaitaient aux enfants un HAPPY BIRTHDAY. En général, les cadeaux abondaient. Un gros qui, parfois, n'avait pas patienté jusqu'à la date fatidique (un cadeau d'anniversaire en avance n'en était pas moins un cadeau) et quantité de petits qui sollicitaient l'imagination et la fantaisie. Ceux des frères n'étaient pas les moins beaux. Nous n'oubliions pas les gâteaux, les repas italiens et — longtemps — les bougies.

Cet automne, bien sûr, personne n'a décoré le salon. Quant aux cadeaux, nous les avons offerts discrètement. Autour du 30, une platine laser et des livres — base de tous les présents. Autour du 9, une nouvelle console vidéo. Clément l'avait affirmé nettement, il ne voulait plus jouer avec l'ancienne console et les jeux qui lui rappelaient les longues et bonnes heures de divertissement et de rivalité avec Martin. Il s'est ainsi lancé, dans de nouvelles aventures, de lumineux défis. Sans hésiter, il a placé en tête du hit-parade : *Starwars* et « ses décors fabuleux » où un coin de son âme devait bien retrouver les décors fabuleux de nos voyages quand, la nuit ou au milieu du désert, les enfants écoutaient la cassette, s'endormaient au-dessus d'un précipice ou à proximité de l'Étoile Noire ; *Soul Blader,* FOR SALE AND USE IN JAPAN ONLY paraît-il, sur un programme de Masaya Hashimoto, accompagné d'un guide explicatif en japonais dont il déchiffre les signes, lui qui s'échine comme un beau diable pour aligner trois mots de suite sans contresens en russe. La magie de l'épée expliquerait tout.

Les enfants reçurent d'autres cadeaux, des livres et des jeux, de leurs grands-parents, de Raymonde et Denis, d'Agnès et Raymond. J'aurais voulu y joindre un objet appartenant à Martin. Mais nous n'avons pas été en mesure de nous décider. Malheureusement, nous avons le temps. Un temps désolé, dépouillé, malgré les oiseaux de Dieu et l'éclat persistant des arbres, les feuilles d'octobre pas encore mortes mais qui commencent à se replier, un temps à vif qui continuera de saigner comme la lance du Graal. Jusqu'à notre propre mort (je parle pour Anne et moi).

Un jour de cette dizaine, Bruno et Benoît ont offert à Antoine le dernier volume de Corto Maltese, *Mu*. Savaient-ils qu'Antoine avait promis à Martin la collection intégrale, pour ses dix-huit ans ? L'intention était belle. Le livre la vaut. Je l'ai regardé, puis lu dans la perspective immédiate de mon récit. D'emblée, j'avais deviné le pôle qu'il représenterait, pressenti son magnétisme (son champ et ses suggestions). Dans un coin du bristol déjà saturé de mots qui devenaient des signes illisibles, j'avais tracé ces deux lettres, MU, entourées d'un large rond noir. En consultant les pages du papier glacé consacrées au mythe de l'Atlantide et à une série de navigations dans les mers chaudes ou extrêmes, rehaussées de nombreuses illustrations, cartes et codex, j'ai retrouvé avec plaisir l'érudition et l'aisance d'Hugo Pratt, le sens des légendes et des géographies qui, j'imagine, captivaient Martin, les détails de tant d'histoires où des mameluks croisent des vikings et des prêtres sur des embarcations qui ressemblent au tramp steamer d'Alvaro Mutis et font escale sur les côtes des Caraïbes puis de Zanzibar, où le prix du quintal de clous de girofle grimpe de 2 à 200 ducats entre les îles Moluques et le port de Londres, où des savants produisent d'innombrables arguments scientifiques touchant à la structure géologique des continents ou à l'angle d'inclinaison des aérolithes afin d'expliquer la disparition de Mu. Une ligne d'étymologie permettrait de rapprocher le mythe du mystère et de la mutité, d'une expérience fondant — chez les mystiques chrétiens — le mystère de la foi.

Dès la première page de la bande dessinée, une bulle fit remonter à la surface « la nuit des temps » où la force des choses avait ancré mon récit. Longtemps, c'est vrai, la vie s'était déployée dans sa parure de gloire et de magnificence, mais cet été le temps s'était retourné, comme la Fiat Uno de James Niklasson et le ciel sur la route *unclassified* d'Usk à Tredunnoc. Ainsi l'avenir me rétrogradait-il à cette nuit des temps, à cet abîme où la vie reflue dans sa robe de misère. Corto, lui, a revêtu un appareil de plongée. Quand il enlève son scaphandre, c'est pour parler de Platon. Je l'ai écouté, suis allé voir au fond de mon vieux *Phédon* (qui attendait Martin cet automne dans cette lumineuse ouverture de la philosophie que représente la mort de Socrate). Si sa démonstration de l'immortalité ne m'a pas ébranlé, j'ai aimé qu'il évoquât « la félicité » ou « les félicités » des bienheureux. J'ai admiré sa description du paradis et qu'il l'ébauchât par une comparaison qui eût comblé Martin : « il offre l'aspect d'un ballon à douze bandes de cuir » (une note imprévisible précise que ce ballon serait un dodécaèdre). J'ai apprécié que sa parabole sur les compartiments de la terre le conduisît à rapprocher l'homme — ou plutôt l'ange — du poisson volant. Avec des ailes — dit-il — nous pourrions entrevoir du paradis ce que les poissons volants voient de notre monde. Vers la fin, quand une explosion volcanique engloutit Mu, trois carrés de cendres m'ont rappelé la montagne Pelée. Et puis, j'ai rangé le *Phédon* dans la bibliothèque d'Antoine. A côté du Corto.

Samedi 10 octobre, j'ai décroché mentalement la guirlande HAPPY BIRTHDAY que nous n'avions pas installée. Un cap était passé. Antoine et Clément avaient un an (un jour) de plus. Mais, sur cette mer démontée, un nouveau cap avait déjà surgi. Il suffisait de compter. Treize semaines ce samedi, trois mois dimanche. Le premier trimestre.

Et, comme on n'arrête pas de compter, le calendrier nous projetait déjà vers la Toussaint et le 11 novembre (la Saint-Martin).

Certains calculs semblent d'une simplicité enfantine. D'autres dévoilent une redoutable complexité : calcul des probabilités, voire la soustraction $5 - 1 = x$. Du 10 octobre au 11 novembre, nous voici donc avec un mois de trente-deux jours, vous pouvez compter. Je restais fasciné par ce nouveau calendrier, depuis juillet, reprenais tout à partir du 11, selon un système de double comptabilité. Telle était donc l'échéance, le terme de notre almanach. Les fêtes suggéraient moins la béatitude que l'épreuve des martyrs. Les jours fastes relevaient de l'histoire ancienne.

Dans la *Légende dorée,* Voragine explique la Toussaint « à cause de l'insuffisance du temps qui serait trop court ». Ne nous y trompons pas. Il n'y a jamais trop de saints. Il s'agit seulement d'un déficit de jours. On s'est donc accoutumé à célébrer leur mémoire le 1er novembre et celle des Ames le 2.

Jusque-là, je n'y avais guère prêté d'attention. Les occasions ne manquaient pas de songer à mes grands-pères, à mon oncle Jean-Paul, au père d'Anne. A un ou deux amis — lointains — de notre âge. Cette année, il en fut autrement. Je ne crois pas que nous fussions remontés au cimetière depuis septembre, sauf un midi afin d'ôter les fleurs fanées d'un cyclamen, mais nous avons alors ressenti — très fort — le besoin de nous y rendre. C'est ainsi. Cependant, je redoutais d'assumer à nouveau cette sensation étrange de proximité géographique qui me bouleversait davantage encore que la pancarte en bois avec son prénom et « ses dates ». Nous avons souhaité un moment où il n'y aurait pas grand-monde. J'avais deviné l'heure du déjeuner propice. Auparavant, nous étions allés chez un fleuriste au bord de la Seine choisir un citrus à boules rouges, un chrysanthème aux pétales ocre et une espèce de bruyère en pot, ronde et d'un gris éclatant. Au lieu d'entrer dans le cimetière en voiture comme nombre d'habitués, nous l'avons traversé en portant les plantes dans des sacs de plastique bleu. Quand nous sommes arrivés devant la tombe, nous avons remarqué que la terre s'était tassée. Il y avait bien dix centimètres de vide entre la terre et le rebord en pierre de la tombe. Anne a dit Il faudrait le combler ! C'était beaucoup de paroles à la fois. Le cyclamen était bon à jeter. Nous avons enlevé un à un les pétales roses dispersés sur la terre, disposé les plantes, le citrus sous la pancarte. Oui c'est bien ! Trois fois, je suis allé remplir au robinet un seau d'eau. Anne a arrosé le citrus, le chrysanthème et la boule de bruyère cendrée. Je ne pouvais rester comme ça, à ne rien faire, je me suis accroupi et j'ai nettoyé le rebord de la pierre où j'avais écrasé une motte de terre. J'ai pensé que j'étais encore plus près de Martin. Qu'il était là, à combien ? un mètre, pas beaucoup plus, et j'ai aperçu une inscription, un copain, une copine ? Une quinzaine de lignes de deux ou trois mots, abstraites et bouleversantes. Ce jour-là, je ne les ai pas montrées à Anne. Au bout d'un siècle, nous sommes repartis, la gorge sèche de n'avoir quasiment pas parlé, main dans la main, les mains fraîches parce que nous venions de les laver au robinet, mais si graves. Le ciel ressemblait plutôt à la bruyère, fidèle à la saison. Le portail du cimetière était grand ouvert. On attendait la foule, à l'occasion des Défunts. Nous avons marché vite jusqu'à la voiture, garée face au stade des Lilas. A la maison, Antoine et Clément avaient déjà mis la table en vue du déjeuner.

Le lundi 9, jour de la Saint-Théodore, *l'Arbre de vies* échoua au bord du prix Renaudot. Je mesurai aussitôt combien le roman nous avait aidés à vivre depuis deux mois, mais sur les marges de notre vie puisque le cœur, l'axe central, était dévoré par une peine si absolue qu'il n'y avait — en dehors des enfants et du mouvement perpétuel — plus guère de force apte à le faire tourner.

Le surlendemain, le 11 novembre, mettait un point d'orgue à ce mois de trente-deux jours. Au lieu de l'armistice, des préalables d'une paix que nous n'aurions pas volée, nous eûmes droit à une recrudescence, oui, c'est le mot, une recrudescence de souffrance. C'était chaque matin, en pénétrant dans la chambre de Martin et m'installant à son bureau, le même cri intérieur qu'au premier instant. C'est pas possible ! C'était l'idée multiforme que nous ne partagions plus la vie quotidienne et cette évidence : comme il aurait aimé être là ! Jamais, je crois, je ne l'ai autant plaint. Là où il eût fallu une trêve, le feu reprit de plus belle.

Il m'est arrivé de pleurer dans la rue sans que personne, grâce à Dieu, le remarquât. Il m'a été très difficile de répondre Ça va ! alors même que ça n'allait vraiment pas, que ça ne pouvait pas aller, que je ne pensais qu'à ça, l'absence de Martin, et que si j'en faisais le noyau de mon travail voire de mon être, si l'absence s'était imposée comme noyau et si j'avais eu simplement l'honnêteté de le reconnaître et l'accepter, pour autant, je ne pouvais pas répondre sans cesse, non ! ça ne va pas ! Il fallait donner le change comme Anne me l'avait montré dès la mi-juillet, apparaître, malgré le doute que cette apparence servît à autre chose qu'à faire acte de présence, qu'à me diviser encore plus profondément, me fendre entre cette absence essentielle et ma propre présence au monde. Il me semblait alors parler d'un autre sujet que le vrai sujet. J'en ai été très malheureux. Et je me suis forcé.

Ainsi la Saint-Martin est-elle fériée à cause de l'armistice. Ce silence des armes convient fort bien au saint, qui n'a tiré son épée que pour diviser une étoffe déjà fendue. On entend juste le bruit de la laine de mouton déchirée. Martin a même renoncé très jeune aux armes. Là, avant le grand silence qui l'accompagne dans sa tentative de vaincre les barbares à l'aide de la seule croix, on entend le tintement des pièces d'or, comptées une à une, comme des cailloux, de la main du trésorier à celle du soldat (celui-ci a un manteau rouge, la même barbe que le Pauvre et un casque assez grand pour contenir le salaire d'une armée entière).

Cette aventure, je venais de la relire la semaine précédente. Sinon, je n'en aurais connu que les grandes lignes, l'épée, le manteau, le songe sans doute, les connaissances qui s'estompent comme les couleurs sur les murs forcément humides des églises et des basiliques. La raison de ma lecture était simple : courant octobre, le Secours populaire français m'avait demandé de participer à un numéro spécial « le Père Noël vert » en écrivant un conte de trois pages dont le thème fût la solidarité. Malgré mon récit, je ne pouvais décliner l'invitation, refuser de donner un peu de moi-même et de mon temps à ces enfants, pauvres, qui liraient ce conte, peut-être, comme j'avais lu autrefois quelque histoire de haute mer et de forbans. Traduisant librement « solidarité » par « charité », j'eus l'intuition immédiate de mon sujet : ce serait Martin.

Je l'écrivis avec une facilité surprenante. La matière m'apparaissait presque légère, dépourvue de cette souffrance primordiale qui me submergeait, ou, plus exactement, dans laquelle j'étais immergé à chaque ligne du récit. Je savais qu'il y trouverait sa place. Dès la fin septembre, j'avais inscrit sur le bristol, en capitales, MARTINUS, qui était un des petits noms qu'on dit diminutifs que j'aimais lui donner. J'avais été troublé par le jeune âge auquel il accomplit ses exploits et par la présence dans sa chambre, au-dessus de la bibliothèque, de ce Guidoriccio peint par un autre Martin, prénommé Simon, celui-là même qui avait recouvert — par huit panneaux relatant les histoires du saint patron — les murs d'une sombre chapelle de la basilique inférieure d'Assise.

Je ne change pas une ligne au conte. Je m'empêche d'en ajouter, de repartir dans la boucle d'un mot (il gèle) ou de la rivière (celle du dernier voyage, afin de le prolonger) :

Enfants, vous qui croyez aux légendes, aux belles histoires, je vais vous raconter une histoire belle comme une légende, une histoire un peu triste parce que toutes les légendes ont leur lot de tristesse, mais illuminée comme un arbre de Noël avec les boules rouges et vertes où se reflètent les santons en feutre râpé et les étoiles en papier aluminium, un petit sapin que les enfants sont allés couper après la luzerne dans un fourré au cœur de la forêt, un bel arbre encombré de guirlandes dorées, un merveilleux présent, même s'il n'y a cette année qu'un seul cadeau minuscule pour les trois enfants — un livre minuscule de trois pages sans couverture ni image, au simple titre, *la Vie de Martin.* Martin, vous le connaissez peut-être. Que vous habitiez Paris (les boulevards, Belleville, Ivry) ou Rome ou Rio de Janeiro. Sa fête a lieu le 11 novembre, quarante-quatre jours avant le jour de Noël. Il fut élevé à Pavie, au IVe siècle, trois cents ans avant que soit fondée la basilique San Pietro in Ciel d'Oro, où la brume s'accroche à l'automne comme dans les Apennins. Il franchit les Alpes, jeune, mais on ne sait pas où ni comment (quel col ? quelle monture ?). A seize ans et demi, il est soldat et veut devenir moine quand lui arrive la grande aventure de sa vie. Il n'y a pas d'âge pour connaître une grande aventure. On est l'hiver, le milieu de l'hiver, disent ses biographes, mais, à cette époque, on peut supposer que l'hiver commençait tôt, on est donc peut-être vers Noël, il gèle à pierre fendre. Tout est blanc à cause du froid et du pauvre soleil que la saison dissimule derrière une rangée d'arbres nus ; blancs, les portes de la ville, la campagne, le ciel. Il gèle à mourir pour les démunis. Martin croise un misérable aussi nu que les arbres, ignoré par les passants. Il n'a rien à lui donner. Que faire ? Il faut trouver quelque chose. Sinon, il n'y a plus d'aventure, il n'y a plus qu'un sombre néant appelé à recouvrir le ciel et Martin.

Notre héros (on le bombardera bientôt « saint ») n'a sur lui qu'un manteau et une épée. Il prend dans sa main gauche le manteau, dans sa main droite l'épée. Il fait signe au misérable (qui n'en croit pas ses yeux mais comprend vite) de tenir un bout du manteau. Et il partage le manteau en deux. La nuit suivante, il vit le Christ recouvert de la moitié du manteau qu'il avait donnée au misérable. Il l'entendit dire à la cohorte des anges que Martin le lui avait donné, oui, malgré le froissement des ailes, bleu et rose comme elles seront peintes sur les voûtes et les murs de l'Italie centrale, même les anges doivent battre des ailes pour lutter contre le froid cette nuit, oui, Martin l'entend distinctement, bien sûr il rêve, mais où est la différence, et il s'enfouit dans la paille qui fait office de duvet. Dans les légendes, l'avez-vous remarqué, l'histoire va par grandes sautes — d'humeur et de temps. Une ligne se traîne en longueur et, aussitôt après, quinze ans passent en coup de vent. Des accélérations foudroyantes et des arrêts terribles, comme dans la vie d'ailleurs (mais on le reconnaît plus volontiers dans les légendes). Donc, Martin, notre héros, se réveille. Il reçoit le baptême, refuse le baptême du feu ; mais, par ce refus de prendre les armes, il évite une guerre. Il retourne en Italie, se perd au milieu des montagnes. Il se fie au chemin, à son mulet, à sa bonne étoile, et Dieu sait qu'il n'y en a pas de meilleure, quand des brigands en veulent à sa vie.

Martin se spécialise ensuite dans la résurrection. Par la prière, il rappela à la vie un jeune homme qui était mort (il faut compter deux heures — selon les témoins — pour que le mort dessille les yeux). Et le jeune homme raconta l'indicible : les lieux obscurs et troubles où la mort l'avait relégué avant que les anges (ils étaient deux et avaient sûrement les ailes bleu d'azur et rose de l'autre nuit) ne vinssent le chercher. Il rappela aussi un jeune esclave qui s'était pendu. Il sauva une jeune paralysée, délivra des possédés, réussit quatre guérisons éclatantes, un lépreux, une fièvre quarte, un œil aveugle, de graves blessures dues à une chute dans l'escalier (cet accident, c'était Martin lui-même). Il fit ce qu'on aimerait tant pouvoir faire. Même dans un livre miniature de trois pages.

Noël, l'image de Martin ne peut apparaître que dans les reflets des boules de l'arbre. Il ne faut pas le confondre avec les santons. Il a les yeux gris-bleu, en amande, de longues mains pour prier et la taille de Jésus-Christ. Il donne du sens au mot amour. Il écrit dans son carnet (un répertoire à spirale) à la lettre *e : embryon,* ce qui commence d'être mais n'est pas achevé ; et — juste au-dessous — *Écritures,* ce mot au pluriel désigne les Évangiles ; à la lettre *g : gageure,* pari que l'on est sûr de perdre (exemple, apprendre le latin en six mois est une gageure) ; j'ajoute, à la lettre *p,* l'épisode du pin qui s'abat sur lui et qu'il arrête d'un signe, l'arbre repoussé en arrière par une espèce de tornade. Martin aimait la neige. Qu'elle recouvrît un verger sur le bord de la Loire, les pains de sucre ou la moitié de son manteau. Le vent et les animaux lui obéissaient. On le raconte d'un chien, d'un serpent, d'une vache. Mais le livre est trop minuscule pour qu'ils s'y ébattent. Vers la fin, Martin pressentit sa disparition. Lors de son dernier voyage, il aperçut sur le fleuve des oiseaux plongeurs qui chassaient les poissons, on les dénommait plongeurs par approximation parce qu'ils disparaissaient sous l'eau comme une masse de plomb, ils se réveilleront plus tard dans la classe des Columbidés. Il leur commanda de disparaître, mais cette fois-ci dans les airs ; ce qu'ils firent. Ce fut son ultime prodige. Martin mourut un 9 novembre, était-ce un samedi soir, peut-être, il arbora le visage d'un ange. Puis, il monta sur un nuage rapide, gravit les cieux qui s'entrouvrirent. Voragine parle d'une nuit (« cette nuit-là ») ; les disciples l'apprendront le lendemain, juste après les matines. Il s'ensuivit un deuil universel et des lamentations, une grande souffrance, quand bien même tous ne l'imaginaient pas ailleurs qu'au paradis. Ou dans le sein d'Abraham.

C'est sûr, j'aurais pu écrire une histoire de forbans, de Noël en haute mer, sans petit Jésus, avec beaucoup de rhum et la seule neige, mirifique, de la mémoire. Du dernier hiver passé par un vieux capitaine ou un mousse de seize dix-sept ans sous les flocons de Snowdown dans le Caernavornshire (4° longitude West, 53° latitude Nord). Mais je subissais l'ascendant des anges et de Martin. Je restais sous l'emprise de l'épée et du dépouillement. A tel point qu'un jour de novembre, sans avoir conscience de mon geste, des arrière-pays qui avaient guidé mon esprit et ma main, j'avais posé contre le globe terrestre si bleu une photographie de Martin brandissant une épée.

Cette photographie m'avait été donnée par la mère de Guillem en octobre. Elle datait du printemps, d'un dimanche passé en compagnie d'une jeune amie russe. Martin fixe l'objectif, souriant, ses yeux plus gris que bleu parce que la photo est prise à l'intérieur, l'arc des sourcils long et arrondi, les cheveux très bouclés. La main gauche est levée, légèrement en arrière du torse, dans une position qu'il imagine (et que j'imagine avec lui) être celle du chevalier ou du maître d'armes. La main droite tient droit devant l'épée de Guillem qui est plutôt un sabre si j'en juge par la forme vaguement recourbée de la lame. Est-ce à cause de la vitesse ou de la proximité, car elle pointe au plus près l'objectif, je ne sais, la lame est floue, on la devine à peine, elle s'efface comme les ailes des anges sur les plafonds d'Ombrie. Depuis, j'ai travaillé avec cette photographie sous les yeux, face à cette lame qui n'existe que par la trace de ses propres vibrations. Martin ne cesse de sourire, de tendre l'épée fulgurante, flamboyante, accentuant son air de chérubin. S'il défend le chemin d'un paradis, celui-ci est encore terrestre puisque la photographie est posée contre le globe. A l'aplomb du glaive, il y a l'océan Pacifique et une ligne qui zigzague vers le détroit de Behring et sous les îles Samoa, un trait rouge où je lis LIGNE DE CHANGEMENT DE DATE, un simple pas et vous êtes dimanche au lieu de samedi soir.

Ce n'était pas fini. Martinus continuait de me relancer. Fin novembre, un samedi soir, le vingtième, je suis parti quatre jours accompagner mes élèves à Florence. Le voyage me coûtait — laisser Anne et les enfants, mon récit. Mais, comme lors du conte de Noël, il m'avait semblé difficile de refuser. Et si je redoutais de passer en des lieux de fête où nous avions marché avec Martin, il me plaisait d'aller voir quelques-unes des images peintes qui — depuis le début de l'automne — m'occupaient.

Mon impatience visait surtout Sienne. D'abord, je désirais absolument voir (saint Thomas eût dit « toucher ») le *Saint Martin* de Sassetta. Un livre d'art l'annonçait au palais Chigi. Un gardien me dirigea sur la pinacothèque. Mais point de Sassetta. Personne ne savait où était passé saint Martin. Or, dès fin septembre, je l'avais photocopié et placé en tête du manuscrit avec la dédicace aveuglante au feutre vert, « pour

Antoine et Clément ». Sans doute une plus grande humanité rayonnait-elle dans *la Charité* de Simone Martini, dans le regard entre le jeune homme et le pauvre, mais celle-là me fascinait par sa simplicité, son dépouillement, les ors du ciel qui s'écaillent, le pauvre qui a déjà le corps de Jésus, voyez ces genoux, et le chapeau bleu au lieu de l'auréole, la finesse du trait dans le dessin du harnais et des rênes, rouges comme le manteau que le pauvre tient déjà des deux mains, comme le visage du jeune homme, est-ce la pudeur ou le froid, il gèle et pourtant on a ici le sentiment de brûler, de chevaucher un fleuve noir infernal, une sorte de Styx, d'être aussi démuni qu'une bête de Soutine malgré ce don.

Si le palais Chigi déçut mon attente, le palais communal — où je voulais revoir le Guidoriccio dont j'ai souvent parlé — se montra à la hauteur (102 mètres la plus haute tour, en brique, une vue magnifique garantie par le Guide bleu). Dans la vaste salle froide de la Mappemonde, d'une mappemonde volatilisée de longue date, je suis resté planté sous la fresque, bouleversé à la fois par l'évidence métaphysique et par l'idée que Martin était là, à cet endroit précis, il y a juste dix-huit mois, assez ému lui-même pour vouloir acheter la reproduction. En regardant la fresque, puis un livre, chaque élément de l'ensemble, mon plaisir s'est amplifié : le cheval et le cavalier, leur parure minutieuse, les lamelles de plomb argenté perdues (le métal enneigé des mines du Harz), le silence du paysage, l'abstraction, le château-mobile (« battifolle ») pareil aux constructions Lego des garçons, les tentes où on retrouve le griffon des écussons barbares d'Assise, ce ciel si particulier, bleu aggravé, d'une incroyable densité.

Sienne recelait un autre trésor : le retable de *Saint Augustin.* Autour d'un portrait en pied du *beato* encadré par deux fois deux arbres, élancés, presque aussi hauts que l'Agostino et pleins de ces oiseaux du ciel dont les ailes ont la couleur des anges, de part et d'autre du saint, quatre tableaux représentent ses actions miraculeuses. Cet automne, la troisième m'a renversé : on voit — dans le même espace de paysage désert et doré rehaussé par quatre arbres verts — un jeune cavalier tombé dans un ravin, écrasé par son cheval, ses deux robes rouge et verte soulevées dans un désordre qui ne pardonne pas, ne devrait pas pardonner, si, justement, Agostino n'arrivait pas en volant, comme Superman, mais lui n'a pas eu besoin d'un déguisement, n'a pas quitté sa robe noire et se manifeste dans un nuage qui prouve ses vertus aérodynamiques, voilà, c'est exactement cela qui a manqué en Grande-Bretagne, sur la route *unclassified,* un saint ou un nuage, ce n'est pas vraiment important, en tout cas un miracle, qui eût permis à Martin, comme on voit le jeune cavalier (qui est très beau), agenouillé, d'être sauf et de remercier Dieu.

Ce n'est pas tout. A Florence, j'ai vu aussi les plus belles ailes qui soient. Ce sont celles de Gabriel lors de l'Annonciation à la Vierge. Marie semble réticente. Simone Martini, lui, a une femme qui s'appelle Giovanna, des neveux et des nièces, mais pas d'enfant. Martino est le nom de son père.

Le séjour fut difficile. Pendant les quatre jours du voyage, j'ai porté les vêtements de Martin : ses chemises, son blouson, un foulard. Je continuais de penser qu'il en eût été heureux. La peine fut particulièrement rude en certains lieux : les nombreuses chapelles rehaussées par l'éclat funeste d'une Mater Dolorosa ; la porte est du baptistère, les reliefs figurant la création d'Adam et Ève, leur expulsion du paradis ; les glaciers où deux catégories d'œuvres d'art s'affrontaient, les sorbets et les *semi-freddo*, nous y passions assez souvent chaque jour pour que Martin n'hésitât plus, tiramisù zabaïone marron glacé tartuffo straciatella, nuances à l'infini ; l'église San Miniato et son cimetière (« petite perfection d'avant-dernière chose »), l'étroit chemin de terre, truffé de racines apparentes, sur lequel nous avions fait une fois de plus la course ; la place San Spirito où nous avions déjeuné par un doux soleil, sur un banc, à côté de la fontaine, et où j'étais donc revenu avec mes élèves parce que je savais l'espace devant la façade de l'église assez vaste pour que nous y jouions au ballon (chaque fin d'après-midi, nous avions élu domicile derrière San Marco, sur un terrain d'à peine dix mètres de large où il fallait compter avec les arbres sinon les dribbler ; alors, je ne souffrais pas trop de Martin bien que ce fût pour lui que je jouais, en pensant à lui, au bonheur que nous avions à jouer ensemble, à celui qu'il aurait eu à jouer avec son professeur, au plaisir de mes meilleurs élèves, je l'espère, ceux qui après quelques heures de musée avaient la foi et le talent de courir après un ballon).

Si la peine fut liée à des lieux, elle le fut également à des occasions, des gestes, qui soulignaient l'absence. Dès la gare, le départ du train me plongea dans le désarroi. A l'hôtel, chaque jour, je téléphonais à la maison ; j'avais plaisir à entendre les échos de la vie parisienne, mais — en même temps — je ressentais le poids cruel du silence de Martin, de la nature singulière de ses anecdotes et de son salut, ciao. Enfin, j'ai cru jusqu'au dernier jour ne pas être capable de rapporter de cadeaux. Rien ne m'a plus coûté, je crois, que de me conformer à notre tradition des cadeaux de voyage (en général, trois par enfant, jouet ou objet, livre, vêtement). In extremis, j'ai réussi ; mais non sans déchirement, surtout quand il s'est agi des tee-shirts emballés dans une vraie boîte de film, ronde et métallique, qui eût enchanté Martin davantage encore que le tee-shirt ; l'un portait en légende le célèbre NESSUNO È PERFETTO, l'autre deux vers d'Ungaretti M'ILLUMINO D'IMMENSO. Pour Anne, j'ai rapporté — du magasin Upim — deux petits arbres de Noël en papier crépon.

Cependant, le plaisir même du retour était gâché par l'absence de Martin. Gâté comme les fruits par les oiseaux du malheur. Quai d'Austerlitz, vers 9 heures d'un jour déjà gris, je me projetais d'une petite demi-heure rentrer dans ma maison bancale, une maison de 5-1. De l'Italie, je conservais un ultime reflet, de je ne sais plus quelle église, du mur extérieur d'une chapelle recouvert d'ex-voto, de plaques en marbre célébrant de jeunes morts, les dates ne trompaient pas ni les casques de motard accrochés entre les plaques et des bouquets d'immortelles ; détournant les yeux avant qu'il ne soit trop tard, j'apercevais derrière l'abside les immenses vitraux emplis d'anges où des protoxydes de cobalt donnaient le bleu et des antimoines de plomb le jaune, une lumière immense et étrange, un feu avivé par un soleil d'été de la Saint-Martin, des feux multipliés par les larmes, les derniers derniers feux.

Avant la fin novembre, un jour gris comme le quai d'Austerlitz, une des rares choses qui nous permettaient de nourrir sinon une espérance du moins un espoir, de nous attacher à une perspective malgré l'horizon barré, les mêmes nuages lourds et noirs depuis juillet, cette chose-là est advenue. Un coup de téléphone triomphal des parents de François nous l'a annoncé. Nous étions devenus propriétaires d'un terrain de 2000 mètres carrés, à Calo.

Ce morceau de terre est beau comme l'antique. C'est un carré, ou pas loin. Il est pentu, suspendu au-dessus de la route de Moca, une départementale goudronnée mais peu passante, figurée en blanc sur la carte Michelin. Il est recouvert de hautes herbes dorées, même au printemps, une bonne herbe qui plaît au mouton. S'il lève la tête, le mouton, il aperçoit en contrebas d'autres pièces de terre et d'herbes un peu moins dorées mais dorées quand même et une panoplie d'arbres vastes et noueux, la vallée du Taravo jusqu'à la mer. Comme on est à une douzaine de kilomètres à vol d'oiseau de la mer, on ne la voit vraiment que dans les heures qui précèdent la pluie, donc rarement. On la devine plutôt, on sait qu'elle est là en bas et on est content (le mouton, lui, ne doit pas se faire tant de raisonnement). A l'opposé, au levant, on voit des montagnes assez élevées pour se couvrir de neige. En haut du terrain, trois chênes — qui sont l'arrière-garde d'une forêt — dispensent de l'ombre. A cette heure, automne oblige, on y cueillerait des champignons.

Le lieu nous avait enchantés, tous les cinq. Nous l'avions repéré ce printemps, lors de nos vacances de Pâques. Y bâtir une maison était devenu une espérance familiale. Mais ces vacances resteront les dernières.

Elles ont à nouveau jailli, en quelques secondes dilatées en infinies minutes, comme tant de fois avant et depuis le coup de téléphone. Ainsi le passage sur le *Danielle-Casanova* où nous avons dormi à califourchon sur des fauteuils en skaï après la projection du film *Dead again* de Kenneth Brannagh (environ un mois après son magnifique *Henri V* — les soldats y tombaient comme des mouches mais une langue souveraine soulevait l'enthousiasme). Ainsi l'arrivée à Ajaccio, le petit déjeuner place Foch, agrémenté des premiers *bruccio,* puis la montée au village ; le clocher bleu depuis l'automne, le bleu des bâches protectrices posées après que la foudre avait frappé l'église jusqu'au maître-autel (un jour qu'il écoutait France-Info, Martin était sorti en courant de sa chambre nous en informer). Dans l'après-midi, les parents de François nous avaient conduits à Ampaza. Ils nous prêtaient leur maison de famille. Nous y vécûmes douze jours de plein bonheur.

A l'arrière, la maison s'ouvrait sur une terrasse dallée, en étage, bordée par une rangée de balustres. Nous y mangions, lisions, jouions, face au village d'Azilone posté par-delà une grande combe lumineuse. Certes, le mur d'une vieille bâtisse nous gênait bien un peu, captait à son profit une part de cette lumière déjà chaude, mais — en déplaçant la table et les chaises — nous nous en accommodions. Nous prenions pied sur la terrasse par une petite salle à manger (aux rares moments de gros nuages venteux ou de pluie) qui servit de chambre à Martin. Un divan-lit s'incrustait dans et sous une corniche en bois faisant office de rangement. Quand nous descendions le matin prendre le petit déjeuner sur la terrasse, j'ouvrais le plus doucement possible la porte-fenêtre et le volet de bois afin de ne pas le réveiller. En pure perte, car il avait le sommeil léger. Je l'embrassais sur le front, en m'excusant ou en improvisant une blague. Tout en râlant un peu, il me souriait. Demandait selon, la voix encore pâteuse, Quelle heure est-il ? il fait beau ? A la tête de son lit, il avait entassé ses lectures pascales (*Candide, Poèmes en prose* du bac, un Van Gulik, *le Paravent de laque* et les *Équipe* de la semaine).

Devant la maison, un humble carrefour tenait lieu de stade. D'un côté (l'ouest), la route partait vers Zigliara ; de l'autre (l'est), par une épingle à cheveux, elle continuait vers Azilone. Le stade occupait donc le carrefour, quelques décamètres de route, parfois davantage quand le ballon roulait, inexorablement, emporté par sa vitesse et la pente vers Azilone. Les pancartes indiquaient les buts et — si nous jouions Martin et moi seuls — elles étaient élevées au rang de gardien de but. Le premier matin, qui fut le seul matin de pluie, dès la première éclaircie, nous étions descendus sur la route de Zigliara, environ deux kilomètres, ballon au pied, nous l'adressant d'un bord à l'autre de la route, une route odorante, d'abord couverte d'olives écrasées, puis bordée de genêts d'un jaune éclatant. Ampaza ! nous y étions si bien qu'il fallait — au moins — la gentillesse et la générosité des parents de François pour nous en sortir de temps en temps. Ainsi allions-nous chez eux, à Calo, en voiture, ou à vélo, un midi avec Martin peinant comme un beau diable sur son Raleigh noir, jetant un œil encore clair sur le pont génois et des chênes centenaires. Nous y restions dîner le soir, repartions à la nuit, dans les senteurs peut-être imaginaires des citronniers, en longeant une petite citerne carrée où coassaient des grenouilles aussi nombreuses que les étoiles dans un ciel entièrement dégagé. Lors de nos « sorties », nous reprenions nos parties de ballon ; à Corrano, au beau milieu d'un troupeau pacifique de porcs noirs ; en bord de mer, sur un stade dont les poteaux de but étaient bancals, sur le sable de la plage entre des tas d'os de seiche, plongeant et tirant chacun à notre tour, ou encore sur le gazon d'un jardin aménagé sous la falaise et le cimetière communal. Au passage, nous vîmes le site préhistorique de Filitosa et le hameau de Martini (les Martin). Nous vîmes aussi le virage où la voiture du cousin s'était envolée puis écrasée.

Au retour, parce que les vacances ont une fin (toutes les meilleures choses ont une fin, on nous l'apprend depuis la petite enfance et je ne m'y suis jamais résigné), au retour nous sommes passés par Lumio saluer des amis. Nous avons dormi à l'hôtel Belvédère à Calvi. Ce sera donc notre dernier hôtel, nous qui en avions connu tant au cours de nos voyages en famille depuis quinze ans, une ou deux chambres pour quatre puis cinq, immenses ou modestes, celles-ci plutôt modestes malgré l'immense véranda où nous avions pu garer nos trois vélos pendant la nuit. Je me rappelle encore, parfaitement, comme si c'était hier (c'était hier) le visage ébouriffé de Martin dont le lit était le plus près de la porte quand nous les avons réveillés — avec des croissants et des jus d'abricot — le dernier matin. Dans le bateau du retour, Martin a perdu sa carte de famille nombreuse. Personne ne nous l'a renvoyée. Nous n'avons pas eu — ou pris — le temps d'aller à la gare en demander une nouvelle. C'est ainsi.

Cependant, le coup de téléphone de novembre avait un autre prix. Une valeur sans équivalent, aux yeux d'Anne qui n'avait cessé d'y penser, l'été et l'automne, d'être littéralement habitée par cette perspective, de s'y accrocher comme au soleil des Justes. Le titre de propriété nous donnait le droit d'enterrer Martin au village. J'étais — et je suis — certain d'une chose : Martin n'eût pas désavoué sa mère, au contraire, il lui eût rendu grâce de son idée, de son innocence et de la lumière *ad aeternam* qu'ainsi elle lui offrait. Dans une île au cœur du Bassin méditerranéen où ensemble nous avions grandi. En même temps, je reste fasciné par ce renversement : d'une terre natale à une terre posthume. Atterré par le fait brutal que mon fils m'y aura précédé. Bientôt apaisé par la certitude de l'y rejoindre un jour, n'importe quel jour.

Les Transports funéraires de Joinville m'ont adressé le devis que je leur ai demandé. Il comprenait les fournitures de marbrerie et les frais d'exhumation, l'emballage aérien et les cerclages, le forfait aéroport, le fret aérien Orly-Ajaccio sur la base de trois cents kilos, le transfert au village et l'organisation des obsèques. Il avait un numéro de dossier impressionnant (92124999), était en date du 23 décembre. Je l'ai reçu le lendemain de Noël, *boxing day.* Nous enterrerons Martin une deuxième fois. Malheureusement, rien ne presse.

Durant cet automne, je suis allé voir régulièrement mes parents. J'en ai acquis la conviction intime (ce que Leibniz appelle la certitude morale) de leur peine réelle. Ici, je ne les distingue pas ; je les unis dans la même tristesse, sans considérer leur tempérament, comme — j'en suis sûr — ils le voudraient. Chacun s'est montré très soucieux de l'autre, de sa fragilité. A l'espèce de jalousie de l'été succéda à nouveau la tendresse. Une tendresse profonde mais blessée, par le gravier du temps, les gravillons de la mémoire, un mot ou un geste hasardeux, encore meurtrie par les lambeaux de jalousie, par les ombrages qui me guettaient, eux avaient leurs trois enfants moi pas, naturellement froissée par le fatras des susceptibilités, une plaie ouverte à laquelle nous ne pouvions rien, et cependant cette affection que nous avons su préserver. Et si j'ai été, à l'occasion, un fils pénible au moins suis-je demeuré un fils vivant.

Nous parlions le plus souvent de Martin. Telle était ma volonté. Je bégayais un peu, tripotais un petit tabouret en paille, je fixais les géométries du tapis persan pour éviter de pleurer, d'apercevoir ma mère sortir son mouchoir et mon père sa gauloise, le tapis ressemblait à un écran de jeu vidéo avec ses lignes et ses marches, ses perpendiculaires et ses asymptotes, ses figurines semi-abstraites dans des rectangles roses et gris. Quand je relevais les yeux, mon regard tombait sur une marine que nous avions rapportée de Londres avant la naissance de Martin (en face) ; sur les bouquets de fleurs blanches recouvrant la table basse contre laquelle à deux ans Martin s'était fendu l'arcade sourcilière (à droite) ; sur le tissu beige du divan où j'étais assis (je baissais à nouveau les yeux) et où Martin avait été photographié par mon père. Je les écoutais chercher les mots introuvables du réconfort. J'étais ému par leur quête et leur propre peine, par leur souffrance de me voir souffrir. Parfois, nous parlions d'autre chose. Mais un sentiment de moins en moins étrange, consacré mois après mois depuis la révélation immédiate de son évidence cet été, quelles que fussent ma tendresse et la force du sang, un sentiment ne me quittait pas : Martin m'avait volé, par avance, la mort de mes parents.

Ce qui confirmait, en quelque sorte, le constat selon lequel j'étais devenu orphelin.

Si je parlais de Martin avec mes parents, de Martin mort et de Martin vivant, de cette absence obsédante insinuée dans tous les plis de l'âme et du corps au point de se transformer en son contraire apparent, une présence, une incroyable présence tissée par un nombre infini de fils, un réseau complexe de lignes et de filaments, si je pouvais en parler avec mes parents, j'ai très vite compris que mes enfants ne le souhaitaient pas. Dieu merci, le nom de Martin continuait d'être prononcé, les lettres de son nom à battre comme les ailes des anges, mais un ange qui ne se montrait pas volontiers, qui restait dans un coin du tableau, sous un nuage, un amas de vapeurs assez denses pour qu'il s'y suspendît, ne s'effaçât pas entièrement. Martin surgissait au détour de la conversation. Il ne se manifestait alors que sous la forme d'une anecdote. Tu te rappelles ? L'épisode était toujours heureux, souvent drôle. Seule la mémoire le teintait désormais d'amertume.

Dans le naufrage de juillet, dès les premiers remous, j'avais songé à l'avenir d'Antoine et de Clément. Non seulement à leur avenir global et concret, mais aussi à la place — obscure — qu'y tiendrait Martin. J'avais peur pour eux. Je redoutais ce trou dans leur propre vie, cette brûlure indélébile. Anne les craignait davantage encore. Car de cela nous parlions. Elle modérait systématiquement l'interprétation favorable que je me croyais en mesure de tirer de certains signes, une sortie entre copains, une phrase incongrue, une attitude, l'innocence d'un sourire. Tu ne peux pas savoir ! Elle avait raison, en ce sens qu'on ne peut pas savoir, à peine imaginer, les réactions d'un jeune homme à la mort de son frère ; les contrecoups, les défenses, la désagrégation voire la combustion de pans entiers d'un passé commun, les bouffées étranglées de violence. Je me figurais Antoine et Clément si proches et si différents, séparés et rapprochés par la disparition de Martin, déchirés, foudroyés. Je me répétais qu'ils étaient (seraient) dorénavant blindés, oui, endurcis, mais pas pour autant à l'abri, qu'ils verraient forcément la vie sous un angle différent, moins léger, à cause du poids des blindes, que dans leur ciel il y aurait à jamais les reflets de cette armure en métal, ce point aveugle.

C'est grâce à eux et pour eux que j'étais resté en vie. C'est sur eux que je me suis appuyé durant l'automne, à la façon d'un vieil homme ou d'un enfant (c'est également pour Martin mais ce n'est pas sur lui, sinon par le biais du récit). Les voir, leur parler — de beaux sujets et de trois fois rien — était un besoin. Retrouver notre connivence et, peu à peu, le rire relevait du même besoin. On ne connaît pas son bonheur ! dit-on. Ma chance aura été de l'avoir connu, de ne pas avoir attendu la catastrophe pour le comprendre. En revanche, mon erreur — ou mon infortune — aura été d'en méconnaître le caractère miraculeux.

Nous sommes repartis ensemble à la conquête de nouvelles terres, d'abord des sols ingrats et arides brûlés par le soleil noir de cet été, puis en avançant dans l'automne des sols moins pauvres, des cinémas et des librairies, des terrains de sport, des quartiers de Paris, des territoires jaunes ou violets comme sur les antiques planisphères accrochés au mur de l'école communale, l'Angleterre rose comme Sumatra et le long quadrilatère de l'Afrique orientale, une Russie à peine soviétique, verte comme les ailes d'un lépidoptère papou, un *Troïdes priamus hecuba* aux écailles si fines et brillantes qu'on ne risquait plus — malgré les losanges — de le confondre avec une raie cendrée. Dans ces excursions, les enfants m'ont à nouveau beaucoup apporté. J'ai essayé de leur rendre un peu de la force qu'ils m'avaient donnée. Moins de force, moins d'attention pourtant que je ne l'aurais voulu, que je m'imaginais être capable de leur accorder. Une question, déplaisante, s'est ainsi imposée : et si je m'étais leurré ? si je m'étais laissé prendre à mes propres illusions d'un bonheur commun alors même que chacun n'est jamais qu'un bloc plus ou moins brut de solitude ? Anne multipliait la solitude et les silences. Nous parlions si peu de Martin. Le silence était douloureux. D'autant plus que j'avais parfois le sentiment incontrôlable que notre mutisme le condamnait. Mais les paroles, il est vrai, écorchaient la voix et le cœur. Il fallait à tout prix ne pas s'entraîner à pleurer. Il y avait quelque chose d'encore plus terrible, d'insupportable, à voir pleurer Anne. A l'entendre, bien qu'elle y succombe toujours avec la plus extrême discrétion.

Je ne raconte pas, je ne veux pas raconter. Qu'on devine seulement un réveil en pleine nuit, l'intuition des sanglots étouffés, le bruit et le mouvement quasi imperceptibles, l'affreux désarroi, rien à faire, la double détresse, l'obscure lisière de la folie.

Cette souffrance dévore tout autour d'elle, sans discernement. Un temps, elle a éclipsé même l'amour. Nous vivions ensemble, nous retrouvions lentement un rythme semblable en apparence à celui d'avant l'été, nous parlions, parfois à mots couverts quand il s'agissait de la Somalie ou d'un fait divers, je me savais amoureux, mais la mort de Martin offusquait — à la manière d'un soleil noir — l'évidence de cet amour. Il est même arrivé, très rarement, que nous nous déchirions un peu plus, par l'imprudence d'un mot, ou d'un silence, d'une attitude prêtant à confusion. Ce qui eût donné, naguère, un joyeux feu d'artifice se consumait en une misérable implosion. Puis, vers les deux tiers de l'automne, malgré la pérennité tangible du désastre, je nous ai sentis à nouveau amoureux.

Mouvement plus difficile à expliquer que celui des étoiles. A côté de l'âme humaine, la mécanique céleste est un jeu d'enfant. Les lois, les paramètres y sont rigoureux. Quelle équation, quel système d'équations, quelles relations de mots partie connus partie inconnus, quelles combinaisons infinies de phrases rendraient compte de ce moment où — par degrés — je nous ai à nouveau sentis amoureux ? Une chose très simple m'était réapparue : il y avait les enfants (les deux enfants, les trois enfants) et il y avait Anne.

Longtemps, nous avons approché de Noël. Des vacances et de la Nativité censée nous procurer la paix.

J'ai guetté l'arrivée de l'hiver, me suis laissé prendre par un curieux compte à rebours. Moins dix, moins cinq, quatre, trois, deux, un, zéro, les arbres étaient nus dans un ciel presque nu. Je l'avais vu venir, à cause des feuilles, plus encore à cause de mon appréhension, de la somme des images qui le précédaient. L'hiver arborait le visage cruel du passé, de sa douceur et de sa bonté, de nos séjours dans la maison de ma grand-mère en Dordogne. Je l'avais aussi senti venir ; le bout des doigts gelé quand je montais au tennis, la sensation de morsure et la chaîne de la mémoire qui me ramenaient irrésistiblement en Dordogne, les petits matins de givre où dès 10 heures dans le préau nous entamions d'interminables parties de ping-pong ; et là, rue Robespierre, face à un coude du vent d'ouest, je me suis retrouvé dans le préau de pierre, les gros moellons qui avaient conservé la teinte ocrée de leur terre d'origine, les carreaux des fenêtres jamais posés par où pénétrait la froidure, la senteur du bois, les pyramides de bûches et le bazar des fagots, le bruit sec de la balle sur la table et feutré sur les raquettes, les cris d'enthousiasme ou de dépit, les jurons, oui, rue Robespierre, la sensation du froid et des hivers d'un autre temps.

Le bout des doigts gelé, il y a ainsi en permanence quantité de perceptions plus ou moins sensibles qui s'assemblent, confusément, à notre insu, et nous relient au monde, à des temps et des espaces multiples. Il y a aussi quantité de mots qui les précisent et les prolongent ; des adjectifs, le froid aigu, âpre, cuisant, pénétrant, piquant ; des verbes, le froid engourdit, fige, marbre, pince, saisit ; des animaux, le froid de canard, de chien, de loup et même de tous les diables ; des couleurs, le visage bleu, pâle, rouge, violet ; d'autres parties du corps, les mains les pieds les os le dos la moelle ; des géographies générales, les froids polaires, sibériens, la terre Adélie et la terre du Prince-de-Galles où sont les pôles magnétiques ; l'anglais, *cold* — qui enchaîne immédiatement (voyez le dictionnaire Harrap's) sur « chambre froide » et « conservation par le froid » (voyez Gwent).

L'hiver s'annonçait donc par son air froid et par son ciel singulier. Un ciel plus ténu, mince comme une pelure d'oignon ou un fil de la Vierge. Le même ciel d'apparence frêle au-dessus de la rue Robespierre qu'en Dordogne un an plus tôt, à l'heure d'entrer dans le préau. Les souvenirs de Noël dernier, des cinq derniers Noëls, m'ont envahi. Irruption d'une violence égale à celle du 14 juillet, au retour de Belle-Île, quand fusées et girandoles éclataient par-delà l'autoroute ; irruption d'une intensité redoublée par les souvenirs mêmes du 14 juillet, par la légende de saint Martin à cause de la luzerne et du sapin.

Dès le lendemain de notre arrivée, nous allions derrière la luzerne couper un sapin. J'emportais des vieux gants de peau qui avaient appartenu à mon grand-père et une serpe au manche de bois blanc. Les enfants choisissaient l'arbre de Noël dans un épais fourré gagné par les ronces. Ils le rapportaient à la maison avec des allures de triomphe romain. Anne le décorait alors, puisant dans une grande boîte en carton les trésors de la Nativité, guirlandes, boules, santons, objets miniatures, étoiles en papier aluminium, lumières clignotantes dont le système était devenu défaillant mais qu'on ne se résolvait pas à changer. Le soir de Noël, les cadeaux étaient trop nombreux et trop lourds pour être accrochés aux branches de l'arbre. Ils cachaient la base du sapin, formaient une petite montagne au relief escarpé. Après le dîner, les enfants les ouvraient ; bruissement du papier d'emballage arraché ou doucement décollé, joie simple.

Combien de fois ces dix jours avant les vacances, combien de centaines de fois ai-je entendu — en imagination — le bruissement du papier mêlé au crépitement des bûches dans la cheminée. Combien de fois ai-je senti cet air froid qui nous enveloppait quand, avant d'aller nous coucher en compagnie de nos cadeaux, nous sortions tous les quatre, les garçons, pour pisser ; les nuits humides, nous contentant de quelques pas dehors jusqu'au rectangle de fines herbes (cerfeuil et ciboulette), mais poussant, les nuits de lune, jusqu'à la rangée de grands buis, comptant jusqu'à quarante et chantant à tue-tête moins pour fêter Noël que pour tromper le brin d'angoisse qui nous guettait. En rentrant, je dispersais les braises à l'aide d'un pique-feu et d'un seau de cendres. Puis j'éteignais les lampes (et le sapin). Ne brasillaient plus dans la pièce qu'une boule chiffonnée de papier-cadeau argenté, une traînée de lumière sous la cendre et — juste à droite de la cheminée, à hauteur du manteau — les reflets d'une lueur sur le verre de la bataille des Pyramides. Entourée d'une fine baguette d'acajou, l'image d'Épinal attirait les enfants. On y voyait, même dans l'obscurité, les trois pyramides, étrangement disposées et figurées, la troisième pareille à la voile d'un des vingt-huit bateaux de la République accostés à Alexandrie trois semaines avant la bataille. On y voyait aussi cinq palmiers, un marabout à moitié ensablé que les enfants prenaient pour une demi-lune, et le camp retranché d'Embabeh, deux minarets surmontant les palissades d'où jaillissaient les petits nuages de deux bouches à feu et derrière lesquelles se tenaient vingt mille janissaires et spahis vêtus d'un habit en drap de Salonique passé par-dessus une veste de drap bleu. On y voyait surtout l'attaque des mamelouks, treize mille paraît-il, deux rangées et demie de sept cavaliers ici, sur la gravure, vingt mamelouks donc (le vingt et unième en train de tomber) montés sur des chevaux arabes, chargeant sabre au clair, un sabre de Damas, chatoyant, moiré, la lame recourbée au-dessus de leur tête comme un yatagan qu'un Noël les enfants avaient essayé d'imiter en taillant deux ou trois branches d'un bois flexible dans un bosquet de noisetiers, vingt mamelouks armés chacun d'une paire de pistolets de Londres, à crosse gravée, un pistolet dans la main gauche qui tient déjà les rênes, l'autre enfourné dans la ceinture de leur uniforme, une parure aussi éclatante que les armes, accordee au splendide harnachement des chevaux, le gilet doré comme les éperons, comme le licol et la têtière, comme la manchette et le pommeau du sabre de Mourad Bey, des mamelouks en culotte bouffante rouge ou bleue, chemise de soie et gilet, turban, éblouissant les soldats de la République et mes enfants mais abattus et défaits par les cinq bataillons établis en carré par Bonaparte, des fantassins galvanisés par les quarante siècles et une artillerie à la hauteur des circonstances. La légende de Pellerin, l'imprimeur-libraire d'Épinal, se concluait par une phrase à vous laisser songeur : « Le camp des ennemis est enlevé à la baïonnette ; ses trésors, ses riches bagages, quatre cents chameaux, des vivres dont les Français manquaient depuis plusieurs jours, tombent au pouvoir des vainqueurs et la possession du Caire est assurée. » Il omettait simplement de noter que les chameaux étaient chargés de sacs d'or et d'argent. Le 3 thermidor au soir, de l'an VI, quand la chaleur se fut un peu atténuée, j'imagine Monge passionné par d'autres carrés, ceux des géométries pyramidales et des nombres algébriques des surfaces, puis expliquer à ses collègues le phénomène optique du mirage. Le 4, au matin, le Divan, le grand vizir, les émirs et les ulemas, les agas et les cadis musulmans, les cheiks arabes, soutenus par les Anglais, refusaient la défaite.

Après notre voyage en Égypte, l'été 1990, les enfants avaient contemplé la gravure d'un autre œil, averti et topographique. Mais ils gardaient un œil, le bon, pour ses vertus magiques. La preuve, cette lueur persistante sur les sabres, la cime des palmiers et sous les sabots des chevaux, ce reflet de la bataille des Pyramides au premier jour d'hiver en montant au tennis, le bout des doigts gelé. Ma mémoire, ma vie étaient là, dans cette image et sa réfraction. D'autres images s'associaient aussi vite à ces mouvements entre des temps et des espaces multiples, à ces ondulations éminemment variables, incertaines, fonction des relations entre chaque être et chaque image, l'armoire normande, l'extincteur rouge sous l'escalier, une autre gravure d'Épinal (la prise d'Alger).

Au printemps dernier, accompagnant « la » Russe de son ami Guillem, et Guillem, Martin avait reconnu au château de Versailles une autre représentation de la bataille — la peinture très lumineuse et minutieuse de Lejeune où les mamelouks sont moins fringants et les pyramides violettes. Et c'est devant Ania, en sa présence, que Martin avait brandi l'épée de la photographie (avant ou après les mamelouks, je ne le saurai pas). Et il devait la revoir à la fin de l'été, à Moscou. Le 29 août, « son » avion y atterrissait. Il s'en réjouissait à l'avance, ne pensait sans doute pas à la bataille des Pyramides ni au mot « neige » dont ils avaient parlé à propos d'une version de Tchekhov ou d'un vieux père Noël. De toute façon, aujourd'hui, il ne pense plus à rien du tout. Et il n'a même pas froid.

Le premier jour officiel de l'hiver, nous sommes montés — Raymond et moi — au cimetière. Nous y sommes entrés en voiture, avons roulé jusqu'à l'angle de la 25e division. Le ciel était gris, plat, le fond de l'air frisquet mais nous ne risquions pas d'attraper froid. Nous avons sorti du coffre de la voiture une dizaine de sacs d'environ vingt-cinq kilos. La moitié des sacs contenait du sable, l'autre moitié des galets. Nous les avons portés devant la tombe, sans beaucoup parler. J'ai enlevé les plantes, les ai posées sur le rebord, de part et d'autre de la croix verte en bois. Nous avons d'abord tassé la terre. Puis j'ai versé le sable. C'était du sable simple, assez fin, que Raymond avait acheté dans une boutique vers les bords de la Marne, jaune si je me souviens bien, du sable comme on en voyait dans les bacs de notre enfance, comme j'en ai vu dans les bacs de mes enfants et dans la fosse du stade Clerville où Martin s'entraînait l'année de son titre de champion départemental de triple saut. Selon la façon dont je penchais le sac, les petits grains de quartz formaient des paysages ondoyants de dunes. Nous avons égalisé la surface, à la main. Je ne pouvais m'empêcher de penser encore une fois que j'étais là tout proche de Martin, on ne peut plus proche, ma paume à combien ? un mètre de son visage, un mètre et demi peut-être, de sa joue et de son front que je rêverais caresser, si j'étais juste un peu simple d'esprit. Ensuite, nous avons versé les sacs de galets. Choisis par Anne, les galets venaient de la même boutique. Ils étaient blancs, ronds et plats, de taille intermédiaire. Ils ressemblaient à l'idée que nous nous faisions du dépouillement au Japon. Accroupis autour de la tombe, nous les avons disposés au hasard, enfonçant légèrement dans le sable la première couche de galets afin d'en assurer le plan. A la fin, le vide était comblé. J'ai reposé les plantes. Nous avons jeté à la poubelle les sacs de plastique et nous sommes repartis. En repartant, il y a eu — comme d'habitude — la dernière vision qu'on emporte de la tombe, quand bien même on n'y jette pas un dernier regard. Et l'épouvantable serrement du cœur. J'ai dit à Raymond un grand merci. C'était mieux que des phrases.

La veille, ou le lendemain, la veille plutôt, Guillem était venu à la maison. Il était accompagné de Myriam dont nous découvrions les beaux yeux gris. Outre la courtoisie, leur visite avait un objet défini : nous remettre un « livre blanc ». Nous nous sommes installés autour de la table de la salle à manger, assis très droits sur nos chaises, empruntés. La conversation avançait, cahin-caha à cause de la pudeur et de l'émotion. L'absence de Martin creusait les phrases, les mots que chacun — en parlant d'autre chose — prononçait à son tour. On ne peut qu'improviser dans des rôles (des situations) auxquels rien ne vous prédisposait. J'ai servi quatre grands verres de jus d'orange. J'ai bu le mien très vite. De sorte que j'ai dû attendre pour proposer un autre jus d'orange. Les propos tournaient autour de la Noël et du lycée Romain-Rolland. Guillem racontait des histoires d'escrime. Je ne devinais que trop, à l'intérieur du classeur vert que Myriam avait posé devant elle, le fameux livre blanc.

Au moment de s'en aller, elle a ouvert le classeur. Elle en a sorti le livre, blanc en effet, de format rectangulaire, plus large que haut. Elle nous l'a tendu. Je me suis levé pour le saisir, le reposer sur la table devant moi pendant que Myriam nous résumait, avec des mots simples et justes, l'aventure de ce livre ; ses avatars entre quelques-uns des lieux fréquentés par Martin, les témoignages des amis qui l'avaient gardé chez eux, parfois une semaine, avant de trouver leurs mots, le silence de ceux qui n'étaient pas parvenus à les trouver ou qui ne souhaitaient pas les divulguer ; je devinais le secret d'une chambre, l'émoi, les larmes peut-être, une table de travail ou un lit, les essais de phrases, les brouillons, les feuilles froissées au fond d'une corbeille, la relecture afin de vérifier l'orthographe, avant de se lancer dans ce grand livre si blanc, avant d'y adresser un dernier salut à Martin.

Myriam devait s'en aller (elle était attendue à déjeuner). Mais elle ne s'en allait plus, restait debout à côté de la table, la main encore posée sur le dossier de la chaise dont elle s'était levée. Je n'ai pas osé lui proposer d'entrer dans la chambre de Martin. J'étais triste de la voir partir et ennuyé qu'elle partît les mains vides. A mi-voix, après m'être répété plusieurs fois la question jusqu'à la formulation la plus concise, je lui ai demandé Une photo de Martin te ferait plaisir ? ou non ? Je ne voulais surtout pas la forcer, l'encombrer, lui donner le sens de la réponse. Mais quand elle m'a dit Oui ! ou peut-être a-t-elle seulement hoché la tête parce que des larmes risquaient de couvrir sa voix, quand j'ai compris, ou cru comprendre, qu'une photographie lui ferait plaisir, qu'en tout cas elle la regarderait, que le sourire de Big Pit trouverait ainsi un nouveau destinataire et qu'en quelque sorte le sourire répondait au salut du livre blanc, j'ai couru la chercher dans son illusoire cachette derrière le gros livre d'art. Je l'ai glissée dans une grande enveloppe pour ne pas l'abîmer. Myriam avait enfilé son manteau. Je lui ai dit Voilà ! j'ai ajouté C'est sa dernière photo ! et, pour expliquer le casque et la lampe, ajouté encore deux mots sur la mine de charbon. C'était bien assez comme ça. D'ailleurs, les larmes gagnaient ses beaux yeux gris.

L'après-midi, quand j'ai été seul, cloîtré dans le bureau, j'ai ouvert le livre. D'abord, je l'avais gardé sur les genoux, sans oser entamer la lecture, passant la main sur la couverture de carton plastifiée, contemplant ce large rectangle blanc, cette carte muette d'une contrée sans limites ni relief apparent. Au bout d'un temps indéfini, je me suis résolu à l'ouvrir. Mais je l'ai ouvert comme jamais aucun livre, comme je suppose les premiers prêtres le livre de messe. La foi en moins.

Je l'ai lu méthodiquement. Page après page (il y en a quatre-vingts, en comptant les pages blanches), sans sauter une ligne, sans me précipiter malgré l'impatience. Sur certaines pages un seul témoignage ; sur d'autres, plusieurs écritures, des encres différentes, des approches, des styles aussi variés que la ribambelle de ses amis, des noms et des prénoms connus ou entendus, d'autres que j'ignorais, mais un même élan et une détresse partagée. J'ai lu, ainsi, comme un récit, comme un récitatif, les versets du grand livre :

> Bonjour Martin !... la douleur est grande. J'espère qu'elle n'est pas insupportable pour vous, sa famille, ses frères, ses parents.
> Je veux que les frères de Martin sachent que je pense énormément à eux...
> C'est toi qui jouais de la clarinette, c'est toi qui toussais très fort en classe. Mais surtout c'est toi qui étais si gentil !
> C'est fou : tout le vide que tu laisses, tu me manques. Pourquoi es-tu parti Martin ?
> Lorsque je revois ton image dans ma tête ou dans mes rêves : c'est ce sourire, cette insouciance, cette joie de vivre que je vois.
> L'image que j'ai de toi, Martin, ce sont tes grands gestes, tes flots de parole, ton rire sonore, [...] ta manière de tenir ton stylo qui m'a toujours intriguée, [...]. Aujourd'hui, il ne me reste de toi que ces images et un petit morceau de papier sur lequel tu m'as écrit l'alphabet international et qui est sur mon bureau depuis deux ans.
> Soyons forts !!
> Autant penser que de là-haut tu vois d'avance ce que je vais écrire. Tu as suivi le chemin de tes héros, Bilbo ou Indiana.
> Toi qui disais si souvent que j'étais la plus bavarde que tu aies jamais connue, eh bien pour une fois, je ne trouve pas les mots. [...] Je n'ai même pas eu le

temps de te remercier pour m'avoir appris la mythologie grecque et latine. Alors, merci !
Pour tes sourires, pour ce mélange de candeur et de réflexion qui te caractérisait, pour les tables que tu n'as jamais rechigné à ranger à la cantine, je t'embrasse. *Micha ! dorogoï !*
Pour Martin, de Mozart, le thème de l'adagio de son concerto pour clarinette (suivent trois lignes de portées).
Je repense à toutes les blagues qu'il faisait et celles qu'il nous racontait. Il nous faisait rire. Il reste présent avec nous dans la musique que nous jouons.
Il m'est totalement impossible de concevoir l'absence de Martin, même encore aujourd'hui. [...]
Je me souviens du clarinettiste essayant vainement de jouer le bec monté à l'envers, du tennisman au passing de revers devant lequel je ne pouvais rien.
Le jour de nos retrouvailles, le ciel brillera de plus belle, comme jamais auparavant. [...] Je suis sûre que tu t'es déjà fait quelque part dans un autre monde des amis et que tu leur apportes le même bonheur que tu nous as procuré. Tous ces petits riens que tu as glissés dans ma vie resteront à jamais gravés dans ma mémoire.
Tu donnais un nouveau goût à tout ce que tu approchais. Salut l'Artiste et encore Chapeau ! Merci !
On pense tant de choses qu'on ne sait écrire. [...] Tu restes en chacun de nous.
Tu étais toujours toi-même, toujours sincère et droit, alors qu'il est si facile de se donner une fausse image. [...] Et c'est cette joie, cette gentillesse et cette simplicité que je revois toujours quand je pense à toi.

Il est si difficile de t'écrire un mot alors que je t'ai déjà parlé tant de fois. Je pense que tu es toujours là, partout, sans cesse. [...] C'est le seul moyen que j'ai trouvé pour ne pas pleurer chaque fois que je pense à toi. A bientôt Martinou !
Je sais que je parle beaucoup de moi dans ce mot ; mais tant que tu resteras vivant dans notre esprit, tu n'auras pas totalement disparu.
On ne peut avoir de certitudes face à l'énigme que représente la mort, mais sois sûr que, quoi qu'il arrive, rien ne pourra effacer ton image de mon cœur.
Les mots sont tellement opaques.
Je me souviens, je me souviendrai de ton sens de l'humour qui nous rendait tous joyeux même dans les moments de mélancolie et de vague à l'âme.
Mort qui montre en nous le vide de toi et notre propre vide à jamais incomblé, mort qui change le monde, qui m'a changé...
Que me reste-t-il de toi Martin ? quelques cartes postales dans mes tiroirs, quelques tickets de cinéma dans les poches de nos vêtements. De toutes tes qualités, ton caractère proche de l'enfance était sans doute celle qui me touchait le plus.
Le Luxy lieu auquel tu étais fidèle te salue, Martin !
(accompagné d'un fragment de pellicule cinématographique ; on distingue neuf images, même pas une demi-seconde d'un film anonyme, puis — tout en bas de la page — de la même écriture qu'au commencement du livre, la mention À SUIVRE...).

J'ai donc lu ces dizaines de messages, d'un trait, malgré la tentation à chaque page de refermer le livre. Un trait discontinu, à cause d'une émotion difficilement soutenable qui me coupait le souffle. Je l'ai fini, épuisé. Il m'a fallu trois jours, jusqu'à Noël, pour recouvrer le pauvre calme qui est mon ordinaire. Le soir, j'ai simplement confirmé Anne dans son intention d'en différer la lecture. Cependant, je l'ai vécu comme un immense cadeau, immensément douloureux. Comme un don, un bienfait et une aumône, d'une générosité sans égale dotée du pouvoir de nous restituer — un instant — Martin présent. J'ai retrouvé « notre » Martin et même (quel coup au cœur) « mon » Martinou. J'ai réentendu sa toux, qui l'hiver depuis sa naissance lui collait à la gorge. J'ai revu sa main tenant un stylo, la position particulière, presque verticale, le stylo tenu entre le pouce et tous les autres doigts de la main. J'ai découvert à quel point son sourire et son enthousiasme avaient impressionné ses amis.

Puis nous sommes entrés dans le cycle des fêtes. Depuis le début des vacances, Clément était parti avec Denis et sa famille dans les Vosges. Il était prévu que nous les rejoignions pour la Noël. Nous n'aurions pu envisager une autre solution. Nous nous serions volontiers passés de veillée et de fête, mais il fallait respecter les enfants. Ce fut déjà un rude effort de penser aux cadeaux. Quand bien même ceux destinés aux cousins compensaient la défaillance de Martin.

Le matin du départ, j'ai répondu à James Niklasson. Je ne voulais pas laisser sa lettre sans réponse. J'ai obtenu l'accord d'Anne, sans lequel je n'aurais pas écrit. Mais j'ai signé de mon seul nom. Je lui ai dit, je ne sais plus exactement, que pouvais-je écrire d'autre que la réalité — que tel était le sort *(Fortune is blind)*, que notre souffrance restait affreuse et que s'il avait été l'ami de Martin c'était sûrement un bon garçon. J'ai choisi les mots les plus simples, formé des phrases courtes afin d'éviter ambiguïtés et contresens. En deux paragraphes, je me retrouvais au bord d'une année 1993 imprononçable. J'ai timbré la lettre, l'ai postée en partant. A 2 heures l'après-midi nous étions dans les Vosges.

Un brouillard dense enveloppait les hauteurs (ce petit morceau cristallin de Harz regrimpé au-dessus de 1 000 mètres d'altitude il y a environ trente millions d'années). Clément avait souhaité une balade au Champ du Feu. Il y présumait un soleil éclatant. A un kilomètre du sommet, le brouillard s'est soudain dissipé ou, plus exactement, nous survolions l'épais manteau de nuages. Quand nous sommes sortis des voitures, j'ai compté. Nous étions huit. Les garçons ont pris dans le coffre le vieil arc et les flèches fabriqués par Antoine un Noël en Dordogne (le même noisetier qui avait servi pour le sabre de mamelouk). Les quatre Robin des Bois visaient le ciel (tu gagnais à coup sûr) et les pommes de pin de la Forêt Noire. Puis le soleil est tombé, très vite, comme une flèche ou un jeune enfant fatigué par une journée en plein air, jaune, de plus en plus jaune, digne des épithètes de saint Jean Chrysostome, puis rouge malgré le froid, faisant briller une dernière fois avant la nuit, la nuit noire de Noël, faisant briller le parquet des nuages où émergeaient des îles comme j'en ai vu dans les livres enluminés du Moyen Âge et chez Corto Maltese, un paradis pour qui voudrait y croire, les granites des crêtes et des ballons, un beau couchant en tout cas.

La soirée de Noël a ressemblé à une soirée de Noël. Par la grâce de Denis et Raymonde, des enfants. Mais une veillée rongée par la tristesse, le vide effarant. Juste après les cadeaux, j'ai dû sortir de la maison. J'étouffais de ne pas pleurer. Dehors, il n'y avait pas une seule étoile. Le ciel se limitait aux banderoles et aux luminaires accrochés dans la grand-rue du village par arrêté municipal d'un lundi de décembre.

X-mas ! nous y étions. *A merry Christmas !* Le pays de Galles eût été un bel endroit pour les fêtes (Martin nous aurait montré, avec l'animation facile à deviner, ses lieux de prédilection, que nous n'aurions pas connus, un pub à l'enseigne colorée de Llangybi, les tennis du Cwrt Bleddyn Hotel face à un bout de route auquel personne n'aurait prêté la moindre attention, des lieux que nous ne connaîtrons jamais, Big Pit, une abbaye en ruine, un cimetière rehaussé de croix celtes, une prairie ensoleillée). La journée a passé lentement. A une exception près : au détour d'un chemin, nous avons vu un terrain de basket ; le panier du poteau nord, en bon état, autorisait le match Kayser-Chambaz trois contre trois ; nous avons établi des règles originales et extrêmement précises, temps de passage dans la raquette, retours en zone, reprises de dribbles d'autant plus virtuoses que nous ne disposions que d'un ballon de rugby ; match acharné, conclu en notre faveur 20-18, une joie presque pure comme cette finale gagnée des championnats interscolaires 1959, comme si nous avions joué dans la *dream team* de cet été qui eût ravi Martin.

Samedi, nous sommes rentrés. J'étais impatient et content de reprendre mon récit. J'ai donc écrit ces jours de Saint-Étienne, Saint-Jean et des Innocents. J'en étais à la veille de notre départ en Martinique, au 3 août (le jour même où Étienne souffrit le martyre, une lapidation, avant que l'Église ne déplaçât sa fête — son Invention — au lendemain de la Noël). J'ai lu l'Apocalypse, revu le miel du petit livre et recompté avec Jean « les éternités d'éternités » et « la moitié d'un temps », multiplié les nombres et les images jusqu'à la Félicité des élus, jusqu'au bosquet d'arbres de vie sur les deux rives du fleuve. Ce jour-là, entre les deux moitiés d'une page, j'avais acheté aux enfants un tuba et une paire de palmes bleues.

Nous sommes repartis pour le nouvel an. Invités par des amis dans une vieille maison de maître en briques rouges de Normandie, face à Villequier. Descendu autour de moins 10° centigrades, le thermomètre embellissait la campagne. A midi, le givre n'avait pas cédé un pouce de terrain. Sur le bord du chemin conduisant à la Seine, un pré de deux hectares (on y aurait aisément tracé, à la chaux du pays, les lignes blanches de deux terrains de football) exhibait trois ou quatre files d'arbres émondés, pareils à une armée de manchots, comme si les branches n'avaient pas repoussé depuis cent cinquante ans.

Je redoutais ce nouvel an. Je ne voulais pas quitter 1992. Ni prendre pied en 1993. Il me semblait que la continuation de l'année eût préservé l'existence de Martin et que l'avènement de la nouvelle le condamnait à nouveau. 1992, il l'avait connue. 1993, il ne la connaîtrait jamais. C'était idiot et absurde, mais c'était. Je redoutais aussi l'instant précis où la Saint-Sylvestre basculerait dans le premier de l'an. Nos amis avaient réservé une bonne table chez Mlle Tartarin. Nous étions loin des réveillons de Dordogne, du beau et grand désordre qui régnait pendant les repas, des pommes de terre et des magrets de canard grésillant sur les braises de la cheminée sous l'œil des mamelouks et des fantassins de la République. Mais la soirée s'est déroulée au mieux. Je n'ai pas vu arriver minuit et, quand M. Tartarin le signifia au moyen d'une spatule abattue comme la baguette d'un tambour sur le fond d'une casserole en cuivre, personne à notre table ne s'est levé pour des effusions et des vœux superflus. Les enfants étaient en compagnie de leurs amis. J'ai pensé très fort à eux trois. Et j'ai recompté. Martin nous avait quittés depuis cent soixante-quatorze jours.

A 3 heures du matin, il fallut ajouter trois heures aux cent soixante-quatorze jours. Nous nous sommes couchés entre 3 et 4, après avoir remercié nos amis. Bien qu'il gelât dans la chambre, je me suis assez vite endormi. Quelques heures plus tard, j'étais de retour à ma table de travail. L'après-midi fila à une vitesse inhabituelle (l'évidence du malheur et du tympan de Compostelle). Mais le cycle des fêtes n'était pas clos. Après l'Octave de Noël il y eût encore l'Épiphanie, avancée au troisième jour de janvier. Nous avons tiré les Rois, en famille. La fève m'est échue, comme en Normandie, comme à chacune des trois galettes que j'aurai partagées cette semaine-là. Mais j'ai refusé de porter la couronne. Martin aimait les diadèmes et les déguisements ; antan, il s'affublait volontiers en roi mage.

Son costume préféré était celui de Superman. Il voyait en lui une espèce d'ange et sûrement de Sauveur. Or son héros venait de mourir en décembre. Il en aurait été triste. Je l'ai été pour lui. L'année finissait mal. A vrai dire, depuis juillet, elle ne pouvait pas bien finir. Les bilans publiés par les journaux ne m'auront pas convaincu du contraire — que ce soit la misère en France et dans le monde ou les statistiques des accidents de la route ; Nigel Mansell, pilote britannique, sacré champion du monde de formule 1, la Grande-Bretagne toujours largement en tête dans le domaine de la sécurité routière. Quel incroyable concours de circonstances avait donc conduit Martin à cette courbe, même pas un virage, sur la route d'Usk à Tredunnoc, à ce bas-côté humide, à ce fracas de tôles et de sang ? A sa perte, au néant.

Le compte à rebours a repris. Après la perspective de l'hiver et de Noël, celle de l'anniversaire de Martin m'a hanté. 15 janvier : les dix-sept ans de mon fils. Je les voyais arriver de loin, de si loin, du dimanche 12 juillet, depuis que nous savions que Martin n'aurait jamais dix-sept ans, depuis que j'avais compris — un peu plus tard — que nous n'en passerions pas moins par ce jour anniversaire et qu'il n'y ferait pas beau. Dès le premier jour de l'année, un vendredi, j'avais effectué mes calculs. Difficile de se tromper, encore deux semaines, deux vendredis.

Cependant, ces vendredis me renvoyaient au vendredi de ses quinze ans. Le 11 ou le 18 ? la lucidité m'a alors manqué. Une journée magnifique dont nous garderions l'un et l'autre un souvenir excellent. Martin avait le tibia fragile. Une radiographie avait révélé un creux dans l'os, de la taille d'un œuf, juste au-dessus de la cheville, un kyste essentiel. Par précaution, le chirurgien avait souhaité une exploration scintigraphique. Nous avions donc pris rendez-vous, à l'Hôpital américain, pour une scintigraphie. Le mot me paraissait aussi superbe que l'ignorance dans laquelle je suis resté, jusqu'au diagnostic, de sa signification. Nous étions arrivés très tôt, la nuit encore noire, avions patienté longuement ; nous lisions, un ou deux livres venus de la maison, les journaux, échangeant les pages, plaisantant, exactement comme à Roissy ce foutu 29 juin, concevant et mûrissant des projets, la neige, une partie de tennis, la Crète déjà cet été. Après l'examen, une infirmière nous a accordé deux heures de quartier libre. Nous avons choisi les Champs-Élysées, où nous n'allons jamais. Le ciel était très bleu, et froid. Nous étions enjoués, d'une gaieté franche et légère ; peut-être masquait-elle, inconsciemment, l'inquiétude voire l'angoisse que j'aurais dû connaître d'une lésion osseuse grave. Après de succulents gâteaux danois (deux chacun, au fromage et à la crème), nous sommes remontés vers l'Étoile main dans la main (ce doit être d'ailleurs la dernière fois, car — avec l'âge — son *Give me five* l'avait remplacé). Martin aimait donner la main, éprouver ce lien physique, une confiance mutuelle. Quand le médecin nous a informés des résultats, j'ai été étonné par mon aveuglement. L'humeur au retour n'en fut que plus belle.

A l'Hôpital américain, entre deux pages, nous avions parlé de la guerre du Golfe. Elle avait éclaté la veille et les images américaines avaient aussitôt envahi nos écrans. Images non pas des populations sous les bombes mais d'une performance, technologique et spectaculaire. J'étais heureux que Martin ne cédât pas au vertige d'une imagerie représentant les jeux vidéo grandeur nature, qu'il adoptât le point de vue de Martinus son saint patron. Je lui avais donné à lire un article sur les déclarations de l'ambassadrice des États-Unis à Bagdad et un petit livre qui avait déjà fait le bonheur d'Antoine, *Refus d'obéissance,* où en une courte préface et un beau texte intitulé JE NE PEUX PAS OUBLIER Jean Giono disait son horreur de la guerre. Avec les mots de son capitaine Langlois et l'inhabituelle fureur des incarnats de Soutine.

Vendredi 11 ou 18 ? A bien réfléchir, le 18. Je

cherche confirmation, dans la pile des radiographies rangées sous la bibliothèque du salon. Et je trouve. Je trouve une lettre, à la date du 18 janvier 1991, comportant des détails médicaux (balayage du corps entier après injection de HMDP marqué au Technétium — TC 99 m) et je trouve les enregistrements scintigraphiques. Ceux de son pied, que je reconnais, long et étroit, la voûte bien dessinée. Ceux de son corps, qui me laissent pantois. J'ai là, sous mes yeux, non pas le corps de Martin mais son squelette. Et le plus stupéfiant est que son squelette lui ressemble ; il a la tête penchée et un soupçon de nonchalance qui nous étaient si familiers.

Friday, 15th January. Je l'avais redouté si fort que j'ai été presque surpris par sa banalité. Il n'y avait pas de tempête, d'arbres tordus ni de grêle, pas d'effroi particulier, non, c'était un jour comme les autres, enfin, comme les autres jours depuis le 11 juillet, un jour de deuil, triste à pleurer, un vendredi. Le temps semblait clair et doux. Je suis même sorti, cinq minutes, afin de m'en assurer. La matinée a avancé ainsi — un ciel clair, un paragraphe rétif, une souffrance banale. Vers midi, j'ai cependant perçu une pointe plus acérée, un gros soleil noir qui se mettait à cogner. Une sorte de tempête a eu lieu, sèche et sans vent. Je me suis obstiné sur le même paragraphe. Martin me parlait russe ou anglais. Et Martin n'aurait jamais dix-sept ans. Et le soleil, je vous jure, n'est pas redescendu.

A 17 heures, j'ai donné un cours sur l'histoire contemporaine du Proche-Orient, des guerres en Terre sainte, dont nous avions découvert — en compagnie de Martin — les reliefs dans le Sinaï, carcasses de chars et de tanks, tourelles, chenilles abandonnées au sable, la permanence d'un conflit, les massacres en temps « normal », et je devais, comme chaque cours depuis la rentrée de septembre, m'efforcer de ne pas penser à Martin, ne penser qu'à l'histoire et aux vivants qui m'écoutaient. Après mon cours, j'ai retrouvé Anne. Elle avait eu l'idée d'aller voir, rue Champollion, au cinéma Utopia, un film iranien — *Et la vie continue.* Abbas Kiarostami a filmé quelques heures de son voyage dans les environs de Téhéran après le violent tremblement de terre de juin 1990. Il y était parti à la recherche des enfants qui avaient tourné dans son précédent film. Il a vérifié que la mort frappait au hasard ; la moitié d'un toit, un pan de mur, un gros moellon tombant sur la tête d'un malheureux, un trou énorme au beau milieu d'une salle commune ; les familles épargnées et les familles divisées par l'écroulement de la maison ; il a vérifié aussi, et il a montré, que la vie continuait, envers et contre tout, autour de la maison justement. Il a montré l'obsession des jeunes garçons rencontrés en chemin : voir à la télévision la finale de la Coupe du monde de football. Et le film se termine de façon abrupte quand Kiarostami n'a plus de pellicule pour filmer, avant qu'il ne soit arrivé au village des enfants, par un plan fixe et lointain sur sa voiture qui n'en finit pas de gravir, dans une lumière dorée comme les prédelles médiévales, un contrefort encore plus vieux des monts Elbourz.

J'ai su gré à Anne de son idée. Mais il a fallu rentrer. Il restait une petite heure du 15 janvier. Elle aussi a passé. Comme toutes les heures même petites de cette journée.

Saturday, 16th January : nous n'étions pas vraiment avancés.

Soudain, je me suis rappelé un mot de mes parents, une intonation au téléphone le lundi précédent. Déjà happé par la hantise du vendredi, j'avais perçu dans cette parole compatissante une anticipation. J'ai compris alors ce qui m'avait échappé, ce que j'avais incroyablement occulté. Moi qui passais mon temps, le plus clair et le plus sombre de mon temps, depuis juillet, à compter et recompter, calculer ce qui nous éloignait de Martin, ce qui nous en arrachait, à additionner à soustraire à multiplier à diviser, qui sans imaginer y trouver la moindre consolation m'attachais néanmoins aux nombres avec l'illusion de mieux suivre les fluctuations du temps, moi qui vous aurais dit combien de secondes s'étaient écoulées depuis le samedi 11 juillet 18 h 45, j'avais oublié, j'avais laissé passer, ce lundi 11 janvier, le cap de la demi-année.

Samedi, nous voulions monter au cimetière. Nous n'avons pas pu, pas eu la force. J'ai lu la version bilingue des *Four Quartets* de T.S. Eliot, achetée la veille, avant mon cours sur la Terre sainte. J'y songeais depuis la lecture de *l'Acacia* sur ma felouque du Nil, à cause de l'épigraphe. Qu'il y ait du passé dans le futur et du futur dans le passé, je le ressentais bien aussi. A fortiori aujourd'hui que la mort de Martin est venue tout embrasser. Oui, j'ai lu, *Little Gidding :*

Where is the summer, the unimaginable
Zero summer ?
...
And what the dead had no speech for, when living,
They can tell you, being dead :

et ces presque derniers vers auxquels je voudrais tant consentir mais n'y parviens pas :

We die with the dying... We are born with the dead.

Plutôt celui-là, PRAY FOR US NOW AND AT THE HOUR OF OUR BIRTH, à mâcher dans le recueillement, à marmonner, un vers beau comme du Shakespeare ou de l'officier Bracegirdle, écrit pour être répété, PRAY FOR US NOW AND AT THE HOUR OF OUR BIRTH, oui, priez, pensez à lui, le 15 janvier et chaque jour que Dieu fait, ça ne change rien à son sort, ni au nôtre, mais pensez quand même, à lui et à vos enfants.

Dimanche midi, nous sommes montés au cimetière. On était le 17, il aurait eu dix-sept ans, dix-sept ans et deux jours. On ne s'habitue pas ; ni au cimetière ni au fait de s'y rendre. Je le constatais une fois de plus entre les allées de buis, les mots âpres, le ciel à l'envers. Je donnais la main gauche à Anne. De la droite, je tenais un pin miniature destiné à remplacer le citrus à boules rouges. Quand nous sommes arrivés devant la tombe, nous ne pûmes retenir nos larmes. Deux plaques de marbre saluaient Martin. L'une, en marbre gris micacé, portait À MON AMI MARTIN. GAËL. L'autre, un griotte taché de rouge et brun, portait comme sur la double feuille d'un livre MARTIN / TOUJOURS AVEC NOUS. J'apprendrai en février qu'une quinzaine de ses amis étaient venus ensemble la poser samedi. Guillem avait préféré venir seul, le vendredi ; je crois que c'est lui qui a apporté le gros bouquet de roses roses. Entre les galets, quelqu'un avait incrusté une violette. Nous avons balayé, à la main, les pétales du chrysanthème fanés. Puis nous avons voulu arroser le pin et la bruyère. Mais les robinets étaient fermés à cause du risque de gel. Anne a dit Nous reviendrons avec des bouteilles d'eau ! Si l'évidence continuait de se dérober, l'expérience entrait.

Nous avons déjeuné tard. L'après-midi s'est traîné, farouche. J'ai feuilleté le livre Spot de Martin (son dernier cadeau), jusqu'à l'image 100, jusqu'à Odessa, la ville de Babel, bordée par le liman (la lagune) Khadji Bey encore gelé et par une fine couche de glace craquelée (la mer Noire), et à l'ouest par le puzzle des rectangles blancs de la steppe enneigée, Babel qui avait écrit : « A Odessa, il y a un port, et dans ce port des bateaux venus de Newcastle et de Cardiff... », je ne peux même plus le montrer à Martin qui m'avait posé une jolie colle, fin juin, sur le Khadji Bey. Tu sais ce que c'est un liman ? Pendant la soirée, j'ai retraversé l'Europe dans tous les sens, puis le monde, car dans l'*Odessa* de Babel il y avait aussi, à côté de Nijni-Novgorod, des Nègres et des Américains. Martin était là. Et il n'était plus là. En général, plutôt pas là. Cela dit, six mois après, je me retrouvais par moments comme si c'était hier, déchiré, abasourdi, dimanche 12 juillet 13 heures, comme si je pouvais presque encore le toucher.

Mon récit s'arrête ici. A l'aube d'une dix-huitième année imaginaire. J'aurais pu le continuer. Jusqu'à la Chandeleur, le quarantième jour après Noël car il est temps de présenter l'Enfant au Temple. Cette nuit-là, j'ai fait un rêve d'une fraîcheur extraordinaire, d'une allégresse d'autrefois, Martin vivant, un rêve si léger qu'au réveil — en plus de l'infinie tristesse — il m'en restait quelque chose d'un peu doux. Mais, le matin, j'ai trouvé dans la boîte aux lettres une enveloppe au nom de Monsieur Martin CHAMBAZ. Je l'ai ouverte, le cœur serré, et j'ai lu : « Monsieur, plus de 9000 personnes trouvent la mort chaque année sur la route. C'est encore beaucoup trop... » Un prospectus, en caractères blancs sur fond bleu, accompagnait la lettre : Chaque minute quelqu'un comme VOUS adhère à la Prévention routière. Pourquoi pas VOUS ?

J'aurais pu continuer le récit jusqu'à Pierregrosse, les vacances de février ; les randonnées à ski, avec Denis, avec Antoine, et avec Anne (à la Gardiole, sous un vent extrêmement véhément, jusqu'à la croix enfouie dans la neige, invisible avant le sommet). J'aurais pu continuer le récit jusqu'à aujourd'hui, 10 mars ; jusqu'au printemps, dans dix jours ; jusqu'à l'été, qui aurait été l'après-dernier été (de toute façon, nous n'avions plus l'intention de partir en voyage à cinq, Antoine et Martin volant désormais de leurs propres ailes). J'aurais pu le continuer jusqu'au 11 juillet 1993. Jusqu'au 5 avril 1996, le jour où Clément atteindra l'âge ultime de Martin. Ce sera un vendredi et le soleil se couchera à 18 h 26. J'aurais pu aller jusqu'à la fin des temps. Et aussi bien revenir en arrière, à un moment quelconque de ces deux cent quarante-trois jours, à un instant où tout le récit pourrait repasser comme par le chas d'une aiguille, ou bien revenir — en deçà — au bon vieux temps, voire au matin des origines, au murmure de la mer.

On dit que Leibniz était atteint d'une légère podagre et qu'un après-midi où le ciel transpirait dans sa calèche, ayant desserré les boucles de ses chausses puis reposé sur des coussins de soie brodés ses pieds gonflés, négligeant la gloire d'un Dieu soucieux des « passereaux » et de la moindre des âmes intelligentes plutôt que de la machine du monde, d'un Dieu qui n'oublierait rien de nos actions, « jusqu'aux paroles oisives et jusqu'à une cuillerée d'eau bien employée », et dans sa calèche échauffée Leibniz devait en rêver, on dit qu'il improvisa un plan pour conquérir l'Égypte. On dit beaucoup de choses. Mais peut-être ne faut-il s'attacher qu'aux plus simples.

Ayant perdu mon fils, je suis perdu. Intuition foudroyante dont j'ai vérifié le bien-fondé : chaque père est son propre enfant, de manière immanente, fécond et fécondé par lui, heureux en puissance mais si vite déchu de son trône. Aucun progrès ne jaillit d'un tel deuil, pas une once de félicité comme on semble le concevoir ici ou là. Tout serait sans doute plus facile si

Dieu faisait signe. Si je savais mon fils là-haut, ou là-bas, nous attendant comme un aïeul, comblé, et il n'y aurait d'insupportable que sa peine car rien ne saurait l'effacer, même les vertus innombrables de ce Dieu miraculeux, sa peine de constater ce trou béant dans notre vie.

Ma souffrance n'a pas de prix. Elle ne me regarde pas, elle n'obéit qu'à Martin. Le supplice c'est qu'*il* ne soit pas là. Lui, le fils.

Le récit n'est pas chargé de donner du sens à ce qui n'en a pas. Il n'y aura pas plus de sens après qu'avant. Néanmoins, il semblerait qu'il faille se méfier : la nuit dernière, alors même que je venais de commencer le dernier chapitre qu'à l'avance je savais bref, j'ai fait un nouveau rêve-de-Martin. Je me suis rappelé peu de rêves en deux cent quarante-trois nuits, pas plus de cinq, celui-ci achevant une espèce de cycle parce qu'il représentait une résurrection, non pas un tombeau entrouvert (s'entrouvrant) et survolé par une nuée de soleils et d'anges aux ailes jaunes, ou rose et verte, ce fameux tombeau d'où est remonté le Fils, non, ma résurrection, celle de Martin. Elle s'est produite dans notre lit (celui où je dormais), Martin y reposait, mort, le teint pâle et gelé comme la dernière fois que nous l'avions vu, à Gwent, quand j'ai soudain perçu une infime vibration, l'ébauche d'un dégel, et Martin a bougé, très légèrement bougé, les bras et les jambes, les lèvres comme s'il allait sourire ou proférer quelque parole indicible ; nous étions tous les quatre, penchés au-dessus du lit (je ne suis pas sûr que le lit ne soit devenu, en route, une prairie montagneuse, un vallon doux et lui aussi penché), n'en croyant pas nos yeux ; j'ai demandé aux enfants d'aller jouer dans le salon à côté (le vallon d'à côté), il ne fallait surtout pas faire le moindre bruit qui ne l'eût pas réveillé mais anéanti ; j'ai retenu mon souffle, et je l'ai contemplé, n'essayant même pas de comprendre ce miracle, me contentant de croire ce que je voyais, laissant toutefois s'introduire l'ombre d'un doute, obligé de dire aux enfants NE VOUS FAITES PAS D'ILLUSIONS. Martin a continué de bouger, il souriait presque, mais — avant qu'il ait eu le temps de se lever — je me suis entendu dire NE VOUS FAITES PAS D'ILLUSIONS et je me suis réveillé.

Les miracles c'est bon pour la peinture. Voyez le visage impassible de l'Agostino par Simone Martini et la face effarée de l'idiot du village par Soutine ; voilà un type qui a sûrement perçu, un jour ou une nuit de grand fond, quelque chose de miraculeux et qui ne s'en est pas réveillé ; voilà un paquet de couleurs sombres, d'outremers et de bruns d'un inégalable éclat. Il n'y avait pas, ici, de prodige à attendre. Le miracle c'est déjà, peut-être, qu'au lieu de pleurer comme une bête, vautré, quand je pleure aujourd'hui c'est en général assis.

Il faut finir. Ce qui n'est jamais facile. Je dois déposer les armes, dans ce combat inégal que j'ai mené depuis six mois contre — disons — l'absence. Je n'ai pas été vaincu, j'étais déjà défait au départ. J'ai simplement voulu témoigner. Dans tous les sens du terme (quatre colonnes du dictionnaire Robert), y compris « tester ». Ce livre est un testament. J'aimerais juste qu'on y voie l'amour, qui nous a si longtemps gouvernés. Qu'on ait le sentiment — malgré la mort — de le voir s'y perpétuer.

Je vais quitter la chambre de Martin, sa table de travail où j'ai écrit ce livre inimaginable. Je m'apprête à un dernier tour d'horizon. Par la fenêtre, à gauche, je devine plein sud les montagnes et nos méditerranées, les nuits entières de voyage au volant, un soleil gros comme un laurier-rose, des odeurs qui nous entraîneraient trop loin, nous feraient repartir, alors que — je l'ai dit — c'est fini. Par la fenêtre en face, je donne au nord-ouest. Au fond, il y a le pays de Galles et, sur le chemin, la rue Monmousseau. Depuis une semaine, le ciel est quasiment sans nuages et la température devient douce. Le printemps a une dizaine de jours d'avance. On se demande pourquoi.

Sur la table, la même rangée d'objets élargit l'horizon : son globe terrestre (on est passé des îles Mariannes au méridien de Greenwich, au Ahaggar et au Tassili) ; sa boîte de crayons et de feutres dépareillés et à moitié cassés, j'aurais pu y joindre le quatrième stylo à bille noire Bic que je viens d'épuiser ; son étui à lunettes — je l'ouvre, revois soudain des images oubliées, le referme, le tiens entre mes mains, m'empêche de le caresser (on ne caresse pas un étui à lunettes, même dans le malheur) ; les dernières lettres qu'il a reçues, celles qu'il a lues (les nôtres, adressées 11st Cybi Drive, Llangybi) et celles qu'il n'aura jamais lues ; une enveloppe que nous avait remise l'inspecteur Bracegirdle contenant le dernier billet de cinq livres, d'un côté la reine Élisabeth, de l'autre George Stephenson, l'homme du premier chemin de fer Liverpool-Manchester ; son portefeuille en cuir de Moscou où je retrouve ses vieux tickets de RER et du Luxy, sa CARTE JEUNE INTERNATIONALE, l'ovale du rideau rouge derrière lui, le désordre de ses cheveux, le grain de beauté sur le bout du nez.

Dans le portefeuille, je retrouve aussi cinq photographies couleurs que j'avais glissées cet automne après avoir feuilleté sa collection. Martin y est surpris dans une attitude singulière, forcément personnelle et si reconnaissable ; chacune révèle quantité de détails, de petites choses qui sont la matière même de la vie, et de l'écriture, qui constitueraient autant de mobiles pour de nouvelles pages et des mois de travail ; sur la cinquième, il joue au ping-pong, il porte le maillot All-Blacks de Noël ; on voit distinctement la fougère mais pas son visage qui est presque entièrement masqué par la raquette.

Il y a enfin, appuyées contre le globe, la boîte de crayons et les deux dictionnaires de poche, quatre photographies installées tour à tour, en octobre et novembre. Celle de Martin brandissant son épée de chérubin, puis — à côté — celle de la Gardiole dont seul le sommet est encore ensoleillé, le sol d'un jaune rendu encore plus intense par un liséré d'ombres et de nuages, d'un jaune pyramidal qui éclipse la croix et contribue à éclairer les raisons pour lesquelles j'ai été littéralement aspiré chacune des deux fois où je suis monté à la Gardiole lors des dernières vacances de février (l'espérance illusoire d'en voir descendre Martin). Les deux autres adoucissent le paysage. Sur l'une, Martin a pris Anne et Antoine, radieux, assis sur le bitume du port de Brindisi, à côté d'une pile aussi haute qu'eux de bagages à main, cartables, sacs, oreillers, chandails, tôt le matin, après deux nuits où nous avions dormi à la belle étoile sur le pont du navire ; je la regarde encore une fois et le même sentiment m'étreint : la plénitude du bonheur que nous avons connu et cette mort qui entache TOUT. Comme si elle recouvrait tout le passé d'un fin manteau de tristesse. Sur l'autre, Martin nous a pris — Clément et moi — endormis, roulés dans une couverture commune à carreaux bleus, nos fronts se touchant, attendant sur un rocher le lever du soleil en haut du mont Sinaï. Martin en avait rapporté à son grand-père une brindille et une poignée de terre qu'il avait transportées jusqu'à Ivry dans un sac en plastique transparent. Sans que je l'aie d'emblée envisagé, nous étions là tous les cinq, sur le bord du bureau, ensemble et séparés, irrémédiablement.

A côté du tas de feuilles 21 × 29,7 désormais noircies, un bouquet d'œillets filtre la lumière qui tombe sur la grande photo égyptienne à encadrer, la porte d'un noir immense du temple de Philae, la lumière qui continue de tomber, sur ses vieux cahiers, sur son papier Canson, bristol, aquarelle et lavis B qui convient aussi pour la sanguine, calque supérieur en 70 g/m^2 qui lui servait pour ses cartes de géographie. Et la lumière n'en finirait pas de tomber, comme nous, dans ce vide infini.

Il n'y a plus rien. Juste ces derniers mots, par lesquels je sais depuis le début que je finirai ce récit. Demain je me remets au roman.

Cet ouvrage a été composé
par l'Imprimerie BUSSIÈRE
et imprimé sur presse CAMERON
dans les ateliers de la S.E.P.C.
à Saint-Amand-Montrond (Cher)

N° d'édition : 67. N° d'impression : 460.
Dépôt légal : février 1994.
ISBN 2-260-00111-4
Imprimé en France